血雨琼葩

民国武侠小说典藏文库·顾明道卷

顾明道 ◎ 著

中国文史出版社

顾明道和他的小说（代序）

张赣生

在本世纪（指二十世纪）二十年代末，能与"南向北赵"并称的武侠小说作家只有顾明道。

顾明道（1897—1944），原名景程，江苏苏州人。他八岁丧父，自幼体弱，上学时膝部患骨结核（中医所谓骨痨）致残，行动依赖拄拐。他毕业于教会所办的振声中学，因学习成绩优秀，即留在该校任教，并受洗为基督教徒。1922 年，范烟桥移居苏州，范氏在辛亥革命的时候就曾与友人组织"同南社"，诗酒唱和；这时又于七夕会同赵眠云、郑逸梅、顾明道等九人组织"星社"，以文会友。顾氏由此结识了一批文友，他一生的文学活动大体未超出这个小团体的范围。顾明道因一直希望医好腿疾，所以结婚较迟，抗战爆发后，他和母亲、妻子全家移居上海，苏州的家产毁于战火，从此落入贫病交加的处境中。他一生以教书为业，战前一直在苏州振声中学执教，迁居上海后一面写作，一面仍自办补习学校，招生授课，直至肺结核把他折磨得卧床不起才停办。病重时生活无着落，全靠朋友周济，终年只有四十八岁，身后凄凉。

了解了顾明道一生的经历，有助于我们客观地认识和评价他的小说。

从顾明道一生经历来看，腿残、留校执教、参加星社，这三件事深刻影响着他一生的文学事业。民国初年的上海，盛行哀情小说，即文学史上称之为"淫啼浪哭"的时期。1912 年，徐枕亚的《玉梨

1

魂》和吴双热的《孽冤镜》在《民权报》同时连载，随即又连载李定夷的《贾玉怨》，流风所被，一片哀音。顾明道就在这种风气的影响下，开始试写小说，那时他只有十七岁，尚未成年。他的处女作是短篇言情小说，发表在高剑华主编的《眉语》月刊上，这是一份以知识妇女为读者对象的刊物，脂粉气很重，在该刊的创刊号上发表了一篇阐明办刊宗旨的《宣言》，其中说："花前扑蝶宜于春；槛畔招凉宜于夏；倚帷望月宜于秋；围炉品茗宜于冬。璇闺姐妹以职业之暇，聚钗光鬓影能及时行乐者，亦解人也。然而踏青纳凉赏月话雪，寂寂相对，是亦不可以无伴。本社乃集多数才媛，辑此杂志，而以许啸天君夫人高剑华女士主笔政。锦心绣口，句香意雅，虽曰游戏文章、荒唐演述，然谲谏微讽，潜移转化于消闲之余，亦未始无感化之功也。每当月子弯时，是本杂志诞生之期，爱名之曰《眉语》，亦雅人韵士花前月下之良伴也。"看了这篇《宣言》，读者当能了解此刊物的性质。顾明道在1914年左右开始写小说时，选中这样一个刊物投稿，也就表明顾氏本人的性格难免有些多愁善感的脂粉气。

我指出顾氏性格中的脂粉气，因为这决定着他文学作品的基调，丝毫也没有嘲讽顾氏之意，每个人都在一定的环境下养成他的性格，这没有什么可嘲讽的，我们要研究的只是事实。郑逸梅在《悼顾明道兄》一文中提到两件事，其一为："明道最初的作品，刊登在许啸天所辑的《眉语》杂志上，该杂志多载女作家的文字，他就化名梅倩女史，撰着短篇小说。有一位读者，是登徒子之流，写信追求他，缱绻缠绵，大有甘伺眼波之意。明道接到了信，大笑之下，用梅倩具名答复他。那个登徒子欣喜欲狂，寄给他一帧照片，请他交换'芳影'，并约他会晤某园。明道到这时，才用真姓名自行揭破。这一段趣史，明道时常讲给人听的。"其二为："《江上流莺》稿成，我曾为他写一小序，有云：'江山摇落，风雨鸡鸣，我侪丁斯乱世，应变无方，干禄乏术，臣朔饥欲死，乃不得不乞灵于不律，红苴缫愁，绿蕉写恨,借以博稿资而活妻孥。社友顾子明道固与予相怜同病者也。'明道读了,亦为之感喟百端,不能自已。"当时正值日寇侵华,人民生活困苦,对此局面"感喟百端"也是情理中的事,我们不必咬文嚼字,过分挑剔;但达到"不能自已"的程度,就难免少些丈夫气了。以上两件事都可证明顾氏确有些多愁善感的脂粉气。

顾明道养成这样一种性格,固然与前述民初上海文坛的时尚有关,在当时一些人的心目中,唯其如此才配称为"才子",少了贾宝玉味道就被视为粗俗;但是就顾氏本身的内因而言,腿残对他心理上的影响,恐也不容忽视。肢体的残疾不仅影响着顾明道的性格,也限制着他的行动。郑逸梅《悼顾明道兄》一文说:"这时他在吴门振声中学担任教务,因不良于行,往返不便,所以他住在校中。"顾氏是一位多半生未离他那中学小天地的人,缺少广泛的社会生活经历,在这方面,他既不能与同时的"南向北赵"相比,更不能与后来的"北派四大家"同日而语。对于这样一位学生出身,生活面狭窄,又多愁善感的作家来说,写言情小说自然是最方便的,他可以坐在家里凭自己的情感体验来打动读者,只要情感诚挚,哪怕写的只是他个人的小天地,也总会有其可取之处。但自向恺然《江湖奇侠传》引起轰动之后,报刊编者和出版商均热心于武侠一途,顾明道为适应这一潮流,便也改弦易辙,于1923年至1924年在《侦探世界》杂志发表武侠小说。1929年,他由杭返苏,途经上海,与当时主编《新闻报》副刊《快活林》的星社文友严独鹤相会,恰逢《快活林》需要连载长篇武侠小说,严约顾撰写,这就促成了他一生的代表作《荒江女侠》的问世。

《荒江女侠》刊出后竟大受欢迎,同年冬,上海三星图书局向新闻报馆购买版权出版单行本,至1930年8月已翻印四版,1934年11月更达到十四版,这在当时是很可观的销行数。可见其轰动的程度。由于此书畅销,顾氏也就续写下去,共出版了六集,并被友联公司改编为十三集连续影片,上海大舞台、更新舞台也改编为京剧连台本戏，风靡一时，大有凌驾《江湖奇侠传》之上的势头。这部小说之所以能取得如此出人意料的效果，今天的读者或许很难理解。当时最著名的武侠小说，是"南向北赵"的作品，向恺然连缀民间传说，自有其吸引人的一面，但却少了点爱情纠葛、哀感顽艳；赵焕亭的《奇侠精忠传》据说原有不少狎媟的描写，因而触犯禁例，出版时经过删削。顾明道于此际把武侠、恋爱、探险等成分捏在一起，就给读者一种新鲜感，满足了十里洋场那特定读者群追求新奇、热闹的要求，正如严独鹤在《荒江女侠序》中所说："以武侠为经，以儿女情事为纬，铁马金戈之中，时有脂香粉腻之致，能使读者时时转换眼光，而不假非僻之途，不赘芜秒之词。是以爱读者驰函交誉。"

顾明道用以吸引读者的另一个办法是写"冒险"，他在谈及自己的作品时说："余喜作武侠而兼冒险体，以壮国人之气。曾在《侦探世界》中作《秘密之国》《海盗之王》《海岛鏖兵记》诸篇，皆写我国同胞冒险海洋之事，与外人坚拒，为祖国争光者。余又著有《金龙山下》一篇，可万余言，则完全为理想之武侠小说也，刊入《联益之友》旬刊中。又曾写《黄袍国王》长篇说部，记叙郑昭王暹罗之事，曾刊《大上海报》，后该报停版，余亦中止，他日拟出单行本以饷读者矣。又新著《龙山争王记》，则方刊于《湖心》周刊中，该刊为西湖小说研究社出版者也。曩年余为《新闻报·快活林》撰《荒江女侠》初续集，尚得读者欢迎，今由三星书局出单行本，三集亦在付梓中矣；又为《小日报》撰《海上英雄》初续集，则以郑成功起义海上之事为经，以海岛英雄为纬，以上两种皆由友联公司摄制影片。又尝作《草莽奇人传》，则以台湾之割让，与庚子之乱为背景也。"（转引自郑逸梅《悼顾明道兄》）所谓"冒险体"或"理想小说"，显然是接受了西方的小说观念，是指类似斯蒂文生《宝岛》或斯威夫特《格列佛游记》的体裁，譬如他所著的《怪侠》，写一个身负绝技的革命者，失败后率党徒逃亡海外，去非洲探险，与当地土著争斗，称雄异域，即是一例。

就顾氏的为人来说，他是一个正直、爱国的书生。"一·二八"日寇进犯上海，顾氏写了《国难家仇》《为谁牺牲》等小说，表示了他作为中国人的同仇敌忾之心。顾氏一生写过五十多部小说，以武侠和言情为主，也有社会、历史、侦探等作，他临终前，春明书店出版了他的最后一部作品《江南花雨》，这本小说具有自述的性质。

自　序

　　谈到历史上治乱兴亡的陈迹，往往有一二女子点缀其间，如姑苏台畔的西施，华清宫里的贵妃。所以一班儒生绳墨之论，每痛斥美人为祸水，好似女色真足以亡国，甚至把红颜翠眉视若洪水和蛇蝎，这岂非妇女界的大不幸吗？其实，在往昔男权中心时代，国家存亡安危的关键都把握在男子手里，而以帝王万乘之尊，专制淫威之下，何求不得？偏偏逢着不爱江山爱美人的风流天子，贪恋着声色之乐，忘记了自己的地位，忽略了所掌的朝政，遂使敌国外患，内乱隐忧，乘时而起。除了越王所献的西子，又当别论。其他的，自己的命运也被握在人家手里，何尝知道什么国家兴亡的事？况尽有忧深思远、关心国事的女子，无奈人微言轻，无裨于时，如蜀国花蕊夫人"君王城上竖降旗，妾生深宫那得知？十四万人齐解甲，更无一个是男儿"之诗，其语又是何等的沉痛！

　　唉！美人不幸而生于乱世，遭逢非常，演出的往往有非她们自己所能知道或是愿意的，而人家却就轻轻地把亡国的罪名移到女子身上去了。坦白地说，芙蓉、卓女之颜，杨柳、小蛮之舞，人非木石，孰能无情？君王好色，士大夫好色，坐皋比、握虎符者亦何尝不好色？但若能如孟子所谓："王如好色，与百姓同之，

1

于王何有?"而《诗》三百篇始以《关雎》窈窕淑女,亦可寤寐求之了,这并非是作书的代女子辩护。反之,如聂隐、红线之流,良玉、云英之俦,夫人城,万夫莫开,娘子军,千人群易。历史上可指的也很多,何况还有些无名女杰呢?

当中原板荡、干戈扰攘之秋,一班士大夫每多胁息兵刃下,丧失他们丈夫之气,临难失节,腼颜向人,又何责于女子,而痛哭六军?冲冠一怒,武人的昏愚徇私,遂演出引狼入室的悲剧,这祸又岂是美人自己所想望而成的呢?且莲子心苦,别有隐衷,这其间的疾心热肠,又岂输于一班杀身成仁的志士豪杰呢?山海关畔,徒留污痕;昆明池边,尚胜艳迹。然而在这污辱之痕、香艳之迹里头,尽有不少贞洁热烈的琼葩,在刀光血雨下挣扎、奔走着,要想灿烂地开放出复兴之花来。事之不成,天也!

英雄固不可以成败论,执笔之徒,岂能无言?把来渲染着,连缀着,一一写将出来,供今人快读,恐也不仅可作酒后茶余的消遣吧!

目　　录

第一回

人生何处不相逢

官道左侧有一条小溪向南流着，溪水很是清澈，水边有数株倒垂的绿柳。这时正当春暮，<u>丝丝垂柳</u>，飘拂在水面上，遮成一大片广荫。柳荫下又有数头乳鸭，在水中游泳着，很觉自在。在柳树的背后，竹篱内很闲适地有几间小屋，倒像个处士之家。篱上缀着一些绿叶黄花，有一头高冠美羽的大公鸡在篱内很闲适地走着。从篱外可以望见里面是一个窗户，乃是一间很朴素很幽静的书室。

沿窗一张书桌上，正坐着一个少年。脸长圆，双眉入鬓，一对明朗朗的双瞳，风姿甚是俊逸。身上穿着布袍，却像一个儒生。独自披诵《汉书》，书声琅琅，直达户外。对面正向一带青山，看山读书，平添不少佳趣。

这时候，在那官道上忽有一骑飞驰而来，尘土滚滚，到了溪边，方才跑得渐缓。一头乌骓马上，坐着一个虬髯大汉，面孔很是粗黑，额上有一小小刀疤，双目炯炯的很有精神，带着不少威武之气。头戴一顶范阳毡笠，身披黑袍，腰下横扎着一个刀鞘，马后驮着一个小包裹，像从远道而来的模样。瞧见了这边的瓦屋，将马一拉，徐徐跑至篱下。

那大汉收住缰绳，霍地跳下马来，听得篱内书声，他用双目张了一张，便将马系住在一株柳树下，走到双扉前，把手一推。

1

双扉本是虚掩着的，推了便开。但那大汉却并不走进去，且把头上范阳笠帽摘下，望背上一挂，喝问一声：

"这里有人吗？"

声音洪亮非常，如鸣铜钟，篱内的大公鸡吓得跳到花坛上去，伸起颈项，几乎要失声而啼。书室内的少年听得唤声，连忙立起身子，走到外边来，问道：

"谁人在此叫唤？"

大汉见了少年便将双手一拱道：

"俺是过路的人，因为有些口渴肚饥，所以冒昧登门一问，你们这里能不能供俺一餐？"

少年闻言，对那大汉仔细相了一下，又瞧见门口垂柳下拴着一匹高大的乌骓马，遂开口答道：

"壮士从哪里来？现在将近午时，敝舍快要进午膳了，可以供壮士果腹，请到里面小坐如何？"

大汉道：

"多谢多谢。"

立刻回身向马上取下包裹，跟着少年走到他读书的所在。窗明几净，绝无尘嚣，书架上玉轴琳琅，安放着许多书籍。少年一摆手，请大汉宽坐。大汉将包裹丢在一旁，从背后摘下笠儿，便在沿窗一张椅子上坐下。少年又向屋里喊道：

"刘三快来，有客在此。"

接着便见有个长工模样的男子走来伺候。少年道：

"你快送上一壶茶来，炉水沸吗？"

刘三答应一声退去。一会儿已捧着一壶茶和两个茶杯来，斟上两杯醲茶。大汉忙把自己的一杯一饮而尽，嚷着道：

"喝得少，不足解渴的。俺不客气了，恕我无礼。"

遂取过茶壶凑在嘴上，咕嘟嘟地一口气已把一壶茶喝个罄净，说道：

"再来一壶吧。冷的热的我都要喝。不过这茶太热了，有冷的更好。"

少年便教刘三把缸里的泉水舀一大钵来。刘三答应了，便去捧上一大钵清澈的泉水，到大汉面前。少年道：

"壮士既喜喝冷的，这是山中取来的清泉，敢以敬客。"

大汉点点头，说声好，一手托着大钵，把一钵水也喝个罄净，哈哈笑道：

"你们要笑俺做牛饮吗？"

刘三接过空钵，少年又吩咐他去添煮些饭和菜肴，这位客人要在此用午饭的。刘三诺诺答应而去。大汉便对少年说道：

"你真是不错，够得上做朋友。方才你不是问俺从哪里来吗？俺老实告诉你吧，俺姓张，名苍虬，南阳人氏。自幼得异人传授，懂得一些武艺。只因父亲被仇人陷害了，籍没了俺一家，幸被俺逃得性命。事后便乘个间隙，手刃了俺的仇人，报得不共戴天之仇。但已闹得无家可奔，有国难投。一个人踽踽凉凉地路过鸡公山，恰巧山上有一群盗匪下山来剪径，不放俺过去。触犯了俺的怒气，就施展本领，把他们杀死了好多个，闯上山头。众盗见俺本领高强，都愿降服，推戴俺做首领，俺一时没有别的去处，哈哈！就在那山上落草做大王了。胡乱混了几年，靠着弟兄们的出力，居然有吃有穿，逍遥度日。可是静中扪心自问，天生俺这一具铜筋铁肋，不能为国家仗剑立功，上马杀贼，留一个青史美名，却长此埋没在这草泽中吗？心里未免有些不甘。后来逢到了一个江湖上相识的人，姓柴名英。他是赶到山海关外吴三桂总兵那里去投军的，他劝俺不必干这些绿林生活，不如弃暗归正也到官军中去效力。俺就答应了他，留他在山上住了数天。他临去时对俺说，他若投军得收，当托人来送信给俺。果然他去了不到一年，便有一个人带着他的一封信来，唤俺同去。因此俺散了伙，便下山登程，投奔吴将军去。随身只带着俺的两件宝物，一是门外拴着的那匹乌骓名马，全身毛色纯黑，蹄长耳圆，真有日行千里夜行八百之能。此外还有一柄灵宝宝刀，是魏晋间遗下的。"

张苍虬说到这里，将手一按腰间的刀柄，得意地笑了一笑，然后接着说道：

"今天俺路过这里，正想向人家告求一餐，却闻你书声琅琅，读得正是好听，未免惊动你，打扰你了。但是方今之世，大乱将起，你在这里闭户读书，即使读好了，也有何用呢？俺还没有请教主人姓名，话已说多了，请你见告吧。"

那少年听了他的话，觉得他出言吐语，非常慷爽，不愧是风尘中的健儿。自己平时也很羡慕游侠，以为朱家、郭解之徒，今世难得。今天逢着这位不速之客，大有虬髯公一流人物的光景，且能放下屠刀，立志从军，更是难能可贵。所以他非常高兴，便说道：

"鄙人姓许，单名一个靖字，世居于此杞县城外。先父在时是个老秀才，终身未取功名，不得已灌园耕田，老死牖下。他易箦的当儿，曾再三嘱我好好读书，将来代他一吐抑塞之气。无奈我不喜帖括之学，虽中了童子试，以后却数次名落孙山，几乎把我的心全灰了。在此闭户读书，侍奉老母，局促如辕下驹，壮士幸勿见笑。"

张苍虬听了许靖自述身世，便点点头说道：

"足下竟是个读书种子，俺虽是个粗莽的武夫，却很敬重儒生的。不过俺早已说了，世变方亟，中原必有大乱，何况关外的鞑子声势方盛，天天在那里觊觎大明江山呢！近年陕甘大旱大饥，便是俺们本省也闹得民穷财尽，遍地嗟苻。男子汉大丈夫生当乱世，须要做个英雄，轰轰烈烈地去干他一番。如你这样抱膝长吟，难道要学诸葛孔明吗？哈哈！现在的时候恐怕没有刘皇叔了！"

他说到这里，颊上的鬟髯都张开了，恍如钟进士一般。许靖很安闲地答道：

"讲到武术，鄙人尚称略知一二，可惜文不能娴，武不能精，说来很惭愧罢了。"

张苍虬道：

"好，足下的武术从哪里学来的？"

许靖笑道：

"前数年先父有个老友王永泰从代州来，在此住了一个年头，他是武术精通之人，年纪虽老，本领却高。左右无事，遂于每日早晚把技击之术教授我，并为详细讲解，因此我很有进步。只惜一年以后，他有事到代州去了。我只得在读书之暇，学做功夫，连续一些，不让荒废。然而浅尝薄涉，即此而止，未尝不引为憾事呢。"

张苍虬道：

"武艺一道当然要有能人指点，但也全仗自己苦心练习，方有进步。你既是懂得武艺的，将来上马杀贼，下马草露布，更当要乘时而起，所谓时势造英雄，足下有这个意思吗？"

许靖答道：

"孟子说得好，'待文王而后兴者，凡民也，若夫豪杰之士，虽无文王犹兴'，方今明室衰弱，内忧外患，接踵而起，我辈自当闻鸡起舞，为国立功。然惜千里马虽有，而伯乐不常有，倘屈辱于奴隶人之手，骈死槽枥之间，那还是不出去的好了。"

张苍虬听了许靖的话，也叹道：

"这是要看各人的际遇了。即如熊廷弼、袁崇焕二公镇守边圉，屡次能把满洲兵击退，可算是个英雄了。但是忠而被谤，雄志不伸，以致自坏长城，为敌所笑，岂非可惜？现在吴总兵年少英俊，颇著声名，只不知他是否能继熊袁二人之志，巩固金瓯，算得一位英雄。"

许靖答道：

"以我所知，代州总兵周遇吉深谙韬略，又精武术，可以称得英雄。"

张苍虬笑道：

"有为者亦若是，俺与足下当该自勉自励，将来要做个英雄，燕然勒铭，岘山留碑，才不辜负此生。"

许靖听张苍虬谈吐之间，粗莽中有俊逸气，不像完全是个武夫，更觉惊奇。且听他很有英雄自许之意，知是一位虬髯第二，心里正在怙惝。张苍虬忽又把手向后边壁上一指道：

"这是一柄宝剑吧，可否赐给一观？"

许靖笑道：

"读书不成，学剑不成，虽有霜锋，未免辜负了。"

说罢便走去，将那宝剑摘下来，回到桌边，嗖地从剑鞘里拔出这剑来，陡地眼前一亮，寒光森森，逼人肌肤。张苍虬连忙立起来道：

"好剑好剑！"

接到手中一看，只见剑柄上镌刻着赤凤两字，估料必然是唐宋以前之物，不知先代哪一位英雄遗传下来的。便又问道：

"足下从哪里得来这柄宝剑？可喜可喜！是不是传家之宝？"

许靖笑道：

"我早已说过了，先父是个文人，祖先都是儒家出身，哪里有这宝剑传下呢？"

张苍虬道：

"那么你这宝剑从何处得来的？莫非有人赠送于你？"

许靖摇摇头道：

"不是的。这事是在二年之前了。记得是清明时节吧，先父的坟墓是在这里乡下邓家桥，那里是个荒村，有一条小河环绕着，居民是很少的，墓地却很多，是个鬼墟。我奉着老母之命，前往扫墓。本想就赶回的，谁料那天天气十分燠热，扫墓方毕，乌云盖天，狂风大起，下了一阵大雨，使我不能回家。不得已就坐在守坟乡下人的屋子中。等到云散雨霁，天已近晚了。我一个人很觉无聊，便沽酒独酌，和乡人谈些乡间状况。黄昏时吃了晚餐，正要就寝，偶然向窗外一望，夜色十分黑暗，又没有月亮，但是东边不远的地方，却有一道白光上冲霄汉。我瞧见了，觉得有些奇异，便向乡人询问。乡人答道：'这白光是常时有的，已近一年，我们都瞧见。有些人以为妖怪，有些人以为祥瑞，尤其是在昏黑的夜间，看得最是清楚，有时闪闪晃动，有时深淡不定。今晚更是光明，毋怪许少爷奇怪了。'我又问他道：'这白光是从什么地方发生出来的？'乡人说是在前面的小河里，我就要他引我去一观。于是点了灯笼，向前边河畔走去，到了那里，只有河水潺潺和野风吹卷林木的声音。乡人把手向前面相距约十步的河水中一指道：'你看这白光不是从那里射出来的吗？'我跟着他的手一看，果然隐隐约约有一丝白光从水面上腾至天空里，更亮得多了，时常有跃跃欲动的样子。我和乡人站在水边，观看多时，那白光忽然渐渐收敛，淡得如游丝一般了，几乎看不见了。我们遂回到屋里。乡人对我说道：'恐怕这是金银之气，所以发生这样的白光。'我就笑问道：'既然河中有金银，你们为什么不开浚呢？'他说他们有些不敢。我笑了一笑，各自安睡。但我想河中必有宝物，这个机会不可失去。于是到了明天，我托他找了几个乡人前来，带了开掘的器具，一起赶到河边去。河水并不甚深，我教他们先戽去了水，遏住了上流，然后动手挖掘。他们也以为有金银可取，欣然从命。挖掘不多时候，一个乡人手里忽然摸得一样东西，很快地跳上来给我看，原来就是那宝剑了。我就想起古时丰城剑气的故事，我虽非雷焕，幸获霜锋，那么夜间所见的白光，大概便是此物了。乡人再向下掘时，一些儿也没有别的发现，垂头丧气地走上来说道：'哪里有什么金银？只有这柄

7

古剑，又有何用？'我心中暗暗欢喜，便给他们几两银子，把这剑带回家门，配了一个剑鞘，自己空暇时舞舞，很是顺手，这事岂非出于偶然的吗？"

张苍虬道：

"宝剑难得被你这样轻易得着，虽属偶然，可喜可贺。俺既然看了你的宝剑，俺也把宝刀给你一看何如？"

他一边说，一边把赤凤剑还给许靖手中。自己也将身边佩带的那柄宝刀拔出来，光耀寒霜，气凛清风，双手托着给许靖看道：

"此刀名灵宝，是魏曹丕所制，也有相当历史。俺是从一个头陀手里得来的。"

许靖看了，也说好刀好刀。一个托着宝刀，一个仗着宝剑，光森森地照耀四壁。他们正在欣赏之际，同时竹篱外面也有两道锐利的目光正从麂眼里向窗边射来，但是二人都没有发觉。

第二回

朔方健儿好身手

灵宝赤凤，一室光耀，二人摩挲观赏一会儿，各各称赞不已。刘三却走进来禀白道：

"饭已煮好，菜也端整齐，老太太请二位爷出去用饭。"

张苍虬道：

"啊呀，俺到了府上还没有拜见老太太呢。"

许靖笑道：

"不敢当的。"

说着话，把赤凤剑插入鞘中，仍去悬在壁上。张苍虬也把灵宝宝刀纳入自己刀鞘里，解了下来，和他的包裹放在一起。二人步出房来，见客室堂里安排着一桌刚办的酒菜。张苍虬便说道：

"俺们萍水相逢，岂可如此叨扰？"

许靖道：

"壮士说哪里话来，山肴野蔌，不嫌简慢，已是幸事了。"

张苍虬哈哈笑道：

"俺不惯客气的，少停放开肚皮，承受你的佳肴便了。老太太在哪里？快请出见。"

许靖见他一定要见自己的母亲，便走向后面一个垂着门帘的房里去，把母亲请出来相见。张苍虬一看这位老太太年纪已近七旬，白发萧萧，扶着拐杖，伛偻而行，可是面上却露着慈祥之色，连忙上前相见。许母见张苍虬形貌奇怪，心中也有些惊奇，自己不能回礼，便教许靖答拜。又对张苍虬说道：

"客人，这里是偏僻小县，我家又在郊外，没有什么好吃的东西飨客，请你多喝几杯酒吧。"

张苍虬说道：

"老太太好客气，幸恕俺的鲁莽，老太太先请上坐。"

许母又道：

"我是年纪老了的人，吃不下什么，每日不过喝些粥，便教小儿奉陪吧。"

说毕便退入房去。许靖请张苍虬上坐，自己在下首相陪。刘三烫上酒来。许靖教刘三换上大杯，又对张苍虬说道：

"壮士方才饮茶如此豪爽，大概酒量是很好的。我特地吩咐下人把久藏的陈酒开了一瓮，请君痛饮，所以请你尽管放量喝。"

张苍虬一掀须髯，说道：

"好酒难得，承蒙足下相爱，今天当大大喝一个畅了。"

刘三把大杯奉上，许靖代他斟满了请他喝。张苍虬连喝三四口，早已干了，对许靖说道：

"俺喝得很快了，你自己饮吧，不必为我斟酒，待我自己来，比较爽快些。"

许靖也喝了一小杯，吩咐刘三赶快烫酒。张苍虬一杯接一杯地痛饮，忙得刘三在炉上一壶一壶地烫个不停。许靖又请他吃菜。张苍虬见桌子上正中有一碗盛着一只热的酱鸡，他就老实不客气，双手取了撕着便吃，一霎时早已吃完。二人一边吃，一边谈些时事。张苍虬说道：

"这里有酒喝，有鸡吃，听说陕甘那里已是饥荒得野有饿殍，树无片皮了。最厉害的要算延安府，这是一个难民从延安逃出来告诉人家的，完全是真情实话。那里从去岁到今年，一年没有下雨，草木焦枯，田稻都死。八九月里人民都去采食山间的蓬草，

10

这样东西虽是谷物，却似糠一般，味道苦涩，难吃得很。但到十月里，蓬草都吃尽了，只得去剥树皮，苟延生命。到得年底，四处的树皮都剥光了，赤地千里，无处觅食。大家没法想，又去掘山中的石块，硬咽下去。然而石块是冷的，且有腥气，吃下肚当然易饱，可怜不到几天，都腹胀下坠而死了。于是大家只有做强盗，抢来吃。死于饿，死于盗，同是一死，坐了饿死，不如为盗，死了还能够做个饱死鬼。所以那里土匪蜂起，闹得不成样子。良民想要逃生出来，也不是容易的事。那边乱事倘然不能平定，那么一旦闹大了，收拾不下，恐怕这里也难长保安乐呢。"

许靖听了张苍虬的话，也叹道：

"星星之火，可以燎原。东汉的覆亡，初由于党祸，后来黄巾作乱，群雄纷起，董卓、曹操之徒，乘机僭窃，天下便一乱而不可收拾了。我看本朝的情况也和汉末有些相似，更有鞑子在关外窥伺，年年用兵，恐怕更是危险呢。我辈生逢乱世，徒抱杞忧，既不能为良平，又不能做颇牧，奈何奈何！"

张苍虬哧的一声笑了出来道：

"你不要自视过卑。做良平也好，做颇牧也好，只要自己努力，时势造英雄，英雄造时势，元朝倾覆的时候，我太宗乘时崛起，豪杰景从。他不过是个皇觉寺里的小和尚，却能平定天下。海水不可斗量，一个人的前途岂料得到呢？"

许靖听张苍虬说话好大口气，不觉默然。张苍虬也喝得有些醉意了，便教盛饭。刘三送上饭来。张苍虬又吃了三大碗，说道：

"好多时候没有吃米了，今天你们简直把我待作上宾呢。"

于是散了席。二人洗过脸后，重入书室小坐，张苍虬本要赶路的，不知怎样的今天和许靖相见，惺惺相惜，大家谈得甚是投机。许靖也因张苍虬初见时似乎是个粗莽的武夫，但是说话却非常豪迈而又精警，是个风尘中的英雄，所以竭诚款接。二人谈谈说说，不觉日影已西，渐渐隐向山后去了。张苍虬道：

"啊呀，多讲了话，忘记了时候了，不知前面可有宿处？俺想赶过山去呢。"

许靖道：

"我们难得相逢，既来之则安之，不嫌舍间狭窄，请你在此耽搁一二天，再行动身如何？"

张苍虬道：

"多蒙挽留，今晚俺就在府上过一宵，明日再走吧。只是你们不要为了俺多忙，只要有酒喝便了，菜却不必预备的。"

许靖道：

"好，我家有的是酒，尽够你喝的。"

张苍虬遂到门外去把那头乌骓名马牵进来，拴在篱内。对许靖笑说道：

"俺这坐骑是很名贵的，俺要借着它的力量赶路到山海关呢，不要给歹人看想了去。"

许靖道：

"现在外边时势虽不安宁，而我这地方却尚没有劫掠盗窃之事，但是将来却难言了。"

便吩咐刘三落空喂些马料。二人就坐在庭中谈些武艺。张苍虬一谈武事，格外起劲，声音又是洪亮，滔滔地讲个不休。转瞬天已黑了，二人回到屋里面，刘三早掌着一支红烛，二人坐着又讲些塞上的事情。刘三又来请吃晚餐。许靖陪着张苍虬仍到客堂里相对饮酒，一日之间张苍虬已把这一瓮新开的陈酒几乎喝个罄净，许靖却喝得不上三斤，大半到了他的肚皮里去了。刘三在一旁看得只是发呆。

晚餐后，许靖掌着灯，代张苍虬引导，取了包裹和宝刀，指点他到东边一间小客房里去睡。前面就是许靖的卧室，只隔一重薄薄的矮墙，有门可通。张苍虬多喝了酒，也要睡了，便脱了衣服，向榻上倒头便睡。许靖又到书室里去，再想看一会儿书，但是眼皮立刻合了拢来，睡魔已临，不能强自支持。他就放了书卷，立起身要回房安寝。他是精细之人，一切小心。先去看看他的老母已深入睡乡，刘三尚在灶下洗涤，便教刘三好好留心关闭前后门户，熄了火种。刘三诺诺答应。自己又至庭中观察，见一钩弯弯的新月已在云端里拥出，照得西墙上很光明，那匹乌骓马也偃卧地下，没有声息，四边静悄悄的，时候已经是二更过后了。他又到书室里摘下壁上的宝剑，回到房中，放在枕边，掩上房门，熄了灯，解衣而睡。也许为了精神兴奋的关系，在炕上只是辗转反侧不能安眠。听听刘三也已睡了，后面客房里张苍虬鼾声如雷，一屋子都听得。

自己刚要息心静气地睡去，忽然耳畔似乎听得对面书房里有一些微微的声响。他暗想：莫非有耗子吗？接着便见窗外有一点火光一亮，那客人的乌骓马忽又嘶了一声。他连忙跳下炕来，从枕边取了宝剑，轻轻将房门一开，便见庭中有一个黑影一闪，那匹乌骓马已被黑影牵至门外。可是那马兀自将蹄子踢着，挣扎着。

许靖知道有盗马的人了。仗着自己也有一些本领，所以大喊一声："哪里来的贼种敢盗马去？"一个箭步跳至庭心。这时那黑影见里面有人察觉，也擎出腰间一对鸳鸯锤来，回身说道：

"是你家爷爷在此。"

跳过来，便向许靖头上一锤打下。许靖把宝剑望上一迎，一道白光闪烁人眼。那人知是宝剑，恐怕自己的家伙受伤，立刻收了回去。许靖乘势一剑使个苍龙取水，扫向那人的头上。那人看准了，把左手锤迎住剑背一拦，铛的一声，许靖的剑直荡开去。那人踏进一步，右手锤已向许靖腿上打来。许靖说声不好，急忙将身子向后一缩，退出数步，方把这一锤让过。那人舞动双锤，跟着逼近。许靖也将赤凤剑使开，二人在月下酣战起来。

许靖一心想要削断他的锤头，可是一则那人好似知道他的心思一般，避实击虚地不使锤头和剑锋正面相逢，二则锤头是镔铁制的实质，况又十分沉重，一时难以剁削，三则那人本领高强，把一对鸳鸯锤舞得似疾风骤雨般，一些儿没有间隙，反将许靖包围住。

　　战了二十余合，许靖遇到劲敌，有些来不得了。刘三也已闻声惊起，见了这般光景，十分惊慌，连忙跑到后面客房里，见那个姓张的虬髯公客人睡得正熟，绝不觉得外边有了厮杀，遂凑在他耳边高声喊道：

　　"外面有盗！"

　　只见那客人打了一个转身，又睡着了。慌得刘三使着劲儿在他身上重重地拧了一把，张苍虬方才跳了起来，摩着双眼问道：

　　"谁来扰俺的好梦？"

　　刘三道：

　　"张爷，外边有了大盗，把我家爷困住了，请你快去相助。"

　　张苍虬听说有盗，大叫一声，跳下床来，取过自己的宝刀，奔出房门，听得金铁相击之声，许靖正在退下。他就一摆宝刀，虎吼一声，奔上前对准那人一刀劈去。那人见屋里又跑出一个助手，声音洪亮，身躯健硕，月光下瞧见他脸上非常威武，颔下须髯戟张，知道来者不善，急忙把锤去招架时，觉得刀势沉重而迅速，遂也不敢懈怠，用尽平生功夫来抵敌。

　　许靖见张苍虬前来协助，有心要看看他的本领，自己便让开一边，抱着宝剑旁观。只见张苍虬一柄宝刀上下翻飞，使急了时，但睹刀光，不见人影，心中暗暗佩服。然而盗马的人本领也很不弱，舞动双锤，如两团黄云，翻翻滚滚地厮杀个不休。

　　战够良久，张苍虬见敌人厉害，自己一时不能取胜，心中未免有些急躁，便把刀法一变，使出五百路降龙伏虎罗汉刀来。这是张苍虬练就的绝技，江湖上人能此的很少，人家也很难抵敌得住这五百路出奇制胜的杀手刀法来。所以一柄刀纵横决荡，扩成一个大弧形，尽向那人逼去。那人不甘退让，苦苦抵击。又战了五十余合。只听嘡呛一声，跟着又是咚的一声响，那人左手的锤头已被张苍虬宝刀削在地上，削断了锤头。那人大吃一惊，把右手锤虚晃一下，跳出圈子，回身一跃，出了短篱，飞也似的逃去。

张苍虬哪里肯放他走，便跟着跃出篱去追赶。许靖也仗剑开门跑出。见那人沿着小河，向北面逃遁。张许二人一前一后地向前紧追。那人见背后有人追赶，忽地回身一扬，一道寒光向张苍虬门前射来，张苍虬一边将头一侧，让过敌人暗器，一边大声嚷道：

"敌人休放暗器！"

但是许靖随在背后，没有防备，也没有瞧见。等听得张苍虬的呼声，要想躲避，暗器已到身前，正中左肩，乃是一支小小的袖箭，立刻痛入骨髓，大叫一声，跌倒在地。张苍虬听背后许靖已中暗器而倒，虽欲回救，然而心中大怒，愈不肯放松敌人，把脚一紧，追赶上去，喝道：

"狗盗贼！胆敢暗器伤人，今晚你上天我也要赶上天，入地我也要追下地，想逃到哪里去？"

那人一边跑一边仍不答话，一扭身又是一支袖箭向他胸口飞来。张苍虬把宝刀望下一撩，早把袖箭打落在地，遂又说道：

"你有几多袖箭，只管放将出来便了。"

那人见两箭射他不中，也有些惊慌，正要放第三支箭时，不料在一块石上一绊，忍不住跌将下去。张苍虬大喜，蹿至那人身前，举刀砍下。但那人忽使一个鲤鱼打挺一跃而起，一锤反向张苍虬腰里打来。张苍虬砍了个空，一锤已至腰际，只得乘势又向前一跳，躲避这一锤，便返转身又是一刀，向那人下三路扫来。两人重又杀在一起，张苍虬大有誓欲得而甘心之意，一步也不肯放松。那人手中只有了一锤，又怕再被张苍虬的宝刀削伤，所以勉强斗了十数合，又向前面官道上逃去。

张苍虬擒他不住，气得无名火冒，连忙追赶上去，暗想：这厮的夜行功夫和跳跃之技果然不错，不要被他逃去了，我怎样还去见许靖？且不知许靖受了伤又怎样了？一边想，一边追，看看前面已望得见雉堞，官道东边有一座较大庄院，一带曲曲的围墙，像是个大户人家。那人跑至庄后，耸身一跃，已上围墙，飘身落下去了。张苍虬想原来这里是个盗薮贼窝，那厮逃进去了，我既已到此，不管他虎穴龙潭，也要追进去的，所以他跟着一跃也到了墙上。

第三回

令人却忆平原君

墙里面乃是一个空旷的后园，月光下张苍虬见那人跳落地上，立定着回头看可有人追来。张苍虬在墙上使一个旋风落叶，跳将下来，一把宝刀护住自己头部。不料脚尖方才落地，那人早已一锤击至。张苍虬将宝刀拦开，还手一刀向那人肋下刺去。那人侧身避过，舞着独锤，又和张苍虬狠斗起来。刚战到八九回合，园子里面忽有一阵凶厉的龙吠声，早见亭子后有五头巨獒，目光睽睽，张牙舞爪，一齐向这边飞奔而至。见了二人，不管三七二十一地扑上来狂噬。二人只得抛下对手，各自去抵抗群獒。

那些巨獒见了刀锤，视若无睹，什么也不怕，只是猛扑。你去砍它击它时，它们自会躲开的，阵势非常坚固，不亚于五头猛虎，二人竟被围住，反而不能脱身。正在这时，屋子里人声喧哗，灯火大明，有七八个庄丁挑了灯，拥着一个少年跑出来。那少年戴着一顶儒巾，身上却穿短衣，手中挺着一支梨花古定枪，走上前说道：

"咦！你们怎么在我这里动手？须知我庄上的巨獒是不好惹的啊。"

便将手中枪一指，喝定群獒，令它们退去。群獒一见主人到临，听到号令，果然凶势顿敛，摇尾戢耳地退向亭后而去。那少年又对那人说道：

"陈壮士，你为什么和这个虬髯大汉动手？他是打从哪里来的？半夜三更，闯入人家，好不奇怪！"

那人听了，没即回答，张苍虬早哈哈笑道：

"你去问他吧。俺岂肯无端跑到这里来的？"

那人到了这个时候，只得说道：

"李爷，只因我到得这里，蒙李爷推食解衣，十分优待，自觉无以报答。今日出外路过一处人家，见门外绿树下系着一匹乌骓名马，便知此马来头很大。又从篱外见一间室里，就是这个虬髯大汉正和一个少年，观看一柄宝刀，又有一柄宝剑，刀光剑气，森森逼人，使我心里不由一动。暗想这三样东西都是价值连城，不可多得的，所以决定到了夜间前去盗取。倘能盗得，把来献给李爷，也好使李爷喜欢。就是我在此寄食了多时，也不是无功受禄了。谁知我施展飞行术跑到那里去时，却见那室中并无刀剑悬着，大约主人已把它们藏去，心里有些失望。回身出来，见那匹乌骓马系在庭内，正想去盗马。屋子里的人惊动了，便起来和我交战。初时一个少年本领平常得很，后来这虬髯大汉武艺高强。我敌他不住，恐防有失，所以退避，不料他们二人偏在后紧紧追赶不休，我又用暗器伤了他们一个，但是他仍追到这里来。现在惊动了李爷，不胜惭愧。他既然这样不肯放过我，待我换了兵器，再和他在此拼个死活，便请李爷做个证人也好。"

说罢，就奔到里面去，换了一对铁锤，高高举在手中，对张苍虬说道：

"来，来，我与你再战一百合。"

张苍虬也把宝刀一挺，说道：

"很好，今晚我若败了，便把宝刀名马送给你。"

二人正欲动手，这时那少年将枪一摆，拦开二人道：

"原来如此，你们不必再动手。古语说得好，不打不相识，又说两虎相争，必有一伤。你们二位都是有本领的人，不必狠斗，待我来与你们调解了吧。"

便又对张苍虬说道：

"我是李信，一向住在这里的杞县，生平爱好结交天下侠士。这位陈壮士在我这里为门客，轻身功夫甚好，武术也是精明。不想今晚为了盗马盗剑之故，竟又使我多认识了一位英雄，请问壮士姓甚名谁？从哪里来？我看壮士并非是此地的人啊。"

张苍虬本来怀着盛怒，追到此间，一切都没怕惧，只寻厮杀。现在见这姓李的少年说话却很讲理，一些儿没有傲气，只得按下宝刀，回答道：

"俺姓张，名苍虬，此番从鸡公山来，方才在一个新认识的朋友许靖家中留宿一宵，宝刀宝马都是我的心爱之物。那姓许的也有一柄宝剑，我们曾彼此交换看过，不料被人家偷眼看着，便要来乘隙盗取。试想这种宝贵之物，岂能轻易被人盗取的呢？俺和许靖一同追赶，不料这位姓陈的又用暗器把许靖打倒。俺因不肯舍弃敌人，所以一直追赶到此的。"

李信听了张苍虬的说话，便问道：

"张壮士，你说的许靖可是一个少年的书生吗？"

张苍虬点头道：

"正是。他受了伤，俺还没有去看他呢。"

李信忙说道：

"不好，这位许靖也是我的朋友，不知他受的伤重不重？我们快快去找他吧。"

张苍虬道：

"不错。"

遂跟着李信，一同开了园门，走出庄去。陈飞也和众人点着灯笼火把，一齐向前面那条来的路上走去。走得不多路，只见路旁坐着一个黑影，众人跑过去，借着灯火瞧时，正是许靖。许靖一见张苍虬和李信走来，还有那盗马的人也跟着在内，心里好不

19

惊奇。张苍虬和李信都上前问他受的伤在哪里，现在觉得如何。许靖答道：

"我受的伤还轻，箭头幸亏没有深入，已被我拔了出来，从衣襟上撕了一小块布，自己把来扎住，便不流血了。不过方才跌倒的时候，几乎发昏，等到我爬起来时，张壮士已不见了，所以我还坐在这里休息着，没有回去。怎么你会和李兄一同跑来的呢？"

李信笑道：

"这就叫作不打不相识了。"

遂把张苍虬追赶陈飞到他庄里的情形，约略告诉了一遍。许靖也说："巧极巧极。"陈飞因为自己用暗器打伤了许靖，虽然人家不责备他，他心里终觉有些对不起，便过来向许靖道歉。张苍虬道：

"只要你不是敷毒药的东西，俺的行囊中带有金创良药，少停回去给许兄敷上一些，便可早愈的。"

李信瞧张苍虬英武豪莽，着实可爱，便要许靖和张苍虬马上到他庄里去一聚。许靖因为家中无人，这事已告一段落，急欲回去，便答应李信，明日他邀了张苍虬到李家庄上来拜望。李信遂再三叮嘱许靖等不可失约。张苍虬也一口答应道：

"明天俺一准来拜访李爷便是，俺们再会吧。"

便一手将许靖扶起，扶掖着他向李陈两人点了点头便走了。李信也说一声："恕送，明天再见。"同陈飞等众人回去。张苍虬伴着许靖，回到许家。许靖到他房里坐下，张苍虬便去取出金创药给他敷上患处，重行包扎一过。二人因时候已近五鼓，也不多讲话，各自去安睡。

次日大家起身，张苍虬便问许靖伤处如何，许靖答道：

"敷药后就止痛了，不日自会好的。"

张苍虬笑道：

"昨夜那姓陈的虽然徒劳往返，但是却使你无端受了伤，我真对不起你。"

许靖道：

"这是我自己不慎，以致受人暗算，与壮士何尤？古人云，谩藏诲盗，我们虽没有金银珠宝，却有了这些刀剑和马，被识货的人冷眼窥见，便发生这么一回事了，真是使人料想不到的。"

张苍虬笑道：

"那位李兄究竟是何许人物？他的门客怎么也有鸡鸣狗盗之流？"

许靖答道：

"李信是这里的武举人，性好游侠，略知武艺，和我是一样的。但他倜傥不群，喜欢交游，一县的人大都认识他。我和他也是朋友，时常到他庄里去弈棋谈天的。他那里门下士很多，文武皆有。昨夜来的姓陈的，武艺也是很好。若非张壮士本领高出于他，他也不会轻易败北的啊。这样可见你是一位英雄，无怪李信只一见面已要请你到他庄里去了。"

张苍虬掀髯笑道：

"许兄，你又要提起英雄了。在这个时势真用得着，我们大家努力吧。我今天同你去拜访了李信，便要上道的。我恨不得一飞就飞到关外去见见那位吴总兵，究竟是个怎样的人，能不能用俺的？"

许靖道：

"你不要性急，我们吃了早餐，立刻就去。"

于是许靖吩咐刘三快把早饭端整上来。他陪着张苍虬吃罢早饭，又到他老母房里去请过安，吩咐刘三几句话，便和张苍虬走出门来，向李家庄行去。二人走在路上，又讲起李信来，张苍虬方知李信是这里的大户人家，又是仗义疏财的人，去年河南闹着饥荒，李信拿出许多家财去赈济难民，因此他的名气很响，远近皆知，大家都称他李公子而不名。许靖又告诉他，说李信为着防盗起见，在庄中豢养着五头猛犬，一到夜间，去了嘴套，放在园里巡守。有一次，六七个土匪从庄后扒墙进去，想去盗劫，却不料逢到这五头猛犬，一阵狂噬，土匪们死伤了三人。李信等亦闻声出来，土匪无路可逃，悉被擒住，从此没有人再敢夜间偷入李家庄了。张苍虬想起昨夜巨獒出噬的情形，他便笑着告诉许靖。许靖咋舌道：

"好险好险，大概你们俩本领都是高强，所以没有受伤。"

二人一边说，一边走，早来到李家庄。庄前十分广大，张苍虬昨夜到此是从后进去的，没有细看，现在瞧见李家庄造得果然伟大华丽，可说在杞县地方首屈一指了。二人到得庄门前，早有庄丁在那里守候，一见二人走来，立刻跑到里面去通知。一会儿早见李信和陈飞开了正门，出来迎接。相见后，李信便拉着手，请二人到里面去坐。一径走到花园里景贤厅上坐定，献过茶后，大家便畅谈一切。张苍虬很坦直地把自己如何洗手绿林，投军北上的志愿，告诉李陈二人知道。又谈起天下形势，都知道大乱将起，明室颠危，将来的事也难以逆料，有志的人当然在这时候要准备出来干一番事业。陈飞听了张苍虬去投军的消息，他的心也跃跃欲动，于是他便和张苍虬说，自己本是徐州沛县人氏，一向在镖局里帮忙，后因保镖到山西区，途中失了事。无颜回转镖局，流浪江湖，辗转到此。在此间庄上坐食了好多时候，很觉惭愧，所以也愿去从军，请求张苍虬提携。张苍虬见他说得诚恳，一口答应。李信笑道：

"陈壮士也要到边关去军中效力吗？那么我也很赞成的，不敢多留了。"

陈飞道：

"我在此间多蒙李爷盛情优渥，使我不胜感激的。我想人在壮年之时，若不出去做一些事，岂非埋没了我的一生？恰逢到这个机会，所以决定附骥同往了。"

张苍虬道：

"那么请你立刻预备，今天俺就要动身的。"

李信道：

"张壮士何必如此急急？我们初次相见，当还聚一下，请你在此住几天再走可好？"

张苍虬见李信如此好贤下士，十分多情，便点点头道：

"公子真是当世的平原君了！俺们这遭的遇合，也可说难得的事，俺就多留一日，和你们畅叙畅叙，但明日无论如何必要动身了。"

李信见他如此说，也不好十分勉强多留，便吩咐下人将酒筵摆上，大家分宾主坐了，在厅上欢宴。张苍虬酒量甚好，举着大杯，如长鲸一般地狂饮。酒至半酣，李信便对张苍虬等说道：

"今天我们在此相聚，明天两位壮士便要远离了，萍踪偶合，令人可念，也是很难得的事。只此一别，他日不知何时可以重聚。我等觉得意气很是相投，所以我向三位有一个要求，就是欲学三国时刘关张桃园结义的故事，结拜为异姓兄弟，倘蒙不弃，便订兰谱。"

张苍虬听了，第一个笑道：

"俺是一个武夫，你们两位都是王孙公子，若欲结拜兄弟，岂非有辱二位呢？"

许靖笑道：

"你是爽快的人，千万别这样说。你若肯答应，真是荣幸的事。现在谁同意李兄所说的话，可以各尽一杯，作为表示，免得彼此客气。"

他说罢，先把面前的一杯酒一饮而尽。于是李信、张苍虬、陈飞都把面前的一杯酒喝干，可见大家都同意了。李信十分快活，便叫家人们去预备一切。席散后，大家坐谈一会儿，不觉天色已晚，然而大厅上早预备下牲醴神模，点上香烛，地下又铺着红毡，李信便和三人先去拜了天地，写了一张兰谱。张苍虬年纪较大为长兄，陈飞第二，李信第三，许靖第四。彼此交拜后，大家都用兄弟称呼。李信便请他的夫人邢氏出来拜见，众庄丁也上来拜贺。又有几位门客也来道贺。李信在厅上大排筵席，请三位弟兄和门客等一同欢饮。庄丁们也各有犒赏，热闹至夜半方散。这天夜里，张苍虬仍随着许靖回去住宿，约定陈飞明天午后动身。李信和许靖二人也预备再在庄中设筵饯行。次日张苍虬天明即起，又和许靖谈了一刻话，说他们到了那边，倘然有功升擢，当托人带信前来。张苍虬的意思很欲许靖也到外边去。但是许靖终因老母在堂，未能追随为憾。

早餐后张苍虬便去向许母拜别，给了刘三数两银子，然后佩上宝刀，携了包裹，牵了乌骓马，和许靖走到李信处来。陈飞别无携带，只有一个包裹早已预备好，四人又谈了好一歇，日已正午，李信、许靖为东道主，摆上酒席，为二人饯别。大家痛饮一番。

散席后，张苍虬即刻要走。李信因陈飞没有坐骑，便从他厩中牵出一匹青骢马，赠送与他，又奉上二百两银子给二位义兄为盘缠。二人也不客气，都接受了，拜别而行。李信又和许靖各坐一匹马，相送至十余里外，方才依依不舍而别。

李信和许靖纵马回转李家庄，将近门前，只见那边广场上围着一大堆的人，里面锣鼓声喧，不知在那里做什么把戏。李信的庄前素来不许有江湖上的人在那里卖拳鬻艺，若是要他送几个钱，他倒愿意的，只是不准破例。所以他一见之后，心里有些烦恼，把马一催，向那人群里冲去。

第四回

燕蹴飞花落舞筵

当李信一马冲去的时候，众人闻得背后鸾铃响，回头一看，见是李信到来，大家立刻让出一条路来。这里面也有李信庄上的庄丁站在一起观看，当李信跳下马来时，慌得两个庄丁一边过去代他牵住马，一边说道：

"李爷来了。"

李信板着面孔，向庄丁喝问道：

"你们在门前管些何事？难道不知我庄上的禁例吗，怎么让卖解的在此胡闹？"

庄丁撮着笑脸答道：

"李爷，我们本来不让这些人在此啰唣的，无奈他们强要在此卖解，守门的方胖子已被他们击中两拳，回到房里吐血呢。我们没有办法，只有监视着他们，等候李爷回来，再行对付。"

李信听了，更是发怒，说道：

"谁敢殴我下人？目无王法，须知我李信也不是好欺的。"

庄丁把手向场里一指说道：

"请李爷瞧吧。"

这时场里东西两端各直立着一根竹竿，中间缚了绳子，绳子上面正有一个妙龄女子，全身穿着绛红衣服，在绳上走来走去，表演各种技能。下面的人敲着锣和鼓，以助声势。李信初瞧那女子头上梳着一个凤髻，髻上斜插着一枝花，两颊涂着一些胭脂，一双眼睛水汪汪的，很有几分姿色。底下三寸金莲，穿着窄窄的绣花鞋，踏在绳上，往来跳跃，如履平地。口里指点着叫快请看。

庄丁见李信不再追究，便牵了马去，也来立在背后同看。那卖解女在绳上歌舞了一会儿，已显出伊腰肢的婀娜、技能的活泼，但是伊还立在上面不下来，下面的锣鼓也敲得紧急，有一个赤膊露胸的大汉，牵了一匹白马过来，停止在绳下等待，那妙龄女子蓦地里一个翻身，从绳上倒落，大家担心伊要失足坠地了，却又见伊翻身下来时，一双小足早钩住绳子，伊的身子在绳下倒挂着，晃了几晃，好似风摆杨柳一般，大家不觉喝起彩来。那女子挂在绳上后，却又将一足脱去，只有一足钩在绳上，好似蜻蜓挂着。锣鼓敲得更响，伊在绳下把绳子一扭，转起风车来，一连转了十七八个，锣声敲得不歇，伊的身子也转个不休。

大家瞧得目怡神往，很代伊捏把汗，约莫转到三十多回，众人眼角里看得昏花了，忽然一瞥似的，伊的身子如小鸟下坠，大家以为伊又要跌了，都喊声"啊呀！"谁知那女子却好端端地立在那匹马背上。那大汉将鞭子在马屁股上敲了一下，那马立刻驮着女子，便在场中绕着圈子走，走了一趟，那女子又倒身将两手撑住马背，一个身子笔直地倒竖着，由那马奔着。

许靖看了，便对李信说道：

"别小觑这卖解女，伊的技能倒也不差，真是身轻如燕了。记得唐诗上有句道：'鱼吹细浪摇歌扇，燕蹴飞花落舞筵。'此女能歌能舞，却堕落风尘之中，可惜可惜！"

李信瞧得也很神往，说道：

"真有这的！可惜陈飞前一步走了，否则他的轻身功夫很好，可以让他来和这红衣姑娘较量一下呢。"

两人说话时，女子的马已跑到二人身前。女子一个翻身，仍立在马上，一眼瞧见了二人，不觉横波一笑，若有意，若无意，许靖看着，对李信笑笑。李信也觉得那卖解女子已在注意他们二人了。那女子在马上做了许多式样，锣鼓渐慢，马到场中，女子一跃而下。大汉过来，牵住马，把一对梨花双刀递给那女子。女子接在手中，嗖嗖地使将起来。初时尚见人影，后来一刀紧一刀，变成一团白光，滚东滚西。李信瞧着，几乎失声喊起好来。

突然之间，那女子就地一滚，早滚到李信许靖二人身前，霍地立起身来，雪亮的双刀向二人面上一晃。旁边的人早吓得倒躲不迭，但是李信和许靖仍旧不动声色，直挺挺地站在那里。那女子早又收转刀，跳回去了。

一路刀法使完，锣声也停止了。女子把双刀丢给一个伙伴，又叉着腰，立在场中，面不红，气不喘，只用一双流利的眼睛向李许二人这里瞧来。那大汉端着一个大盘，向众人说道：

"众位爷，我们这位姑娘吃力了。承蒙诸位赞好，现在请赐些钱。我知道这里杞县地方的人士素来很慷慨的。"

大汉说罢，李信听了，方才觉得自己错了，为什么不早早发话把他们驱走，反而自己也看起来呢？他遂走出来说道：

"你们从哪里到此卖解的？可知李家庄的门前一向不容有江湖上的人到此卖艺？若要向我李信借些盘缠，倒也可以商量的。你们怎么偏在此间卖艺，又将我家人打伤，是何道理？现在倒要起钱来吗？没有这么容易的事吧。"

大汉听了李信的话，又对李信上下一打量，便带着笑说道：

"原来你是李爷，多多失敬。方才我们到此，借庄外的地方暂时卖解一次。不料李爷庄上的庄丁对我们口出不逊，用武驱逐。我们的姑娘招架时，偶一不慎，伤了庄丁。这虽是我们姑娘的失手，然而尊处庄丁也不免自取其咎。李爷莫怪，我叫姑娘前来和李爷赔罪，好不好？"

李信还没有答话，那红衣女子早已留心听得，姗姗地走上来，向李信福了一福，操着很流利的中州话说道：

"李爷莫怪。久闻李爷是慷慨好义的公子。今日相见，三生有幸。"

李信本来要发作的，现在见这二人说话都是很卑顺，方才又瞧见那女子的技术不是寻常之流，胸中的怒气早已消释，不能再向他们责备，只得说道：

"你们这样恭维我，愧不敢当。不过我的庄前一向不许人卖艺，所以我的庄丁来驱逐你们了。现在我原谅你们没有知道这规矩，立刻请你们停止鬻艺。倘然少盘费，少停我可以相助若干。"

大汉和女子听了，都带笑谢道：

"李爷的说话不错，我们敢不唯命是从。当即收拾了，到李爷庄上请安。"

二人说罢，回身过去，把地上的竹竿拔起，和伙伴们草草收拾。许多看热闹的人见李信对他们无异下了逐客之令，而他们倒很能听从的，足见李信的势力可畏。热闹的场子散了，人家也就散开。许靖因为急欲回家，也不再停留，别了李信去。李信反负着手，低头沉吟一步一步地走到庄门前。一回头见那大汉和红衣女子已带着他们的伙伴走到庄上来了。他有言在先的，却不能拒绝，只得把他们招呼到了里面的厅上。坐定后，受伤的庄丁见主人不但不代他报仇，反而把卖艺的引了进来，甚是奇怪，所以他也进来向李信叫应。那大汉见了他，便取出一个膏药，对庄丁说道：

"刚才我们不小心，得罪了你，幸亏不是重伤，我送这个膏药给你贴上了，三天之后可以完全无恙，千万请你恕宥。"

庄丁见大汉如此说，又见李信并没有什么表示，只得接了膏药退下。李信以为他们是要钱，便吩咐一个家人到里面去取。又问大汉道：

"你们从哪里来？这位姑娘的技艺着实不错，是你的什

28

么人?"

大汉答道:

"我姓佟,伊是我的妹妹,一路卖解到此的。"

李信点点头说声:"很好。"家人已托了一盘纹银出来,盘中装着五十两银子,放在桌上。李信便指着银子,对二人说道:

"这一些银钱是我送给你们的,请你们不要客气,收了吧。"

大汉闻言对红衣女子笑了一笑,却不答语。李信以为他们嫌少,正要再说时,大汉早走到李信身边,轻轻说道:

"我们有几句要紧的话要和李爷一说,请李爷屏退左右,方敢直言。"

李信听了,不由一怔,遂吩咐旁边伺候的庄丁一齐退去。大汉又嗫嚅着不说。这个样子,李信怎不怀疑起来?忍不住问道:

"你们有什么话,尽管直说好了,此地又没有旁人,请你放心。"

那大汉又向两边望了一望,方才说道:

"刚才我向李爷说的话,尚有不实之处,务请李爷原谅。我们并非卖解的人,实在是青石山上的头领。我是佟天豹,伊是我的妹妹佟天凤,就是人家称说'红娘子'的。因我们本来也是走江湖卖艺的,后来我们到了青石山上,聚集一班弟兄,干起绿林生涯来。现闻陕西李自成等揭竿而起,声势很盛,意欲在此响应,将来可以争取天下,共图富贵。不过觉得自己的声势还不盛大,尚须得信望素著的人举旗而起,号召四方。素知李公子在这里有孟尝、平原君之名,豪杰之士都愿归附,若得李爷允许,同我们一齐起义,河南之地不难唾手而得。现在明室的国祚将告终,草莽间英雄奇士应当乘时而起,李爷原是第二平原公子,何不乘势以图天下?我等兄妹都愿追随鞭镫,勠力同心。此番我们冒险前来,故意打着卖解为名,求见李爷一面。且喜已得如愿,所以冒昧陈言,请李爷当机决断,俯纳我等的愚意。"

李信听了这一番说话，心中不觉一惊。又对佟天凤看了一眼，见佟天凤正对自己凝睇而视。他暗想：我也听得绿林中有"红娘子"三个字，是个杀人不眨眼的女魔王，却不料生得这样轻盈美丽。我以为他们不过是个卖解之流，左右要些金钱罢了，谁知他们是绿林大盗。秘密到此，包藏着很大的野心，想要勾结我，借我的名一同起而作乱。但是我想大丈夫在世，岂可做乱臣贼子，给后世唾骂？这件事我如何能够答应他们呢？佟天凤瞧了李信的神情，知道他难以答应，便又带着笑说道：

"李公子，请你不要犹豫不决。本朝的太祖皇帝起初也是一个寻常之人，在马上得了天下。公子当此乱世，何不应时而起？我等始终拥护你的。"

李信只得带着笑回答道：

"多蒙二位头领宠召，但是我们都是大明的人民，岂可背叛？况我的祖宗庐墓都在此间，何能作乱？这件事恕我不能答应。"

佟天豹见李信回绝，便冷笑一声道：

"天下者人人之天下，非一人之天下。素闻李爷大名，却不料这样胆怯，不及妇人女子，那么真是见面不如闻名了。李爷既是怕事的，不妨请将我等兄妹二人双双捆缚了，送到官里去，倒可以得功呢。"

李信道：

"头领休如此说，我岂肯做此种不义之事？不过很惭愧的，因为尚有别的关系，未能应允。且人各有志，不能勉强，只得有负二位到此的盛意了。"

佟氏兄妹见李信很坚决地不肯答应，便说道：

"我们此来本也无成功的把握，顺便看看李爷是怎样的人。现在见到了，谈过了，话不投机半句多。既蒙李爷好意代守秘密，不将我们送官，感谢得很，我们再见吧。"

说毕，起身辞去。李信还要将纹银赠给他们。佟天豹笑道：

"我们无功不受禄，李爷留着吧。"

二人遂和他们的伙伴辞别李信走出李家庄。李信看他们去后，在庄门前呆立了多时，方才慢慢地踱进去。他夫人问起卖解的来历，他也含糊不肯直告。夜间睡在床上，想起了这事，心中很是忐忑。闭上了眼，便好似有一个身轻似燕、貌美如花的红娘子站在他的面前，暗想他们的说话也未尝没有道理，但是自己是世家子弟，岂可有此不轨之心？况且胜则为王，败则为寇，将来的事也不可知晓。唐末的黄巢也因落第之后愤而倡乱，然而结果徒为他人造了机会，自己留下一个恶名，屠杀了不少良民。一念之错，遂至于此，我岂能贸然答应人家呢？想了一会儿，又想到张苍虬和陈飞二人，他们正到宁远去投军，将来也许可以在关外和鞑子争战，立些奇功伟绩。想了多时，方才入梦。

次日遂到许靖家里来，背着人把这事告诉了他。许靖不胜惊异，说道：

"他们口气甚大，不久必要作乱。现在的时候正当乱世，我们既不愿为乱世的奸雄，能不能做治世的能臣呢？不知道天生我们这七尺之躯，将来如何归宿？在此时咿唔咕叽当然是没用的了，无怪古人要投笔从戎。我虽有此雄心，怎奈家有老母，未能如愿，所以眼瞧着张苍虬等去了。"

李信闻言，不胜叹息。从此以后，二人的心里也不安宁起来。而那时的大局一天一天地纷乱，陕西的流寇日益猖獗，东剿西窜，此仆彼起，虽有官军，也没奈何他们，竟如蔓草难除，一处处地糜烂，河南地方也有人心惶惶不可终日之势。

有一天，李信正在庄上独自饮酒消遣，忽有人来传说青石山的女匪红娘子和伊部下儿郎，一同揭竿而起，突然造反了，已把邻近的村庄焚屠了不少。李信听了，心里不由一动。

第五回

红裙妒煞石榴花

明朝的末年虽有怀宗贤明之主，然而国家的元气早已断绝，宛如奄奄一息的病人，再也受不起什么风波，内有天灾人祸，外有方兴的强敌，内外夹攻，安得不亡？流寇的起源，大约为六种人所酿成：一是叛卒，二是逃卒，三是驿卒，四是饥民，五是响马，六是难民；都起在陕西，以后四处蔓延开来的。这也因秦地山高土厚，民风强悍，好勇斗狠，而当地官吏将帅剿抚的宗旨不定，起初的时候未免太忽略了，以至一乱而不可收拾，这些事在史册上记载得既详且尽，不难按阅。但是我这部书和流寇也有一小部分的关系，不得不极简略地叙述一下。

初时阉党乔应申巡抚陕西，朱童蒙巡抚延绥，都是贪黩非常，虐政害民。加以连年大旱，难民无处乞食，遂出而掠食。山林响马从中鼓动，叛卒逃卒又群起附和，于是四处作乱，势将燎原。其时有小红狼、一丈青、混江龙、掠地虎、满天飞、点灯子、李老柴、混天猴、独行狼等诸贼，风起云涌，到处都是。官军东西奔击，终不能把他们扑灭。其中势力最大的，要算延安张献忠、米脂李自成两股了。张献忠自称八大王，李自成自号闯将。怀宗虽派遣杨鹤、洪承畴、孙传庭等相继进剿，然而越剿越乱，遏止不住，竟被流寇蹂躏中原，酿成亡国的心腹大患，那时的将帅也未尝不有误国之罪了。所以可惜的有两次很好的机会，可以把张李二人稳稳擒杀。张李二人若死，也许流寇不难渐次扑灭。可惜主事的失了机，被他们绝处逢生，卷土重来。

当延绥巡抚陈奇瑜奉旨讨贼的时候，总督五省军务，大权在握，而流寇声势也正在扩大，自陕西转掠山西、河南、湖广、四川等省，攻陷州县数十，连古称天险的夔州也失守了。陈奇瑜遂到均州，檄令陕西河南等四巡抚阻逐流寇的四面，大小十余战，都能得胜，流寇死得很多，其势稍挫。于是张献忠奔避商洛，李自成却遁入在兴安地方的车厢峡。不料那车厢峡四山巉立，中亘四十里，到了里面，好如伏处厢中，易入难出。流寇既已误入，山上居民得知这消息，不胜欢喜，有的把大石下击，有的将火炬投下，且把石块堵塞了峡口，以致流寇在峡内生路断绝，有绝食之虞。更兼老天下了二十天的大雨，流寇弓矢尽脱，马乏刍秣，死的人很多。倘然再不能出，势必要饿死峡中了。

李自成用了他手下策士之谋，特地遣人冒险出峡，向陈奇瑜营前伪为请降。陈奇瑜立下许多大功，未免有了骄心，且为及早收拾之计，竟贸然允许，于是流寇三万六千余人得以绝处逢生。陈奇瑜正要把他们编遣归农，哪里知道贼方出峡，突然间大噪生变，尽杀安抚之官，死灰复燃，又作乱起来了，这是第一次。又有张献忠的一股暗袭南阳之时，恰逢左良玉，双方剧战一场。献忠敌不过，率众逃逸，却被左良玉追及，两马相隔不远，左良玉张弓搭矢，一箭射去，正中张献忠的眉心，又一箭中其中指。献忠不得已，回马抵御，又被左良玉劈中面部，血流至肩，险些跌下马来。那时有献忠部下孙可望力前格拒，方把献忠救去。良玉在后追至谷城，献忠遂向督帅熊文灿请降。良玉知道贼兵有诈，便向熊文灿献计，要想将贼兵悉数诱杀，以杜后患。谁知熊文灿拘于仁义之说，认为杀降不祥，不肯听良玉的话。到后来果然张献忠拥兵索饷，不奉调遣，在谷城重叛，这是第二次失机。足见督兵的庸鄙无能，主抚偾事了。

在这个时候，李自成等已扰及河南，河南各地灾民和绿林响马等乘势响应，竟成土崩瓦解，不可收拾。那杞县自然也不免卷入旋涡之中，风声鹤唳，一夕数惊，大家传说某山的强盗已和李自成结合，不日将来进攻县城了，有的说某处的土匪将要前来焚劫县城，已暗派不少党羽乔作饥民，混入城中，预备里应外合了。

杞县令见情势如此严重，不得不谋安定人心。先命当地驻军三百余人，由马守备率领了，到城外一面坡驻扎，因为那地方是个冲要之区，可以抵抗流寇的。又感觉到城防的不足，便招募壮丁，帮同守城。因素知李信在本地颇有声望，门客甚众，地方上人对于他很信仰，所以特地差人请李信进城去，共议大事。李信以保卫桑梓，义无可辞，遂允许杞县令同负守城之责。立即回到自己庄中，收拾收拾，将自己的眷属送入城中居住，至于庄里早吩咐家丁看守，聚集了十数门客，预备马上进城去。他忽然想着了许靖，便教庄丁去请许靖过来会谈。

那许靖自从送别张苍虬、陈飞等去后，他心里充满着投笔请缨的壮志，再没有心思伏案读书了。而他的老母亲这几天有些不适，半日睡，半日起的，茶饭减少，疲倦无神。许靖虽曾请了一个大夫前来诊治，可是服了药后也不奏效，他心里自然有些烦闷，又闻得外面时局不太平的消息和土匪攻城的谣言，更是不安，坐在书室中书空咄咄，无可奈何。忽见李家庄有人来请他前去，他就跟着来人跑到了李家庄，和李信相见。

李信便将这事告知他，要请许靖相助合作。许靖当然一口允诺，遂回去教刘三雇一肩小轿前来，载着他的母亲先送到城中去，和李信的眷属一同居住。因为土匪到来时，城外难免首先遭劫，还是城中尚可紧守。但他这事在母亲面前很含糊地说过，恐防直说了，他母亲年老之人又当有病之时，受不起这个惊吓的。并吩咐刘三同住，好好服侍老太太，带了几只箱笼而去。他自己遂佩上赤凤宝剑，把家门锁上，重又走到李家庄。

李信遂和许靖带了门客跨马进城，去见杞县令。杞县令见李信同来的人大都雄赳赳的，不是无能之辈，心里自然欢喜，他即授权给李信，请他守城。所有招募得来的壮丁，统由李信指挥，与城外的官军彼此联络，共同防御。是晚杞县令又设宴请他们痛饮，且留李许二人和门客等在署中。

次日，李信、许靖便由杞县令陪着点验壮丁，编为甲乙两大队，李信和门客等自率甲队，许靖领乙队，轮流守城。预备弓矢木石，灯笼火把，且出示人民，不要自相惊惶，寇至自有人负责守御。

自从这天起，风声更是加紧，但人民因当局已有戒备，心中稍安。隔了两天，探子报称果然有青石山的大股土匪来攻杞县了，官军已在一面坡和土匪交锋。杞县令一得消息，不敢怠慢，便同李信、许靖等率壮丁登城守御。探马接一连二地往来探报。至了下午时候，知道土匪十分骁勇，马守备等官军抵敌不住，一面坡快要失守，向城中请援。

杞县令无兵可遣，急得他在城上团团打转。李信自告奋勇，愿去增援，因为一面坡是杞县的屏蔽，一面坡倘然有失，杞县形势更坏，所以他率领甲队壮丁前往救应，城防之事由许靖相助杞县令负责。杞县令也没有别的主意，便请李信出马。

李信穿上战袍，手执一支烂银枪，跳上战马，率领壮丁，辞别杞县令和许靖，开了城门，正要前去救援，哪里知道一面坡早被土匪占领，三百官军全数覆没，马守备自刎而死，土匪大队已直逼杞县城下了。李信既已出城，断无返奔之理，所以他就和部下迎上前去。

只见前面土尘大起，旗帜飘扬，土匪的大队人马早翻翻滚滚地杀来。李信虽是武举，但生平没有上过战场，此刻他大着胆向前迎战。见土匪如旋风似的杀到面前，为首红鬃马上坐着一个年青女匪，身穿桃红色的外褂，桃红色的战裙，三寸红绣鞋，踏在马镫上，瘦小不盈一握。头上红帕裹首，脸上涂着红红的胭脂，手横双刀，刀柄上系着大红彩球，望过去上下都红，好似一树猩红灼灼的石榴花，又好似到了火焰山的红孩儿一般。及至细瞧伊的面庞，几乎失声而呼，原来这女匪正是前次相见的那个卖解女佟天凤，心里不由一怔。佟天凤见了，便将战马勒住，满面春风，带着笑对李信说道：

"真是巧啊！李公子你识得我吗？我就是青石山上的红娘子，今番特地前来找你。你若肯随我回去，我就教部下停止攻城，保全城中生灵。"

李信听了伊的说话，恐防被杞县令在城上窥见什么可疑之处，遂把手中烂银枪向红娘子一指道：

"呔！谁认识你这女贼！休要口出狂言，我就把你擒住，斩首示众！"

红娘子见李信对伊无情，也冷笑一声，说道：

"李信，你自以为世家子弟，看轻我们绿林中人吗？哼！今天姑娘却要和你不客气啦。"

说罢，挥动手中双刀，向李信头上劈来，李信把烂银枪拦开双刀，还手一枪，使个银龙分水，照准红娘子胸口刺去。红娘子把左手刀望下一扫，铛的一声，早将枪格住。李信收转枪，又是呼的一枪横挑到红娘子的马前，红娘子将马一偏，避过这枪，也把双刀卷向李信怀里来。二人各各施展本领，在阵上厮杀。

李信平生唯有枪法最是擅长，他学的是杨家枪法，所以红娘子虽然勇猛，急切间破他不得，心中未免有些焦躁，便将双刀格拦开枪杆，说声："好厉害！"把马一拎，跳出圈子，回马落荒而走。李信以为红娘子战败，正要生擒伊来，显显自己的本能，两腿将马一夹，在后紧紧追来。看看两马相望不过十余步了，红娘子忽地从腰间掏出一样东西，扭转柳腰，向李信头顶上抛去，乃是伊善用的红锦套索。

李信没有防备到这一着，闪避不及，那套索直落下来，正笼在他身上，说声不好时，红娘子早将手中套索一收，便把李信缚住，又用力向伊怀中一拽，说一声："来了吧！"李信早从马上跌下，过来几个土匪，立刻将他擒住。李信的众门客上前来救时，被红娘子挥众迎住。

杞县令和许靖在城上望见李信有失，一齐大惊，许靖要想出城去救援时，杞县令恐贼乘势攻城，一定不放他出去。正在无法可想之时，忽见红娘子率众尽数退去，杞县之围顿解，这样竟使杞县令和许靖等众人莫名其妙，猜不出匪众的用意了。

李信被匪掳去，自己也不想生还，任凭匪众如何把他发落。红娘子收集部众，回到青石山上，吩咐两个匪把李信好好款待，送入上房，自己便到里面去憩息了。李信被二人押着，来到一间精美的客室里，二人将他身上的索绳解开，恢复了他的自由，也退到外面去。

不多时，送上精美的肴馔和酒饭，放满了一桌子。李信此时已觉得腹中十分饥饿，便老实不客气地坐在桌边大嚼一顿，吃罢，匪党把残肴收去，又送上浴盆和两桶浴水来，请李信沐浴。李信本觉身上有些不爽快，既有人伺候他沐浴，他就坦然入浴。浴毕，又有人送上一套很新的衣服给他更衣。坐定后，又有人送上香茗，点上一炉清香。

李信见土匪们把他这样优待，当然心中觉得有些奇怪：土匪不是来攻杞县的吗，何以掳了我一个人便率众回山呢？他们把我生擒到此，并不杀害，反把我如此优待，究竟是什么意思？现在我陷身匪窟，尚不知结局如何。他正在独坐怀疑之际，忽听前面脚声响，走进一个伟丈夫来，仔细一看，不是别人，正是佟天豹，就是红娘子的长兄了。佟天豹一见李信，便向他一揖道：

"李公子别来无恙。俺妹妹得罪了你，请你不要见怪。"

李信听了这话，不由脸上一红，说道：

"这是我李某的本领不济事，以至于此。今日我已被擒，你们要杀便杀，不必多言。"

佟天豹哈哈笑了一声，拖过一张凳子，在李信对面坐下。把手一摸自己的下颌，又说道：

"李公子不要说这种气话，俺们兄妹俩对于李公子闻名已久，抱着十二分的诚意，所以前次俺们兄妹为要借重公子大名，一同起义，特地改扮了江湖卖解之流，到杞县去乘机拜谒公子，将俺们的意思告诉于你。谁知公子不能接受俺们的话，使俺们白跑一趟。然而俺妹妹始终不能忘情于公子，因此今番带了山上弟兄们来攻杞县，目的也无非要得公子。果然俺妹妹已把公子请来，侥幸得很。现在要请公子屈居于此，共图大事，希望公子不要再推辞。并且俺还有一件冒昧的事，也要请公子答应的，就是俺的妹妹天凤今年已有十九岁了，还没有和人家定过亲。伊的武艺很是高强，马上步下都来得，自比于花木兰、梁红玉一流人物。因为伊生来喜欢红的东西，常戴红的花，穿红的衣裙、红的鞋，搽红的胭脂，坐红的马，遂得了一个别号，唤作'红娘子'，这三个字在黄河两岸是到处闻名的，这样可以知道伊不是寻常的女子。所以伊想嫁一个英雄豪杰，不至辱没了伊的一生。李公子文武双全，任侠仗义，是今世的孟尝、平原，俺妹妹愿意奉侍巾栉，俺们李佟二家结一个朱陈之好。这两件事要请公子允诺，休得推辞。"

佟天豹说完了，叉着两手，静候李信回答。李信听了，方知自己所以被擒，完全是出于红娘子的用意，无怪他们把自己如此优待了。然而自己岂肯屈身为贼呢？遂说道：

"承蒙你们如此看得起我，要我跟从你们同谋大事。但是一则我李某无才无能，即使加入了你们的伙，也是无益。二则我自觉并非英雄豪杰，哪里可以如你妹妹的愿，恕我不能答应了。总而言之，我李某是个清清白白的良民，岂能甘心为贼，受人唾骂？并且我家中已有妻子，也不愿与女匪为偶。请你们息了这个妄念吧。"说毕冷笑了一声。

佟天豹见李信说得如此斩钉截铁，明明是瞧不起自己。他心里便有些按捺不住，脸色往下一沉，大声说道：

"李公子，你口口声声说俺们是盗匪，须知我们虽在绿林，而怀抱大志，休要看得俺们一文不值。俺们两次向你劝说，这真是抬举你，俺妹妹嫁给你，难道辱没了你不成？这都是俺妹妹好意待你，你休要不知好歹！换了我时，你答应便罢，不答应时，一刀两段，爽爽快快。"

李信听了，也不由气往上冲，便骂道：

"草寇！我既已到此，本来也不想生回了。大丈夫一死而已，你就把我爽爽快快地杀了也好，将来自有人代我复仇收拾你们的，你又何必对我耀武扬威呢？我懊悔以前没有当你们在我庄上时缚了送官，以致留下祸根。"

佟天豹哇呀呀一声叫，站起身来，一脚把凳子踢倒，指着李信骂道：

"姓李的！你真是不识抬举，现在你懊悔也来不及了。你既愿死，俺就送你上鬼门关去吧。"

说到这里，回过头来，向门外喝一声："儿郎们来！"外边答应一声，跟着便有两个匪党走进室来。佟天豹将手一挥道：

"你们快与我把这姓李的推出斩了，将人头来验！"

两人说一声是，很快地走上前，将李信左右挟住，立刻推出室用刑。

第六回

暂醉佳人锦瑟旁

李信既被二匪推出室门，又有二匪上前，各执着明亮的鬼头刀，将李信押着，一同出去。到得寨门前，那里乃是一片空场，二匪把李信挟至一株大树下，命他跪倒。李信大声说道：

"头可断，膝不可屈！我向你们这些狗匪跪倒做什么？"

一匪道：

"姓李的，你到了身死的时候，仍要倔强到底吗？"

把他用力一推，李信扑地跌倒在地。一匪将他的头巾抓住，还有那两匪扬着鬼头刀，恶狠狠地正要上前动手，忽听背后有人高声大叫：

"快放下刀，休得伤害李公子！"

众人回头看时，见是寨中的弟兄，便问道：

"我们奉头领之令，把姓李的推出行刑，你怎又来说不要伤害他呢？"

那人道：

"我也是奉头领之令，赶来叫你们不杀的。"

先前的数匪闻了此言，一齐嚷起来道：

"奇哉怪哉，刚才头领吩咐我们要杀此人，现在却又不要杀了，是何道理？"

那人笑道：

40

"这个我却不知，你们自己去问头领吧。"

先前的四匪只得将信将疑地仍旧押着李信回进寨去。李信心中也是莫名其妙。走到堂前，只见佟天豹的脸上带着笑容，降阶相迎，对李信说道：

"李公子，你真是个威武不能屈的好男儿！方才我不过试试你，怎敢有意杀你？你却面无惧色，视死如归，更使我佩服你了。公子大度，幸恕鲁莽。"

李信笑道：

"我是俘虏，生杀之权操在你们手里，何必如此？还是把我砍了吧。"

佟天豹道：

"公子言重了。少停再与你细谈。"

遂吩咐二匪仍将李信送回精室，好好伺候，休要得罪公子。李信正要再说时，早被两匪推着就走，仍旧回到了那间室中。李信自言自语地说道：

"佟天豹忽倨忽恭，究竟对我含有什么意思呢？令人可疑，然而我志已决，左右至多一个死，任凭他们怎样便了。"

所以他坐在室里休息，不过心中未免要想起家乡。隔了一会儿，已是天晚，有人掌上灯来。李信想佟天豹再来，看他怎样说法，然而佟天豹却迟迟不来。又有人端上许多酒肴，请李信独饮。李信本觉十分沉闷无聊，于是独坐着自斟自饮，想要借酒消愁，哪里知道喝得不到两杯，便觉得有些头晕目眩，不能自持。暗想自己的酒量一向很好的，喝上四五斤也不会醉，为什么今天不胜蕉叶起来呢？他还有些不相信，又把杯中剩余的酒一饮而尽，却不料心头顿时跳动得很厉害，眼前只见屋子在那里走马般地旋转，说声不好，丢下酒杯，立刻伏在桌子上沉沉地失去了知觉。

及至醒来时，环境一变，竟使他恍惚迷离，如坠五里雾中，几疑此身非在魔窟，定在迷楼中了。原来他睁开眼时，见自己睡在一张雕花的牙床上，旁边还睡着一个少女，再一看那少女的俏面庞时，正是红娘子佟天凤。此时李信不觉大惊，不知自己怎样睡到这里来的，连忙一翻身要想推被而起，红娘子却把李信抱住，柔声说道：

"公子，天尚未明，你要往哪里去？"

李信道：

"我未便与你同睡。不杀我时，还是让我去的好。"

说时，要想挣脱身躯。但是红娘子很有力气，怎肯放他起身，又对他说道：

"李公子，你休要如此固执。我因为钦慕公子，所以完全把一片爱心待你，好容易把你请到山上，不料你仍是瞧不起我们，不肯相许，恼怒了我哥哥要把你杀掉。幸我闻得消息，劝住我哥哥，把你放回来。你怎么口口声声说要死？我听得人家说，死有重于泰山，或轻于鸿毛，你若这样一死，不是轻于鸿毛吗？我因为你是一位英雄，所以愿意终身相随你，乘此乱世，揭竿而起，共图大事，前途正有无限希望，你何必这样苦苦坚拒呢？"

说罢，向李信微微一笑，把头倒在李信的怀里，又说道：

"我虽是绿林出身的女儿，却一向守身如玉，并非淫贱之辈，你不要轻视我。现在我既侍奉公子同睡，公子倘然再要见弃时，我也无颜再活在人世了，愿借三尺龙泉，死在公子的身边吧。"

红娘子说到这里，剪水双瞳中早有泪珠滴出来。李信听了红娘子的话，觉得很是柔顺而婉转，顿悟以前种种的经过都是出于红娘子的爱心。又见伊一会儿轻声，一会儿浅笑，虽是个女匪，却柔媚得令人可爱，谁人知道伊是战场上的女魔王呢？李信这样想着，他究竟不是个鲁勇男子，现在他的心渐渐有些动摇了。无论什么英雄豪杰只要此心一动，也就拿不定主意而堕其操守了。所以李信本来心如铁石，经红娘子这么一来，自然地软了下去。

直至日上三竿，鸳梦方醒。二人披衣下床，相视一笑。少停李信见了佟天豹，却不觉面上有些愧色，佟天豹见李信业已就范，暗暗佩服他妹子设计之妙，便请李信做二头领。李信只得答应了。红娘子自和李信共谐鱼水之后，镇日价厮守在一起，以为得事俊彦，芳心甚乐，过着甜蜜的光阴。

不知不觉已近一月。可是李信失身为匪，都是受了红娘子魔力所吸引，虽然在山上夜夜欢娱，在温柔乡中度日，而他的心里不免仍要忆念故乡，不甘长此埋没在山林里头，因此他的心里仍要想逃出匪窟，回到杞县去做一个良民。但红娘子和他每日寸步不离地守在一块儿，没有机会可做出笼之鸟。恰巧有一天佟天豹率领匪众下山去攻打某处城池，要和李自成的一股流寇合并相通，因此山上很是空虚。

李信以为有隙可乘，胸中盘算纯熟。便在这天夜里，故意和红娘子调笑逗欢，格外亲密，要和红娘子月下欢饮。红娘子当然同意，便教厨下端整几样可口的菜肴，开了一罐陈酒，即在庭中和李信对坐着饮酒闲谈。

这时正是十二三里，明月快要圆满，月色甚好，照得庭中十分光明。李信和红娘子各喝了二三杯酒，便取出一支洞箫，呜呜地吹着，如怨如慕，非常悦耳。一阕奏罢，又斟着酒劝红娘子畅饮数杯。红娘子平日酒量本很浅的，今夜因为心中十分快活，多喝了几杯，两颊红得如玫瑰一般，大有醉意，对李信娇声说道：

"我已喝得够了，不能再饮，不如早些安睡吧。"

李信微笑说道：

"我们再喝了三杯，方可以回房，否则有负那皎洁的月了。"

红娘子被李信苦苦逼着又喝了三杯，竟醉得言语含糊，不能自支了。李信遂教人把残肴搬去，自己把红娘子轻轻抱起，假意说道：

"你怎醉得这个样子呢？我抱你去睡吧。"

43

红娘子也不回答，伊的娇躯伏在李信身上，任凭李信怎样摆布。李信把伊抱入房中，放到床上，红娘子鼾声已起。李信见伊已是睡熟，这正是难得的机会，本可以把伊一刀杀死，以绝后患，但因为自己和伊也有一个月的恩爱，况且伊待自己真心相爱，并没有待错的地方，若是把伊乘醉害死，未免太残忍无情了，自己只要脱身下山就是了。

他想了一想，便拉过一条被，盖在伊的身上，自己向抽屉中取了一些银子，藏在身边，走出房来，轻轻掩上房门。又到外边去窃得一柄宝剑，佩在腰边，以作防身之用。且喜无人知觉，悄悄地走到寨后，从厩中偷得一匹坐骑，跨上马背，连加数鞭，疾驰下山而去。月光照着山径，很是清楚。

他下得青石山，以手加额，暗自庆幸。他这样地安然兔脱，就是以其人之道，还治其人之身，料想红娘子明日醒来时，必要追悔不及呢。他一路回到了杞县，见了故乡风景优美，城郭无恙，很觉安慰。一径跑到自己庄前，跳下马，正有一个庄丁在门外，一见李信回来，不胜惊喜，便过来叫应了，代他牵住马。李信问一声家人都好吗，庄丁答道：

"已从城中回来，都好的。"

李信走到里面和妻子众人等相见，劫后重逢，大家不胜欢喜。李信不欲将自己在山上的真情吐露，只说他被掠后在匪窟很受苦痛，被他设法逃回来的。家中人自然也不追问了。到了次日，李信想念许靖，便跑到许靖家中去访问。谁知许靖家中静悄悄的，只有刘三一人在那里灌园。李信便唤他过来询问，方知自从前次土匪攻城以后，许靖的老母受了惊吓，回到家中时，病势加重，医药无效，不到几天就弃养了。许靖遭此大故，非常悲痛，便把老母用上等棺木盛殓后，安葬在祖茔。在李信回里的前三天，恰巧许靖仗剑离家，赶奔代州去投军了，家里即托给刘三看管的。

李信闻得这个消息，不胜感慨，只得废然回庄。暗想张苍虬、陈飞早已出关去投军，现在许靖也走了，大丈夫生逢乱世，应当是这样的，岂可老死牖下，默默无闻呢？现在我且在家中养晦数天，再作道理。但心里却有些郁郁不乐，门客大半都去了，寂寞得很。

过了几天，忽然杞县令差人来接李信到县衙里面去。李信因为前次的事，本想去见见杞县令，解说一番，以祛群疑，遂欣然乘马而往。到得县衙，走进里面去见杞县令。杞县令含笑相迎，在花厅上坐定后，李信正要陈说缘由，杞县令忽然面色一变，回头喝一声："左右快与我拿下。"屏后立刻奔出十数名刀斧手和几名公差，将李信擒住，套上铁索。李信大喊冤枉，且说道：

"我李某有何罪而遭拘捕？"

杞县令冷笑一声说道：

"我初以为你是个孟尝、平原之徒，所以前次土匪来攻的时候，特地请你出来相助守城，谁知你和青石山的匪寇勾通一气，若不是我明察秋毫，险些被你蒙蔽过去。"

李信急辩道："怎样见得我和土匪勾结？我是一个大丈夫，岂肯为贼？"

杞县令道：

"不要狡辩！前番你被掳而去，我就有些疑惑，土匪既然大队来犯，杀死官军，其势不小，却为什么擒了你一个人去就此退回呢？其中自有破绽。因此我唤齐你的庄丁逐一细问，果然被我问出来了。中间有一个名方胖子的告诉我说，那女匪以前曾同伊的同党到你庄上来，托名卖解，暗中密谈过的，你的被掳，其中有诈。"

李信听了，方知那方胖子就是被红娘子兄妹打伤过的，因此他衔恨在心了，便道：

"我既然和土匪勾通，何不开门揖盗，而反被掳去呢？"

45

杞县令道：

"这个我也思索一番的，又派人到青石山来密探，遂知你已在山上与女匪成亲，做了匪首了，料你必要回来，因此不动声色，暗暗守候。昨天方胖子前来通风，所以今日把你擒住。大约你此次回城，必要和他们里应外合，糜烂地方，岂肯轻易饶你？"

李信长叹一声，正要再说时，杞县令早吩咐公差把李信打入狱中，严行看守。一面又去查抄李家庄，将李信的财产尽行籍没，家人也都看管。备文上报，要把李信处决。李信既入囹圄，绳索郎当，备尝铁窗风味，心里说不出的怨恨。自己为了不肯降贼，所以想法遁回，岂知反遭此冤，那么我这条性命岂非白送吗？我们结义弟兄四人，他们三个都投军去了，而我独死在此间，真是冤枉！早知如此，还是在山上和红娘子一起的好呢。所以终日长吁短叹，食不下咽。

过了几天，有一个晚上，他正独坐在黑暗里，听听四边人声寂静，狱中沉寂若死，不觉长叹了一声。忽然在他眼前有一点火光一亮，并非眼花，乃是真的，他心中不由一动。

第七回

攻城杀将何纷纷

铁窗幽闭，长夜漫漫，李信正在无限愁闷的当儿，突觉眼前火光一亮。这个地方，这个时候，哪里来着亮光呢？所以他心里大为惊奇。正要观察时，那一点小火光忽又似萤火一般，一闪烁间失了影踪，眼前已然是一团漆黑。他又失望起来，暗想：方才瞧见的火光哪里来的呢？怎么忽又不见，难道是我眼花吗？好不奇怪。他虽如此想，精神已有些兴奋，口里却又叹了一口气，说道：

"我李信是个奇男子，难道就这样不明不白地死在犴狴中吗？"

他的话尚未说毕，忽又觉得有一样软绵绵的东西在他的面门上一摸，虽然略微有一些冷，可是无疑的，知道是一只纤纤女手。此时的李信好似发现了奇迹，心里头模模糊糊，几疑身在梦中，又说道：

"咦！时衰鬼弄，狱中可有什么冤魂来向我揶揄吗？"

李信说了这话，那软绵绵的东西轻轻地在他耳朵上擦了一下，跟着又有曼妙的声音，低低地说道：

"你不要惊疑。我不是鬼，乃是来救你的。"

李信一听这声音，便知是伊人来了，心中又惊又喜，又羞又愧，一时倒回答不出什么话。火光一亮，瞧见红娘子站在他的眼前，全身却穿着黑色的夜行衣服，没有穿红色的，大约是为避免人家注意起见而改装了。左手拿着一个夜行筒，小小亮光就是从那筒里发射出来的，筒口是绝薄的一层玻璃面，里面燃着油灯灯芯，外面有一个启闭的门，只要一闭上，便没有火光了。

那东西本是飞行大盗用的照夜之物。在红娘子右手里，却握着一柄光闪闪的宝剑。李信当着红娘子的面，反而嗫嚅着说不出什么话来。红娘子也不和他多说什么，觑准李信身上所系的铁索，挥动宝剑，一一代他斩断。李信恢复了自由，走前数步，对红娘子说道：

"我很感谢你来救援。可恨那狗官存心把我陷害，你怎样知道我在这里的呢？"

红娘子道：

"这且慢谈，我们快快出狱要紧。请你跟我来吧。"

李信不敢怠慢，立即跟着红娘子走出他械系的所在，外面乃是一个院落，一轮明月照得庭院中十分光明。李信瞧见东边墙角里有两个更夫的尸骸，直僵僵地挺着。李信问道：

"这两个是你结果他们的性命吗？"

红娘子点点头道：

"正是，否则你幽囚的地方，我怎会知道呢？我们快快出狱去。在县衙之前正有我们山上的儿郎埋伏在那里，他们都是随我一同混进城来下手的。停一会儿我哥哥也许就要到了。"

说罢，从伊衣袋里取出一个号炮，燃着了，轰的一声响。县衙前左右埋伏着青石山二十多名健儿，听得这一声号炮，知道红娘子在狱内业已得手，一齐呐喊一声，各从身边抽出短刀，杀进县衙来。红娘子在狱中打开各处门户，救出众狱囚，高声大呼：

"青石山红娘子在此！快快跟我杀出狱去。"

众狱囚大半是亡命无赖之辈，乘此机会，一齐动手，乒乒乓乓地在狱中大闹起来，放起一把火。狱吏和几个禁卒闻讯赶来，如何遏止得住！早被红娘子搠翻在地。伊和李信首先杀出狱门，会合了自己山上的儿郎，正要出狱，李信忽然对红娘子说道：

"请你们稍待一刻，我要去寻找那狗官算账呢。"

红娘子点点头，遂向一个儿郎手里取过一柄扑刀递与李信。李信接在手中，和红娘子一同跑入内廨去找杞县令。这时已有三更过后，杞县令在睡梦中惊醒，听得有人劫狱，慌忙披衣起身。他还没有知道到了青石山上的土匪，以为是李信的门客作难，走到外边来要想差人去请冯游击带兵镇压。因为马守备战死之后，城中的武官换了一位冯游击，甫经到任，兵马也不多，力量依然薄弱得很，不足以巩固城防的。

杞县令正在出令，左右入报青石山上的红娘子前来劫牢，救出李信，杀入内廨，要来找县太爷了。杞县令一听这个消息，吓得面如土色，战战兢兢地跑回房中，把他的爱妾唤起，说道：

"青石山人马已进了城，姓李的必要复仇，我和你快快逃遁吧。"

那爱妾也吓得瘫软了身子，穿衣下床，颤着声音说道：

"相公，我们逃到哪里去？还有你藏着的许多金银珠宝，难道舍得丢了走吗？"

杞县令被伊的爱妾一句话提醒，自己暗想平日千方百计向平民剥削下来的脂膏，也很费辛苦的，若不带了去，岂非可惜？遂打开他床后的一个大木柜，柜里堆垒着许多金锭银两，黄白灿烂，然而这木柜子十分笨重的，整万的金银，自己如何可以一起带走呢？对着那些金银目瞪口呆的，想不出什么主意。他的爱妾去取了一只首饰匣子，匣里尽是珠宝饰物，催着杞县令道：

"相公快快走吧！你听外面的人声更近了。东边又有火起，我的心也几乎吓碎了。"

杞县令搓着手说道：

"这许多金银叫我怎样运出去呢？不如去喊几个当差的来帮

着拿了走吧。"

爱妾道：

"若叫他们来拿，恐怕他们靠不住的呢。"

杞县令无法可想，急得满头是汗，跳着脚道：

"我平日只顾慢藏，想将来可以营菟裘，传子孙的，哪知今日无法可保了，如何是好？"

杞县令正在狼狈之际，李信已和红娘子等踪迹至此，杀入房来。杞县令一时无处躲避，钻到床底下去。李信早已瞧见，喝一声："狗官，你逃到哪里去？我李信饶你不得。"俯下身躯，伸手向床下将杞县令一把拖了出来。那爱妾也被红娘子擒住。李信扬着扑刀，对杞县令骂道：

"我与你往日无仇，好意助你守城，不幸而失败，想法脱身返里，愿为良民。你这厮却听信小人之言，任意诬蔑，欲把我置之死地而后快，阴狠已极。谁知我命不该绝，你也有碰在我手里的日子，却想逃到哪里去？"

杞县令只得哀求道：

"李爷，请你饶了我吧，在我柜里的金银，请你们拿去，以赎我的罪愆。"

那爱妾也向红娘子苦苦哀求。李信哈哈笑道：

"狗官，素知你平日擅作威福，刮削民脂民膏，积得不少造孽钱。杞县的人民所受的苦痛也深了！你今日想要拿这金银来赎罪吗？可是不中用了！你不但要失去你一切所有的，更要加上你的性命，也使世间一班贪官污吏知所儆戒。"

李信滔滔不绝地说话，红娘子却在旁等候得有些不耐，便对李信说道：

"你快快下手吧！我们还要出城去接应我的哥哥呢。这种贪婪的小人，国家就坏在他们身上，也配教训他们吗？"

李信笑了一声道：

"不错。"

把手中扑刀一挥，只听咔嚓一声，一颗血淋淋的人头已滚落一旁。杞县令的尸首跌倒地上，什么爱妾黄金都顾不到了。那爱妾见李信杀人，吓得惊呼救命。红娘子冷笑一声道：

"你这贱人，送你一块儿去吧。"

将剑直刺入伊的心窝里，鲜血四溅，也倒地死了，手中的首饰匣子扑地落在地上。红娘子开匣一看，都是明珠和宝石，便笑道：

"待我拿回去吧，也算再来杞县的酬劳。"

李信把刀指着那边柜中的金银，向红娘子说道：

"阿堵物怎样处置?"

红娘子道：

"这些都是不义之财，我们不妨叫儿郎们搬回山去，以便犒赏。"

这时青石山上的儿郎已有数人跟着杀入，红娘子遂下令将柜中的金银悉数运回青石山去。伊便和李信杀出衙署，又放起一个信炮，聚集众儿郎正要冲杀出城，只听西边街道上呜呜的一片号筒之声，跟着火把大明，人马杂沓，原来冯游击闻得劫狱的噩耗，召集部下前来兜捕了。李信对红娘子说道：

"官兵杀来，我们走向哪里去?"

红娘子道：

"不用心慌，待我来抵挡一阵，我哥哥的人马也快来了。"

二人说话间，官兵已从对面巷里冲至。杞县的街道十分狭隘，没有回旋之地，两边都已瞧见。冯游击是一员少壮将军，全副戎装，骑下一匹黄骠马，手执大砍刀，见了对面一伙青石山上的盗匪，持械列队，他就大喝一声，催动坐下马，直向这边冲来。

红娘子挺剑迎住，娇喝一声："红娘子在此!"冯游击平时也闻红娘子的大名，且知伊常穿红衣，勇悍绝伦。现在火光下见杀来的女子，虽然姿色甚美，而身上却穿的黑衣，心里似乎有些不信。但听伊自称红娘子，也就不敢怠慢，举起大刀，照准伊头上劈下。红娘子岂肯饶让，舞剑和冯游击往来狠斗。冯游击部下的官兵跟着杀上，李信和儿郎们上前接住，两下里巷战起来。冯游击的武艺很好，但因巷战的关系，苦无驰骋的地步。红娘子身手便捷，一口剑使得十分矫捷，忽在马前，忽在马后，累得冯游击满头是汗，方知红娘子三字果然名不虚传了。

李信也将扑刀使开身手，刺倒了三四个官兵。正在相持之际，城外扑通扑通地放起三个信炮，早有人来冯游击军前报告，说青石山上大队人马已杀到杞县城外，城上兵少，乏人把守，城门即将被夺。

冯游击得到这个消息，他不知青石山上来了多少儿郎，城里也有城外也有，心中好不慌乱，虚晃一刀，回马便走。红娘子回顾李信，带笑说道：

"我哥哥来了，我们快些掩杀上去，趁势取下这个杞县城。"

左右儿郎更是精神振奋，正要放火，李信忙止住他们，说道：

"杞县的官吏固然可杀，杞县的人民都是无辜。承你们的情义来救我出狱，既已取得不义之财，请你们留下杞县的老幼，免得生灵涂炭，我姓李的也感谢不尽了。"

红娘子听了李信的话，于是止住部下，不许放火劫掠，快些杀出城去，休再逗留。一行人紧跟冯游击败退的兵马追踪出城。恰巧城外佟天豹已率领青石山的儿郎渡过壕堑，杀上城墙，斩开城门，放下吊桥，来接应红娘子李信等一行人，正和冯游击相遇。

佟天豹坐下一匹红鬃马，就是他妹妹的坐骑，将他手中的一双铜锤使开解数，径取冯游击，拦住他的去路。冯游击受着前后攻击，进退狼狈，心中益发慌乱。佟天豹剽悍异常，又是生力军，战得不多几个回合，背后红娘子、李信等又已赶上，两下会合，反把冯游击等一支官军包围在内。杞县的人民已知青石山匪众的厉害，听得警耗，一齐躲在家里，关上大门，匿伏着不敢出来，任凭青石山上人马如何猖獗了。

那冯游击被红娘子兄妹前后夹攻，虽然死力抗拒，但手中已只有招架功夫了，早被佟天豹乘隙一锤击中他的左肩，一个翻身，跌下马来。青石山上的儿郎正要上前擒拿，他大喝道：

"谁敢擒我？我是国家的将士，义不受辱！"

将刀向他自己的颈上一横，竟自刎尽节了。李信在旁瞧着，点头太息。官军因冯游击殉节，抢得遗尸，四散溃退。红娘子便教佟天豹休要劫掠，会合着众儿郎，一齐冲出城门。佟天豹换了一匹坐骑，他将红鬃马让与他妹妹坐，又将一匹白马交与李信坐。红娘子回顾李信道：

"现在你可愿意同我们一起往山上去吗？"

李信道："请让我回家去瞧看一下，然后和你们同行。"

红娘子笑道：

"你还是舍不得你这庄子，我就陪你去走一遭吧。"

遂对佟天豹说道：

"哥哥，我们已救得公子，取得贪官的金银，尚不虚此一行。我们遵从公子的意思，不伤杞县人民。你们先回山头，待我陪伴他往庄上去了一趟，然后回去。"

佟天豹点点头道：

"很好。我可先回去，妹妹一切当心，速去速归。"

又对李信说道：

"李爷，切莫再辜负我妹妹的一片好心啊。"

李信不好回答什么，微微一笑。红娘子遂带着数十儿郎，伴同李信，风驰电掣地跑到李家庄去。李信到了李家庄前，天已大明，一轮红日已涌出地面，庄上的大门尚悄然紧闭。李信因红娘子等打开大门进去，抓住一个庄丁。那庄丁见了李信不由惊愕，叫了一声李爷。李信向他问道：

"你可知道夫人在哪里？是否仍在庄中？"

庄丁答道：

"自从李爷被杞县令擒住，紧闭狱中以后，方胖子曾陪着县中差役来此搜查。李爷的家财大半被抄，其余的都被方胖子搜刮到他的私囊中去。他又用话威吓夫人，可怜夫人当日就自缢在房中了。现在早已由方胖子草草收殓，把灵柩送到坟堂屋里去了。"

李信听得这个消息，好似当头浇了一勺凉水，顿足叹道：

"哎哟，我竟连累了妻子惨死，于心何忍，都是那狗头害得我家破人亡，断乎饶他不得。"

遂问庄丁那方胖子现在何处。庄丁答道：

"主人出了这个乱子以后，庄中宾客四散。方胖子擅作威福，一切都被他占夺，好似他代替了庄主一般。有些庄丁不愿在他手下过日的，纷纷散去，只有我们几个无处可走的，仍旧屈居于此。方胖子却和婢女桂秋公然无忌地同居主人房中，寻他的欢乐了。"

李信听着，他口里的牙齿咬得咯咯地响，忙和红娘子径奔自己楼上。却见方胖子和使女桂秋衣衫不整，慌慌张张地跑到楼梯边来。原来他们已听得外面人声，知道情势不好，急忙从被窝里起身，要想逃命，却不料撞个正着。

李信一把揪住方胖子，喝声："跪下！"方胖子见了主人，吓得说不出话来，扑地双膝跪倒，口里只说饶命。桂秋也跟着跪下。李信把刀指着方胖子骂道：

"你这贼奴才，我平日待你不薄，即使小有呵责，你也不应记恨在心，前天受伤，也是你自己不好，竟敢在杞县令面前诬告我通匪，害我下狱，又逼死我的妻子，伤天害理，狗彘不若。你这奴才，畜生不如，还有人心吗？我倒要看看你的心黑到怎样程度呢！"

举起扑刀，直刺入方胖子的心坎，只一搅，已把一颗心血淋淋地剜了出来。桂秋骇得双手掩面，跟着倒下地去。李信瞧着伊骂道：

"你这淫贱人，我也饶你不得。"

白刃一挥，桂秋也早身首异处了。红娘子在旁见李信已处置了那一双狗男女，遂说道：

"你夫人已死，家财已尽，再没有可留恋了，快跟我回青石山去吧，免得官兵追踪至此。"

李信点点头，长叹一声，回身和红娘子走下楼来，步出庄门，又向自己庄院相视了一会儿，只是太息。青石山的儿郎早已牵过坐骑，红娘子首先跳上伊的红鬃马，李信也只得跟着跨上坐马，和红娘子等一行人离了杞县，望青石山去。李信旧地重临，真是他万万想不到的，心里又感伤，又惊喜。

佟天豹早已回转，接着李信上山，便命厨房里排上酒肴，为李信洗尘，兄妹二人陪着他同坐。李信想起前日私通的事，十分惭愧，举着酒杯，向佟氏兄妹致谢道：

"李信因思乡心切，前日从山上不别而行，回至杞县，不幸为小人陷害，狗官挟嫌诬栽，身受囹圄之厄，几死贼子之手。多蒙贤兄、贤妹仗义相救，此恩此德，真可谓生死人而肉白骨。此番重上山寨，只觉惶愧万分呢！"

佟天豹道：

"李爷不要这般说，只要你鉴于我妹妹的一片真心和热忱，不再三心二意，安居在此，共图大业，那就是我兄妹俩的大幸了。"

红娘子却不说话，默默然只把一双水汪汪而妖媚的眼睛向李信紧看。李信内心自疚，觉得自己的行径非常对不起伊的，遂说道：

"荷蒙贤兄妹不弃，自当追随骥尾，共同勠力。"

佟天豹说声"好！"举起大觥来狂饮。又谈谈杞县的情形，以及天下大势，方才散席。晚上，佟天豹亲送李信到他妹妹房中去，李信到了这地方，足将进而趑趄，口将言而嗫嚅。华灯影里见红娘子穿着茜色睡衣，背灯而坐，体态轻盈，婉娈万分，一些儿没有勇悍之气。这时候的李信，环境已变，心理亦因此而改易，一方面欣赏着红娘子的冶媚，一方面感激着红娘子的救护，走上前向红娘子深深一揖道：

"以前种种都是我的不是，千乞原谅。昨蒙锐身相救，深情大德，令我终身不忘，铭感肺腑。"

红娘子回转头来一笑道：

"你今日方知我的情深意重吗？你这人好没良心，我把一片真心对待你，温柔缠绵，博你的喜悦，谁知你竟会背我而逃，掉首不顾，岂不是心肠太硬了吗？自从你下山以后，我十分不放心，立刻打发探子到杞县去探听消息。等到探子回报，始知你被杞县令陷害在狱，这是你自投罗网。我本待不来救你这个薄情负心的人，但一念你虽然对我淡漠无情，而尚没有恶意，否则你也好乘机把我杀了，回去报功，而你却不忍害我，尚非不仁不义之徒。而且你被系下狱，仍是为了我的关系，我若不来救你，还有谁来搭救你呢？因此我和哥哥商议之后，决定下山援救。我和儿郎二十余人，乔装先行，混入城中前来劫狱，我哥哥率大队人马随后攻城，分两批行事。现在且喜已把你救了出来，你的仇恨也已报了，重又来至青石山上。从今以后，你这颗心可再要活动而改变吗？你还嫌我是个女盗而不愿意和我结合吗？"

红娘子说到这里，李信早握着伊的柔荑说道：

"不敢不敢，我如今认识你是个女中丈夫、侠义之辈，怎敢再把你和盗匪一般看待？你的爱心我完全接受了。况我已是无家可归，你放心吧，我绝不再有二心，真心诚意地愿和你结为夫妇，白头到老。天日在上，我李信永为不叛之臣，你放心吧！"

红娘子听李信说得这般恳切，又向李信嫣然一笑，前嫌早已冰释。一会儿，华灯已熄，罗帐低垂，娟娟明月从纸窗上映进伊的银光来。这一夜故剑复合，恩情更浓，只觉巫山梦长，春宵苦短。

次日，李信遂被推为头领，以王孙公子的身价，暂时做了啸聚山林的渠魁。红娘子又将得来的金银分赏给儿郎，使大家快活。李信既已入伙，他的心里要想把青石山好好整顿一番，恐防官军得到青石山攻陷县城戕杀官吏的噩耗以后，要来征剿，不可不未雨绸缪，红娘子颇韪其说。佟天豹是粗莽之辈，只要李信说如何便如何，他是没有什么计划的，于是李信和红娘子一同骑马出巡，察视山前有两重关隘，李信觉得低陋而不坚固，都要修筑加高。他在第二重关上俯瞰形势的时候，只见东边山壁间有一条羊肠小径，蜿蜒曲折，似通非通，半为木石所塞，不知通向哪里去的，便向红娘子查问。红娘子答道：

"这条路是在黄猫岭下，以前可以通到山下，恰巧在头关之前，后来因有毒蛇为患，山下的路口被乡民用木石堵塞，不能通行，而山上也没有人去走，就此益发荒芜，榛荆塞道，艰险难通了。外面罕有人知晓这条秘径的，我们也不注意。"

李信听了，记在心里，一路视察至山下，和红娘子在野地上驰骋一番而归。其时山花猩红，而红娘子身穿绛绡衣裙，坐骑红鬃骏马，腰间佩挂双刀，刀柄上各系大红彩球一个。因为跑了一会儿马，香汗浸淫，两颊红霞和山花相映着，更觉浓艳极了。李信瞧着，心里自然快乐。

回至山上，又校阅在山儿郎，一共四百人，都是强壮可使。李信遂分为三队，他和佟氏兄妹各率一队，朝夕训练，务使变成善战的劲旅。又定出许多规律，令大众遵守。不得抢掠附近人民，杀伤无辜老幼，借此可以收服人心。他对许多部下说：

"方今天下骚乱，我们无可用处，不得已而为盗。倘有缺少财物用品，亦当向殷富之区借取，不能滥杀良民，使老百姓加多痛苦。况且边塞烽烟不靖，时有外患，朝廷倘能招抚我们，我们便当请缨出关，去和鞑子决胜负，为国干城，这才是我们屈身草莽者的最后出路，岂能重为民众之害呢？"

佟氏兄妹本是杀人不眨眼的魔王，自经过李信的熏陶，性情上也改变了不少，闻得外侮侵凌，每有忠义奋发之心。李信又代红娘子制了两面大红旗子，旗上各绣三个"红娘子"很大的金字。另编一小队藤牌兵，身上都穿红色的号衣，约有二十多人，都是挑选了身强力壮的妇女而编成的，称为娘子军。

李信等在山上部署一切，而省城里得到了杞县攻陷的消息，大吏以为匪患如此猖獗，再不能装聋作哑了，遂派一员姓邬的参将，带领一千官兵来攻青石山，李信和佟氏兄妹闻知，昼夜防备，严守两重关隘。等到官军来时，李信和红娘子下山迎敌，青石山的儿郎都作殊死战，更兼红娘子骁勇绝伦，李信调度有方，把官军杀得大败而去。红娘子竖着大红旗，率领娘子军追奔逐北，所向披靡。官军见了伊的影踪都害怕，望见红旗便逃。经过这一役，红娘子的威名更著，省城里的大吏见一千官兵生还无几，邬参将身受重创，畏罪自刎，更知青石山的土匪殊不可侮，不敢正眼小觑，只得坐任其强大了。李信虽知红娘子盘踞山林，称雄一方，又和红娘子情爱甚厚，日处乐乡，可是有时也常要想起许靖、张苍虬、陈飞三个结义弟兄。张陈二人都在关外，可曾建功立业？而许靖已赴代州，大概有他年伯王永泰的提携，早已投入周遇吉将军麾下了。可惜萍漂絮泊，各居一方，彼此消息隔膜，不能知道详情，谅他们也不知自己在青石山上做了绿林豪杰呢。

张苍虬弃了鸡公山的盗匪生涯而到关外去立功，可说是有志者事竟成，谁料自己却称雄于草泽，天下事波诡云谲，真不可知。他这样想着，不禁怃然自失。

隔了些时，听得陕西李自成率众入晋，迭破州县，声势大盛，遣人来河南联络各地土匪，青石山上自然也有李闯的使者派来。李信别有用心，虚与委蛇，使者不得要领而去。不多时，又闻李自成大队人马曾在代州宁武关等处血战多时，宁武关总兵周遇吉力战殉国，大同总兵姜瓖降贼，李自成长驱而走京师了。这时候，天下城动，黄河两岸更是蠢蠢思动。李信虽没有大举北上之志，却也在此时招兵买马，借了县城的粮食，益发增长了不少势力，坐观形势，想乘机而动。同时心里更惦念许靖的安危，哪知许靖已在一场虎斗龙争之中，经过了几多可歌可泣、可骇可奇的事情呢。

第八回

落花有意随流水

　　许靖自李信被青石山红娘子擒去以后，他心中非常忧虑，以为李信性命休矣，自己若要去援救时，只恐本领浅薄，孤掌难鸣，心里非常踌躇。杞县令收拾败残之余，以为李信、许靖等都是无能之辈，不足倚界，所以对于许靖更形冷淡。许靖也自觉没趣，向杞县令告退出城，回至自己家内。他母亲自然也跟随出城，但是病体受了惊恐，奄息在床，医药无效，更使许靖闷上加闷，愁上加愁，每日只把醇酒痛饮，十分无聊。

　　当李信脱身回来之前，许靖的老母已溘然长逝。许靖哀痛之余，将老母遗体购备上等棺木盛殓了，葬在祖茔，剩下他一个人，更是凄凉。其时各地消息不佳，天下乱形已成，他自己叹道：

　　"丈夫生在此时，还不思乘时崛起，建立功名，岂非坐失时机，自甘没落，朽木不可雕也吗？"

　　于是他想起代州的王永泰，又想张苍虬等远在关外，此去尚无消息，不知他们有何成就。宁武关总兵周遇吉是当今有数将才，王永泰又是父执，必能提携，还不如先到那里去试试吧！主意既定，他就把家中事托与下人刘三，自己端整行李，带了赤凤宝剑，跨着一头骏马，投笔从戎，径奔代州而去。他哪里料到李信竟能逃归杞县尚有一幕厮杀的惨剧呢？

60

他一路晓行夜宿，跋涉山川，赶至代州，探知总兵周遇吉为防流寇东侵正驻防于此，当然王永泰也在这里了。当日，他先投宿客寓，放下行李，便到周遇吉行辕里去刺探王永泰消息，方知王永泰并不住在衙内，他有私宅在本城万花街。许靖探问明白，即赴万花街拜访王永泰，恰逢王永泰在寓中宴客，接到许靖的名刺，知道故人之子远道来访，即叫仆人请入，自己降阶相迎。许靖见王永泰面貌已比从前苍老得多，两鬓已斑，精神却还健强，身上穿着天津蓝缎夹袍，脚踏乌靴，笑容可掬，连忙向他拜倒。王永泰忙着一边答礼，亲手扶起，称他一声贤侄，便请许靖入座，且介绍他和众人相见，加以奖饰。众人见许靖丰神俊拔，儒生而饶有英气，不愧少年英豪，况有王永泰称道于前，无不刮目相看。酒过三巡，王永泰向他问起家中情形，许靖回答说老母亡故，杞县又遭寇盗蹂躏，蛰居无俚，很欲乘时建树，所以投笔来奔。王永泰点点头说道：

　　"贤侄来得正好，现在天下骚乱，正是大丈夫报国之秋，待我明日即介绍你去见周将军，可以在此一同效力。近闻草莽流寇李自成等攻迫潼关，潼关若有失陷，他们必举兵北上，以窥京师，说不定这里又要首当其冲，难免一场干戈了。老朽年将就木，只苦不得其死。流寇若来觊觎代州，我便要效马伏波马革裹尸，誓不生还了。"

　　众宾客都道：

　　"我们这里有周将军和王老英雄镇守，流寇若来，定要杀得他们片甲不返。"

　　许靖也说道：

　　"伯父说的话真所谓老当益壮，小侄愿随鞭镫勠力同心，予流寇以重创。"

　　大家举杯畅饮尽欢而散。王永泰便留许靖下榻其家，又告诉他说自己因为多年丧偶，奔走天涯，形单影只，孑然一身，在这里起初又生了一场病，乏人奉侍，所以周遇吉将军屡劝纳一姬妾，可以朝夕相陪，遂有同袍介绍本城一何姓的女子，给我纳为室，遂卜居于此。居然有了家庭，宁不可笑？王永泰说了，哈哈地笑了数声。许靖道：

"伯父年老，理应有人侍奉巾栉，他日若能诞生石麟，继述有后，更可喜了。"

王永泰又笑道：

"老朽一人疏散惯了，倒并不希望什么儿孙绕膝，以慰桑榆暮景，好在舍弟在江陵，他儿子很多，足够嗣与我的，不怕为若敖氏不食之鬼。你是我知友的公郎，和自家人一样，待我引见，彼此也可认识。"

许靖道：

"小侄理当拜谒的。"

王永泰遂兴冲冲地带着许靖走至后堂，吩咐小婢快请何姬出见。一会儿，听得环佩声响，有侍婢数人簇拥着一位少妇出见，云髻乌发，光可鉴人，杏脸桃腮，柳眉凤目，生得十分美丽，体态也很轻盈，年华尚不过二十左右，绮裳云縠，倍极妍丽。许靖连忙拜见，何姬也敛衽答礼。王永泰便指着许靖对何姬说道：

"这位姓许名靖，是故人之子，此番到这里来投军，下榻我家，你当好好款待。"

何姬娇声应诺，坐谈数语，许靖便告退出来，由下人引导至客室中。坐不多时，早有侍婢拿着衾枕出来，代许靖收拾炕上，铺好被褥，然后退去，这夜，许靖便住在王永泰家中。明日早餐后，王永泰便引许靖到总兵衙署中去见周遇吉。许靖见周遇吉白净面皮，猿臂蜂腰，生得英风凛凛，不愧是干城良材，慌忙拜倒。周遇吉亲手扶起，请他坐在一边。王永泰先把许靖的出身来历向周遇吉禀明了，又说起他投军的志愿，要请周遇吉录用。周遇吉瞧许靖人品出众，点头称许，便说道：

"此刻正是国家用人之秋，有志之士自不甘怀瑾握瑜，埋没蓬蒿，挥我横磨，扫彼寇氛，你来得正好，我这里正需要良材，就委屈你暂在我帐下充当一名云旗尉，他日如有功劳，再可擢升。"

许靖道：

"谢谢大人栽培之德，鲰生愿效驰驱。"

于是告退出来。从此，许靖便在周遇吉麾下供职。周遇吉仁而爱人，谦恭下士，有时要召许靖入衙，和他谈谈天下形势，以及军旅之事，许靖对答如流，周遇吉更是器重他。但许靖没有一定的职务，每天只要到衙签署应卯，有事则留，无事便退，大多时候在王永泰家里舞舞剑，看看书。王永泰却相信学佛，每月朔望以及三六九日常常茹素唪经，独宿在外室。他常对许靖说，往事如尘，不堪回首，年少时好勇斗狠，在江湖上不免多所杀伤，现在衰老，不免有些爽然自失，所以借此忏悔。王永泰家中女婢甚多，而男子却很少。许靖常见有一个油滑少年，相貌秽琐，举止轻浮，在王家出入自如，不像门客。他的卧室便在许靖的东首厢房里，见了许靖，傲不为礼，许靖很觉奇怪，后经王永泰介绍，始知此人姓桑，名一清，就是何姬的姨表弟。本在太原为商，后因所设的字号倒闭，回至代州，无处寄食，向何姬告助。王永泰看在何姬的面上，便留住家中，叫他代管琐事。他凡事迎合意旨，颇能得人欢心，因此王永泰也不讨厌他，穿户越户，如同自己的侄儿一样。然许靖以为桑一清不像个君子，对他很是注意。

一天，王永泰不在家里，许靖读了一会儿书，有些疲倦，便带了赤凤宝剑走至后园，在空地上把宝剑嗖嗖地舞将起来。舞至兴酣时，忽听东北角上有妇女笑语之声，忙停剑抬头一看，只见那边有一个楼窗，本是王永泰内室的后房。这时候窗子里有一丽人和二三小婢正在那边看许靖舞剑，那丽人原来就是何姬。许靖见有妇女窥望，只得收住宝剑，不再舞了，正想退去，便有一个雏婢从东边回廊下走来，向许靖含笑说道：

"许公子，我家夫人有请。"

许靖听了不知有何事情，心中虽然不欲去相见，但也不便擅自离去。雏婢又说一声请。许靖只得将宝剑插入鞘中，随着雏婢走去。曲曲折折走至一个小轩里，早见何姬亭亭玉立，含笑相迎，许靖连忙打礼。何姬请他坐下，小婢献上香茗，许靖虽然坐着，心里却局促不安。何姬谈笑自若，美目流盼，向许靖问询杞县风俗状况。许靖敬谨回答，何姬时时把秋波送过来，且向他作浅笑。许靖觉得伊的眼波里有热情流露出来，又如有魔力荡人心魂，自己极力镇定着，不敢作刘桢之平视。何姬见了他这种拘谨态度，暗暗好笑，又问他可曾有室家之好。许靖只得说道：

"匈奴未灭，何以家为？只因自己想到外边干些功名事业，所以尚未论娶。"

何姬笑道：

"我闻男子生而愿为之有室，公子的年纪正可娶一位如花如玉的小姐，享受些温柔艳福，怎么还没有抱衾与裯的床头人呢？待我来做个月老可好？"

说罢，咯咯地笑出声来。许靖听了这话，却不便回答，正襟危坐，以目视鼻。何姬又道：

"公子在这里可嫌寂寞吗？你常常进来谈谈也好，这里是没有外人的。老头儿学了佛，脾气古怪得很，日间不常过来，恐怕他要去做和尚了。"

许靖听何姬背地里称王永泰为老头儿，心里便觉有些不愉快，遂立起身来说道：

"小侄外边尚有他事，告辞了。"

何姬道：

"公子且坐一会儿，何必就走？"

许靖道：

"既然无甚吩咐，我也不多坐了。"

于是回身走出轩去，只听何姬还在那里娇笑，也许笑许靖有些傻气呢。许靖还到房中，把赤凤剑悬在壁上，坐着想想何姬方才的态度，很欠大方，虽则其人如玉，而仔细看来，终究有些小家碧玉，婢学夫人的模样。王永泰年纪已老，娶了这种桃挞的年轻妇女为小星，恐非闺房之福。他是宅心光明，待人非常和善，没有什么歹心肠去猜疑人家的，但像这种人却不可不防啊！然而这事又怎样能向他老人家直道呢？心里不觉有些烦闷。

自从这天起，许靖便又格外注意何姬的表弟桑一清了，因他常见桑一清跑到内室去，有几次王永泰外出后，桑一清傍晚时从内室慌慌张张地走出来，恰逢许靖在庭中散步。桑一清瞧见了他，便悄地趄至别处去了，许靖不能无疑。然而又有一事使他心里更是忐忑，因为何姬常差小婢到他房中来送食物与他吃，颇见殷勤，他反而不安起来了。

有一天正是十五夜，明月半墙，花影斑驳，黄昏时，许靖在客室中灯下观书，房门虚掩着，忽听门外窸窣之声，他心里一愣，跟着房门被轻轻推开了，走进一个丽人来，峨峨高髻，白白粉脸，穿着嫩绿色的云裳，金莲窄窄，纤不盈握，含情却立，凝睇曼视，一阵非兰非麝的香气扑入鼻管，正是何姬。许靖惊愕之余，站起相迎。何姬也不待他招呼，走至他的书桌旁椅子里坐下，带着笑对许靖说道：

"今晚老头儿又是戒期，在外独宿，不到我房中去的。一人独坐，想起公子羁旅他乡，未免寂寞无聊，有谁来怜惜你呢？所以不避嫌疑，到你处来谈谈，不知你心中以为如何？"

许靖听了，连忙说道：

"多谢美意，只是我孤零惯的，一人独居，清静不烦，正可用心读书。"

何姬不等他说完，早抢着说道：

"古人说得好，书中自有颜如玉，公子难道想得颜如玉吗？可是眼前也有颜如玉，何必到书中去求呢？"

许靖听何姬说的话越发见得伊有意挑逗，谁知落花有意，流水无情，自己是一个堂堂奇男子，怎肯干这种禽兽的行为？伊可说没有眸子了，遂又说道：

"我许靖虚度二十余春秋，却不懂得什么颜如玉，颜如铁，唯知竭我所能，贡献于国，希望立得功业，不负此生，姬夫人又何必如此说呢？"

何姬见他甚是严肃，又笑了一笑道：

"我不信世上竟有不知情的男子，像你这班少年，端的可爱，但你不要在我面前装作道学君子，反要令我笑你生得呆了。我的心你可知道吗？那个老头儿，你不要怕他的，他绝不会知道的，我和你且图欢乐，别辜负了我的深情。"

说着话，站起娇躯，挨至许靖身边来，伸出软绵绵的柔荑，来和许靖握手。许靖勃然变色。此刻他也顾不得什么得罪不得罪了，右臂一起，把何姬的手格在一边，立起身来说道：

"这成什么样了？我早说过许靖是堂堂正正的奇男子，断不肯做禽兽之行。千万请你自己珍重，羞恶之心，人皆有之，寡廉鲜耻，人中之妖，请你快快回去，保全你的颜面，否则我就要禀告伯父了。"

何姬本是个搔首弄姿的少女，嫁给王永泰后，常嫌永泰年老，又不懂得怜香惜玉，心中很觉不满意。伊的表弟桑一清来后，时时背着永泰私下里和桑一清追求欢娱。原来伊没有嫁给王永泰的时候，早和表弟桑一清有染，只因桑一清本有发妻，未敢明目。现在桑一清的妻子在外病死，他又寄居到王永泰家来，自然死灰重燃，旧情复发。王永泰却如瞒在鼓里，没有觉察，反被许靖看出来了，而何姬非但不防许靖，且反钟情于许靖，因拿许靖的丰神俊拔去和桑一清比较，又觉有天渊之隔了。所以她向许靖故献殷勤，要想和许靖发生肉体上的恋爱。今夜又特地效卓文君私奔相如，到许靖室里来献媚，以为许靖倘非鲁男子，一定难逃情网。谁知许靖偏如河岳般屹然不动，不上她的钩儿呢。她只得强颜为笑，自行落场，说一声："好，你果然是一个好男儿！"许靖听了这话，不由一怔，悄然立着不动，静候伊说话。何姬又说道：

"我因老头儿常在我面前称赞你公子是一位少年英雄，心里有些不信，所以假意前来一试，你果然心如铁石，不可动摇，使我十分佩服。你也不必去和老头儿说什么，反使他要生疑。我今去了，愿公子珍重。"

何姬说了这话，向许靖含笑点头，翩然出室而去。许靖听了这话，将信将疑，静坐着思量，难道何姬果然故意试情吗？但瞧伊这种狐媚的姿态，明明是要来诱惑我的。现在伊说这话，无非借此掩盖伊的丑行罢了，我岂能上伊的当？但我也不欲在王永泰面前透露此事，且看以后的情形再说吧！想到这里，他不觉为王永泰万分扼腕。老英雄古道热肠，此心耿耿，偏偏娶着这种淫贱的小星，不是玷污了老英雄一世的声名吗？这夜，他越想越恨，睡不成熟。

次日是十六，晚间月色甚好，许靖恐防何姬或要再来，早闭门而睡。到得下半夜，忽觉便急，打熬不住，遂披衣起身，开了房门，从庭中走到厕所里去，把肚中的东西出清了，十分爽快。刚才走回房去，月光甚明，纤形毕露，忽见桑一清穿着短衣，趿着睡鞋，从内室那边蹑足向他自己房里走去，轻轻闭上了门，好似做贼一般。许靖心里怎不明白？知道今天是十六，王永泰守戒，在外房睡宿，不进何姬房的，明明是奸夫淫妇乘隙欢会了。可笑何姬既有伊的表弟和伊私通，却又抱着得陇望蜀之心，偏要来引诱自己。伊当作天下乌鸦一般黑，哪知我许靖是个顶天立地的大丈夫，岂肯干此禽兽之行呢？唉！是可忍也，孰不可忍也！我倒要乘间向王永泰进言劝他好好防备，把这厮赶了出去，方是道理。我既然知道了这事，岂能始终学金人之缄口呢？想定了主意，也就回房安寝。

次日，他到衙中去，恰逢周遇吉在城外阅兵，且习野战，他也跟着出城去随众操练，军容甚盛，他见了，心中也暗暗欢喜。因为那时候李自成已破潼关，风声日紧，周遇吉下令城防格外严密，以防寇侵，所以有此阅兵。下午回去，刚至自己房中，见何姬身边的一个侍婢在他房里收拾桌上放着几样干点心，见许靖回来，便交代许靖说，这是如夫人赠送与公子的。许靖只得道谢而受。侍婢收拾毕，也就退去。许靖暗想：何姬遭自己严拒，却还不恨我送我食物吗？可是伊对我的心尚未尽冷，我更不可不防了。

到晚上睡眠的时候，发现枕边有一块香罗帕，上面绣着一对双飞蛱蝶，香气扑鼻，明明是何姬身边之物，怎样到了我的炕上来呢？想了日间代他收拾枕被的侍婢，量定是那侍婢拿来暗暗放在我枕下的。这事究竟有何用意呢？难道何姬痴情不死，故意送我这罗帕，春蚕缚茧，仍想来诱惑我吗？那么我也难以安居在此了。此事我早想去和王永泰说明，揭穿他们的秘密，不如明日我便把这香罗帕为证，去向王永泰直言其故，劝王永泰早把奸夫淫妇处置，别谋良图。天下多美妇人，何必是……许靖想定主意，就把香罗帕放在抽屉里，闭目安睡。

次日清早起身，梳洗毕，吃过早餐，便带了那香罗帕，走到王永泰书房里来。见王永泰正坐在椅子里，仰首承尘，若有所思，他就轻轻走进去，立正了身子，叫一声伯父。王永泰回过脸来，瞧见了许靖，平常时候必要带着笑容说一声贤侄请坐，可是今天他却视而不见，听而不闻，冷冷的不睬不理。许靖不由一呆，口欲言而嗫嚅，足将进而趑趄，许靖真有这种窘态，但他转

68

念一想，我来做什么的？不管王永泰的态度如何，我总该忠言直道，也许他别有不快的事情所致吧。于是他鼓着勇气，把这块香罗帕取出，双手送到王永泰面前桌子上，很沉毅地说道：

"伯父听禀，小侄为了这罗帕，正有一件很重要很秘密的事情斗胆向伯父奉禀，尽其忠告，所谓骨鲠在喉，不得不吐，还请伯父明鉴。"

许靖说了这话，料想王永泰必然要向他启问缘由了，谁知道王永泰对他冷笑了一声，把手摇摇道：

"不必说了，我一切都已知道。"

许靖听了这话，不由一怔，怎么王永泰都知道了呢？王永泰又接着说道：

"明人不做暗事，你是个大丈夫，当如何洁身自爱，不应惑乱本性，大胆妄行。既然犯了过失，也该自谋悔改，以赎前愆，何必文过饰非，欲盖弥彰呢？你也不必对我说了。"

王永泰说到这话，许靖大惊，知道王永泰已有误会，自己怎可不辩？遂又说道：

"伯父，且待小侄细说原委，自然明白我别无他意，全为伯父计算。"

王永泰不待他说毕，又大声说道：

"我早已明白，你又何必多说？你年纪方轻，前途正长，自己好好去做人吧，我这里留你不下了，何必多言？"

王永泰说完这话，一拂衣袖，立起身来，便往外走，大约到衙署中去了。此时的许靖真是进退狼狈，立在那里暗想：王永泰说这话似乎已知道这事真相，其实他还是蒙在鼓里，如何能知？嗯！一定是那淫妇故意把这罗帕来陷害我，她昨夜背地里在王永泰面前造作谰语，颠倒事实，说我的不是，一味诬蔑我，而王永泰听了先入之言，疑心我有什么不端的行为，所以不等我说而他就向我斥责了。唉！我本怀着一腔忠诚要向他道忠告，谁知自己反蒙了不白之冤，此事不可不辩个明白，使他知道我许靖是个奇男子，怎会有不道德的事情呢？然而像他这样然拒绝人于千里之外的态度，也叫我有口难辩，有冤莫白，真是如何才好呢？

良久，良久，他忽然想出一个办法，自言自语地说道，好，我决定这样做吧，稍缓一些时日能使这事水落石出的。此处不留人，自有留人处，他既叫我走了，我何能腆颜再在此地食宿呢？他想到这里，把足一顿，咬紧牙齿，低着头走回室中，一脚刚才踏进房门，又使蓦地呆住了。

第九回

怜君何事到天涯

许靖踏进自己室门，忽然瞧见何姬身边的侍婢已代他将行李铺盖收拾好了，丢在炕上。一见许靖进房，从伊身边取出五两银子，放在桌上，带笑说道：

"我奉如夫人之命，来此代你收拾行李。如夫人叫我对你说，你从今好好去吧，不要怪怨如夫人，实在是你自己太无情义。这五两银子是送你作盘缠的，如夫人本当设宴饯行，因为你既不愿意和伊相见，伊也不来见你之面了。又有一句话要说的，你如出去无处容身，真心懊悔时，只要你到此地求见，肯听如夫人的话，如夫人也可以在老爷面前代你解释一切的……"

那小婢顺着口一连串地说下去，许靖早听得怒火直冒，暗想：这明明是何姬打发伊来侮辱我的。好贱人，我将来必要给你知道我的厉害，便对那小婢双眼一瞪道：

"呸！放什么屁？快些住口。你家许爷不要听你这种话，再说时，看我给你两个巴掌吃。这些银子算什么？谁稀罕伊的臭铜钱？可是来取笑我吗？"

一边说，一边将银子往地下一抛，一手扬起了拳头，做出跃然欲击的样子来。那小婢究竟是胆小的，早吓得一溜出房去了。许靖又长叹了一声说道：

"王永泰，王永泰，可惜你一世英名将败于这妖姬之手了！"

71

说罢，遂佩上赤凤宝剑，携了行李，悄然走出王家大门，跨上大道，一步步走出城关去。他心里本无一定的去处，只顾向冷僻的地方走，渐渐离了热闹之区而至山野。

　　这时已近炎夏，骄阳如火，走得他满头汗出，见道旁有两株大榆树，浓荫匝地，正好一个歇凉所在，他就在榆树下放下包裹，席地而坐。果然有两阵凉风吹来，精神一爽，他低着头自思，我此次离乡背井到得这里，无非想乘此乱世立些功名。王永泰是父执，又是前辈英雄，得他在周将军面前提携，正乃良好的机会，谁知平空生出了这种意想不到的岔子？那妖姬淫毒万分，对我诱惑不成，立刻想出恶毒的阴谋，在王永泰面前搬弄是非，把我撵走。从此伊和姓桑的更是肆无忌惮，不怕他人去揭穿他们的秘密了。我不该说王永泰怎样如此老悖，听信妇人之言，竟下逐客之令，所以古人说唯女子与小人为难养也了。浸润之谮，肤受之诉，对于父母尚且要变心，何况对于故人之子呢？自然更容易听信伊的巧言如簧了。但我许靖是个顶天立地的好男儿，受此不白之冤，岂是一走了事？无论如何，我必使王永泰彻底明了真相，自悔不是，也为他除去他日的隐忧。况且我蒙周遇吉将军垂爱录用，倘然弃之他走，又到哪里去会逢到这样的好将军呢？所以我是不能离开代州的。那么我出了城关又往何处去暂觅鹪鹩一枝之寄呢？住客寓吧，阮囊羞涩，不能有数日之粮，往周遇吉将军衙中去吧，为了王永泰的关系，我也只有暂时不去见他的面，以免和王永泰难堪。最好有个禅院古刹，暂时栖身一下为宜，那么还是到山去寻找吧。于是他坐了一会儿，站起身来，携了包裹，向山中去。山径纡回曲折，风景甚是优美。

　　许靖一心想找禅院，但是山中居民很少，一时找不到。刚才走过一个山岭，路旁松林里忽然蹿出一头凶恶的狼来。许靖知道这畜生是要噬人的，连忙放下包裹，拔出赤凤宝剑准备自卫。那狼见有了生人，果然恶狠狠地向许靖身上扑去。许靖喝一声：

"孽畜，胆敢伤人！"挥动宝剑，向狼进刺。

一人一狼正在岭下狠斗，突然平空飞来一只响镖，当啷啷一声正中狼的颈项，那狼狂嗥一声，立即仆倒在草际。许靖俯首细瞧时，那支响镖已穿过狼的咽喉，射成一个窟窿，流得满地鲜血，那狼已倒毙了。许靖心中正在奇怪那支响镖从何而来，只听那边岭上吆喝一声，有一个美少年飞奔而下，头戴武生巾，身披绿色单绸袍子，脚踏快靴，面如冠玉，修眉入鬓，两颊红红的，又俊秀又英爽，许靖不觉看得呆了。那美少年也向许靖打量了一会儿，觉得许靖也是个英俊少年，不是凡夫俗子，便向他拱手道：

"客从何来？此地山中豺狼甚多，白昼也要出噬人畜。方才我从岭上下来，恰巧遇见足下和那畜生狠斗，恐怕那畜生伤了足下，想要拔刀相助，又苦手中没有兵器。幸亏身边带得一个镖囊，因此发了一镖，侥幸把那孽畜击毙，幸恕孟浪。"

许靖听那少年吐语斯文，不由更是敬佩，因那少年问他从何处来此，自己却又不便明言其故，只得说道：

"小弟姓许名靖，是从河南杞县到此，投亲不遇，徘徊山中，忽逢豺狼，幸君仗义救助，感何如之？足下一镖击毙凶狼，非有绝技的人不办，还请赐告姓名，俾得书绅。"

那美少年闻言一笑道：

"蒙许君过誉，愧不敢当。小弟姓柳，名隐英，自幼本是江南人氏，后来流落在北方。此番至代州也是探望亲戚，因小弟的姑父姑母隐居在此，但是既来之后，姑父忽患病去世，姑母一时不放我走，遂淹居于此。闲着没事做，常到山上来散步，我俩萍水相逢，也是巧极。许君既然投亲不遇，何妨到我姑母家里暂时小住，待你探明白了令亲的去处，再作道理。"

许靖听着，正中下怀，遂把宝剑插入鞘中，向少年拱拱手道：

"柳兄，我们初次邂逅，即承垂注。小弟正苦没有食宿之处，蒙柳兄慷慨为怀，雅意宠招，真是不胜感激之至。令姑母的府第就在这山中吗？"

柳隐英点点头道：

"是的，此山名唤威凤山，这岭便名凤凰岭，我姑母的家便住在这凤凰岭上，和足下方才走过的狻猊岭是相对的，请许君随我去吧！"

许靖说一声："柳兄先请！"于是美少年柳隐英引导着许靖便往对面凤凰岭上走去。北方的山大都是石多而树少，雄峻有余，清秀不足，可是这威凤山的风景却在代州是著名的，而凤凰岭尤其幽深清丽。

许靖一路走，一路观玩，一会儿已到岭上。遥见西边林木阴翳之处，而一带粉墙竹篱，清泉汨汨从足边流过。走近那里，却有一座小小石桥，清泉从桥下流过。走过了石桥，有一条蹊径，两旁都是些松树，那房屋已越走越近了。竹篱之内有许多嘉木异花，红的紫的黄的开得甚是绚烂夺目。双扉虚掩，门外有垂杨一株，丝丝柳条如笼轻烟，映得屋宇尽绿，清风吹来，胸襟一清，许靖暗暗称赞好一个隐士之家，这位柳隐英住在这里，胸怀当然不俗的了。柳隐英走到门前，伸手把门一推，双扉已开，他把手一摆，请许靖进去。许靖随着他步至庭中，都种着花卉，正中一排三开间的平屋，纸窗芦帘，朴而不华，清而不俗。早有一个五十多岁的老妪从中间屋子里走到阶沿上，见了许靖，便向柳隐英问道：

"英儿，这位客人从哪里来的？你怎样和他相识？"

柳隐英立定脚步答道：

"我出外走走，在狻猊岭下恰巧遇见这位许君和一狼相斗，我助了一镖，把狼打死。问讯之后，始知这位许君是从河南到此，探亲不遇，无处寄宿。我想客地的人举目无亲，多么可怜，与人方便，即是自己方便，所以邀他到此留住数天，等他探明白了再说，姑母也要嫌我多事吗？"

许靖也向老妪拱拱手道：

"游子他乡，无枝可依，难得柳兄不弃，许以下榻，云天高谊，铭感肺腑，尚乞老太太俯允，不胜幸甚。"

那老妪听许靖吐语温文，举止安详，确乎是个浊世佳公子，遂点点头道：

"瞧这位许公子也是个诚实君子，不嫌此地肮脏，就请在舍间小住数天也好。我这位侄儿，天性好客，又喜活泼，在此山中正苦缺少良伴，许公子来得正好。"

一边说，一边尽对许靖上下相视。许靖道：

"那么多谢大德了。"

老妪又对柳隐英说道：

"英儿你陪着许公子到书室里去吧！"

柳隐英答应一声，遂一抬手，请许靖走到左面一间室中去坐。室中陈设甚是雅洁，有一座书架，架上琳琅满目，都是些书籍。左壁上悬一幅达摩老祖佛像图，又悬着一柄宝剑，绿鲨鱼皮鞘，垂着杏黄色的流苏，沿窗安放着一张书桌。柳隐英和许靖对面而坐，有一个小婢奉上香茗。柳隐英又对许靖说道：

"我姑父姓郑，名安国，是个精读《周易》的老师宿儒。他起初也在东林党中，被魏阉株治诬陷，几乎丧失了性命。幸亏见机早走，但所有的家产在天津保定一带的，都被魏阉没收了。我姑父灰心世事，遂到这里山中来隐居，牵茅补屋，自己盖造起这座屋宇，开辟出这个庭院。但是山中野兽众多，常要害人。幸我姑父也学得拳术，有些防身本领，所以他和姑母等住在这凤凰岭上，倒也平安无恙。小弟是去年仲春投奔到这里来的，恰逢我姑父身患重病，医药无效，撒手长逝。他在弥留之际，曾叫我好好陪伴姑母，住在此间，不要出去，因他也知道天下不久大乱，中原人民要大大受一番刀兵之劫呢！小弟身世飘零，奔走天涯，也有些厌倦，所以也就住在此间，侍奉姑母天年。可是山中岑寂，常苦没有契合的伴侣，而一腔雄心未曾消灭，也想为国家出些力，戡定祸乱，不负天生我材之意。"

柳隐英说到这里，许靖不住地点头，说道：

"英雄所见正同。小弟也想乘此乱世立些功名，我朝太祖不也是乘时崛起，有许多俊杰之士，风虎云龙，相助他奠定四海的吗？我们也要拯救斯民于水火，留芳名于竹帛才好。柳兄说身世飘零，弟有同感，不知柳兄可能见告一二吗？"

柳隐英叹了一口气道：

"这事说来话长，好在许君要在此处勾留数天，待我缓缓再告吧！"

许靖也不敢勉强他，又称道柳隐英的镖法精良，抒其钦佩之忱。柳隐英道：

"如小弟这班人又何足道？现在宁武关总兵周遇吉将军驻防于此，他才可称得当世英雄。在他麾下能人很多，自他来后，地方上盗匪敛迹，闾阎安谧，远近响马土匪谁敢来骚扰一草一木？人民歌颂其德，口碑载道，这样的将军方使人佩服倾倒。听说陕西那边流寇十分猖獗，说不定要来侵犯。小弟看代州地方难免有一番干戈呢。许君英才绝人，何不投身周将军麾下，为国勠力，建立功名？他那里正在延揽人才，谅不会拒绝的。"

许靖听柳隐英这样说，他心里暗想：我自己正是从周将军麾下走出的，他怎知我有说不出的苦衷呢？遂笑了一笑道：

"柳兄说得不错。小弟自想乘时建功，稍缓些日，待小弟与柳兄一同去谒见周将军何如？以弟菲才尚且不肯埋没，何况柳兄少年英俊，武艺高强，为什么隐遁不出，如珠玉埋在大泽，杞梓藏于深山呢？"

柳隐英微笑道：

"承许君这样鼓励我，感谢得很。可是我这个人疏散得很，不愿意受人的拘束，因此未曾从戎。虽然，爱国之心未尝后人，

76

如有机会时，当然也愿为国家出力的。"

二人正谈得酣畅，柳隐英的姑母郑老太太走近书房门，说道：

"客人远来，此时谅还未用过午膳，我已特地烧熟些面和饽饽，请许公子随便用一些吧！"

许靖听了，连忙站起身来道：

"哎呀呀！有劳老太太了。"

柳隐英道：

"理当如此，请不要客气。"

遂陪许靖走至外边客堂里去，因为柳隐英自己早已吃过，所以让许靖一人独吃。许靖吃毕，向二人道谢。柳隐英又陪着许靖在岭下闲步观赏风景。许靖觉得柳隐英谈吐既很亢爽，又有些妩媚气，使人如饮醇醴，以为他真是一个王谢子弟，潇洒出尘，在此乱世可遇而不可求的。因此心里已有数分倾倒，也打叠起精神，把胸中的抱负吐露出来。山上泉水很清，岭崖间有瀑布如倒悬珠帘流在石上，发出敲金戛玉的声音，这又是威凤山上的胜迹。

日落时，二人回归庐舍，柳隐英的姑母已煮好几样菜，为客佐餐。天黑时，小婢掌上灯来，二人便在书室中对坐饮酒。桌上放着菜肴，有鸡有肉。许靖瞧着，对柳隐英说道：

"游子他乡，得借一椽以蔽风雨，已是万幸。乃蒙主人好客，杀鸡作黍，如此殷勤，何以克当？"

柳隐英道：

"山肴野蔌，无以娱客，请许君喝两杯白酒而已。"

一边说，一边代许靖斟酒。许靖托着酒杯，谢了一声，把一杯酒一饮而尽。道：

"有酒有肴，不可多得，只是做客的太叨扰了。"

见柳隐英杯中酒少，就提起酒壶代他斟满了，说道：

"请柳兄也干一杯吧！"

柳隐英微笑道：

"小弟是不胜蕉叶，量小得很，喝半杯吧！"

说罢，举起酒杯凑至唇边，喝了一半，又拿过酒壶代许靖斟个满。许靖又喝了一个罄净。许靖是能饮的，柳隐英却不会喝的，被许靖屡次相劝喝了一杯多，两颊已是酡然，在灯光下红彤彤地如同苹果一般，越见妩媚。许靖瞧着，暗想：孟子说的不知子都之姣者无目者也。柳隐英虽是个男子，而容貌秀丽，如同女子一样。我和李信在故乡杞县，可称得美男子，现在若和柳隐英相较，又不免珠玉在前，自惭形秽了。柳隐英见许靖对他细瞧，笑了一笑道：

"小弟是不会喝酒的，请许君多喝些吧！"

这时，许靖的赤凤宝剑已卸在一旁，柳隐英忽然一眼瞧见，便对许靖说道：

"方才我瞧许君所用的宝剑不是平常之物，可否赏赐一观？"

许靖连忙去取过来双手奉上，说道：

"此物也平常得很，尚乞勿笑。"

柳隐英接过，嗖地抽出鞘子来，寒光一道，森森四壁，剑光一闪一动，犹如紫电。柳隐英摩挲一下，啧啧称赞道：

"好剑好剑，是不是祖传的？"

许靖便将自己在乡间如何发现剑气，在河中掘得的经过约略告诉一遍。柳隐英道：

"如此说来，这是天赐与许君的了，望许君将来善自用之，莫负此剑。"

许靖道：

"柳兄箴言，敢不拜嘉？"

柳隐英便把剑仍插入鞘还与许靖。许靖指着壁上的宝剑问道：

"柳兄的镖法方才已见过，柳兄的剑术必然非常高明。壁上龙泉可就是柳兄所用的吗？可能赐予一观？"

柳隐英点点头，立起身来，向壁上去取下那柄宝剑，递与许靖手中。许靖早把自己的宝剑放过一边，抽出柳隐英的宝剑一看，光如散电，质如耀雪，果然异常犀利，比较自己的赤凤宝剑略短二三寸，剑柄上镌着"白龙"两字，也就夸赞道：

"这剑好得多了，柳兄想必常用的。"

柳隐英笑道：

"自小弟来此年余，这剑却跟着我蛰居山中，并无用处。许君也要笑小弟辜负宝剑吗？此剑名唤白龙，是从一个巨盗手里夺来的，此中尚有一页流血的战史呢。"

许靖道：

"此剑若落在盗手，譬如明珠暗投，未免可惜。今入柳兄手中，真是得其所哉！"

一边说，一边也将白龙剑还与柳隐英。柳隐英接在手里，刚要挂向壁上去，许靖有心要看看柳隐英的剑术，遂对柳隐英说道：

"柳兄的剑术一定大有可观，小弟不揣冒昧，欲请柳兄一舞。"

柳隐英听了这话，并不推辞，带笑说道：

"小弟敢不遵命。但请许君也要一舞。"

许靖笑道：

"小弟的剑术是粗疏得极，不堪寓目的，还请柳兄指教。"

柳隐英微笑道：

"不要客气。"

于是二人各拿着宝剑走到外边庭中，恰巧一弯新月业已东上，照得半个庭院光明如昼，柳隐英的姑母听得声音，走出来问道：

"英儿，你不陪客在里面饮酒，却拿着剑来庭院中做什么？"

柳隐英答道：

"姑母，这位许君能舞剑，所以侄儿和他舞一会儿玩玩。"

柳隐英的姑母笑道：

"英儿如此高兴，要和客人舞剑了，真不脱孩子气！"

又对许靖说道：

"许公子，我侄儿稚气太重，请你不要见笑。"

许靖道：

"柳兄天真烂漫，最是使人敬爱的。"

柳隐英把长衣前后拽起，向许靖带笑说道：

"许君是客，小弟是主，理当让许君先舞。"

许靖点点头道：

"好戏在后，技劣的先来，待我先献丑一下，尚请柳兄指教。"

他因柳隐英没脱长衣，柳隐英的姑母又在一边，自己也就不便脱下，只把衣角向腰带前后束起，从剑鞘里拔出赤凤宝剑，走至庭院中心，又对柳隐英说道：

"放肆了。"

徐徐舞将起来，前后左右，上下进退，都很合节。许靖今夕是尽其所能，一显其技，他只恨自己的剑术平常，没有惊人之处，不能与人争胜。所以舞了一路梅花剑，立即停止，又向柳隐英带笑说道：

"黔驴之技，止乎此矣！请柳兄勿笑。"

柳隐英看了许靖的舞剑，微笑道：

"如此已不容易，但欲臻上乘，却还须用心习练。"

许靖道：

"苦无名人传授，故步自封，毫无进步。今遇柳兄，还请不吝指教。小弟舞毕，愿一观柳兄高深的剑术，借窥门径。"

柳隐英遂把剑一摆道：

"待我也来献丑一回吧！"

于是他就把白龙剑向上一送，使个"白鹤冲天"式，嗖嗖地霍霍地渐舞渐紧，如兔起鹘落，如凤翥龙翔，五花八门，剑气夺目。许靖不由鼓掌叫好。柳隐英的姑母笑着说道：

"今晚英儿却这般高兴，舞了一会儿已够了，快快歇手，陪许公子用饭去吧！"

柳隐英蓦地收住宝剑，带笑站在许靖面前，说道：

"薄技不堪寓目，得勿贻嘉宾之讥？"

许靖道：

"似柳兄这般高明的剑术，还要如此谦卑，更使小弟汗颜了。"

二人遂回至客室，将剑放下，重返原座，彼此各斟满了一杯，小婢早托上一盘熟鸡来，柳隐英又陪着许靖喝了一杯。许靖道：

"柳兄剑术举世无双，小弟无任倾倒，可否柳兄将身世告诉小弟知道，必有可惊可喜之处。"

柳隐英摇摇头道：

"过去的事，提起了使人难过，不堪为外人道，且待以后再行奉告。总之，我是一个畸零的人，漂泊天涯，只有这里的姑母是最亲近的戚眷了。许君，且多喝几杯酒吧！"

许靖见柳隐英一再不肯直说，料想他有不可告人之隐，不敢固请，且举杯喝了一杯，又把酒斟上。又见柳隐英把一手支着颐，对着灯光，似在回溯往事，便拿起酒杯，说声请。柳隐英忙把支颐的一手放下，摸着酒杯说道：

"许君我早已说过酒量很浅的，再喝时要大醉了。许君洪量，不妨自喝几杯。"

许靖道：

"小弟也喝够了，叨扰佳肴，我们吃饭吧。"

遂又干了一杯。柳隐英也不再劝饮，便命小婢盛上两碗大米饭，对许靖带笑说道：

"江南地方常吃米，自到北方难得吃这大米。今晚姑母因为远客来此，所以特地煮这米，请许君多用一碗。"

许靖道：

"多谢令姑母的盛情，敢不多尽一碗。今夕这一餐，可谓既醉以酒，既饱以德了。"

遂吃了三碗大米饭，方才举起筷子来，向碗上一搁，表示谢意。小婢过来撤去残肴，又奉上香茗，二人又坐着闲谈。许靖却把自己自杞县和张苍虬、李信、陈飞等如何相识，义结金兰，以及张陈二人至山海关投军，李信为青石山上红娘子所擒之事历历奉告，只将自己来此投奔王永泰的事瞒过不提。听得柳隐英眉飞色舞，说道：

"四海之内，皆兄弟也。豪杰相逢，更是平生快事，可惜小弟没有遇见张苍虬等诸君。"

许靖道：

"他日如有机会，当代绍介。小弟与柳兄邂逅，也是非常巧极的事，如承柳兄不弃，小弟也愿与柳兄一结八拜之交。"

柳隐英笑道：

"承许君推重，小弟也有此心，我们也不必拜祭神祇，彼此一言，即可为定。许君今年几何？"

许靖道：

"小弟先要请问柳兄的年龄，大约柳兄的年纪轻些吧！"

柳隐英笑了一笑道：

"小弟今年一十九岁。"

许靖道：

"那么小弟叨长二岁。"

柳隐英道：

"既然许君年长，自然许君为兄，小弟为弟，以后兄弟称呼，切勿客气。"

许靖道：

"如此我却忝长了，马齿徒加，学术荒疏，文不能致治，武不能戡乱，惭愧得很。"

柳隐英道：

"小弟看哥哥英爽不同凡俗，将来必非久居人下的，只望哥哥努力罢了。"

许靖道：

"承贤弟谬许，愚兄敢不愈发自勉，苟富贵，毋相忘。"

二人谈得时候很久，已近夜半。柳隐英姑母在外边唤道：

"客人远道前来，你理该让他早些安眠歇息，有话明天再讲吧！"

柳隐英给他姑母几句话提醒，遂立起身来说道：

"哥哥请安睡，我们明日再行畅谈。这里书室后有一小小卧房，作为客室，请哥哥将就睡下吧！"

许靖道：

"甚感雅意。"

于是柳隐英点了烛台，引导许靖走到里间去，果然很是狭小，炕上已安放着许靖的行李，早已代他安排好了。室后又有一扇小门是通到背后厨下去的，此时门已合上了。许靖瞧着说道：

"很好，室不在大，有炕便足安眠，多谢多谢。"

柳隐英将烛台放在炕边一张小几上，说道：

"自己弟兄不必再说客气话了，明天再会吧！"

说毕，回身走出房去。许靖今天无意中遇到了新知，谈吐甚是投合，引以为慰。且觉得柳隐英镖法既精，剑术又高，可称绝技，自己哪里及得到他呢？得交这种朋友，可谓荣幸。所以，睡至炕上，再不想起王家被逐的耻辱，而觉得梦魂甜适。一觉醒来，已是天明。起身后，小婢端过脸水来，许靖洗脸、漱口、栉

83

发，一一已毕，整了衣冠，走到外边来。柳隐英已在外边坐候，同用早餐。

这天，许靖和柳隐英上午坐谈，下午又到岭上去散步而归。柳隐英的姑母也是好客情重，大碗酒大块肉地请许靖吃喝。一住数天，感情甚是融洽。许靖觉得有些过意不去，他想早些前去王家按照预定的计划行事，使王永泰明白谁是好人，谁是坏人，然后自己再可出面，索性介绍柳隐英至周遇吉将军麾下一同效力。所以到了第四天的下午，他乘柳隐英不在身边时，一人独坐书室中，仰首瞧着承尘，思想多时，不由口里叹道：

"我准这样做吧，受人之冤，不可不白，也为他老人家预除祸种，不管他老人家气恼不气恼了。"

他正在太息，柳隐英已翩然而入，带笑问道：

"靖哥为何如此深思？可有什么难解决的事情吗？"

许靖不欲直告，遂答道：

"我想天下纷乱，内忧外患同时而起，张苍虬等不知可在塞外立功？闻得流寇有窥伺晋省的企图，意欲进犯京畿，其志不小，断不可视为弄兵渑池而忽之。现恨一班统兵的都非干城之选，庸懦无能，忽剿忽抚，游移莫定，以致寇焰日张，蔓草难图，将来不知如何收拾呢！"

柳隐英道：

"尸位素餐的真是可杀。弟闻当今皇上是个贤明之主，只惜辅弼无人，国事日坏，他日若有机会，弟当与靖哥挥三尺龙泉，扫除这些妖魔。"

许靖听柳隐英说得如此热烈，而又眉峰倒竖，义形于色，遂说道：

"我当随贤弟骥尾，同去轰轰烈烈地干一番，庶不负男儿七尺之躯。"

柳隐英听了这话，又笑了一笑道：

84

"十四万人齐解甲，竟无一个是男儿，世间有许多男儿往往偷生怕死，反不如夫人城娘子军，也能捍卫国家呢！"

许靖听了这话，不由一怔，柳隐英接下去说道：

"小弟希望我等能够执干戈以卫社稷，为国增荣，一雪泄泄沓沓之耻。"

许靖笑道：

"贤弟说得好爽快，稍缓数日我和你去见周遇吉将军，好在他麾下效力。"

柳隐英道：

"我有一个脾气，就是不喜欢去求见人家。至于功名不在心上，只想随心所欲，要留则留，要去则去，所以不愿意隶人部下，受人拘束的，否则我也何至隐居于此，落落寡合呢？"

许靖点点头道：

"这就是贤弟的志气高尚，淡泊为怀，又是与众不同的了。"

晚餐后，许靖对柳隐英说道：

"今晚愚兄要想早些睡眠，明日也许要告辞下岭，去城中走一遭呢！"

柳隐英闻言，便道：

"那么靖哥早睡吧！我们有话明天再谈。"

于是柳隐英自回房去，他是和他姑母住在一室的。许靖等柳隐英退去后，他坐了一刻工夫，闭目养神，听听外边已没声音了，连忙立起身脱下外衣，把赤凤剑背在背上腰里，又带上百链索，熄了烛火，轻轻地蹑足走出卧室。把门掩上，又暗暗开了书室里的一扇窗，跳到外面庭中，仍将那窗闭上。且喜墙垣甚低，许靖早已一跃上墙，跳落门外。

星光熠熠，四顾无人，遂放开脚步走下凤凰岭去。他防备着狼，幸喜没有遇见，又匆匆走过狻猊岭，离了威凤山，向代州城飞步行去。

第十回

公孙剑器初第一

　　这天正是初一的晚上，王永泰独坐一室，焚香诵经以后，正要睡眠，心神忽然有些不安，所以坐着转念。近数日，他因听了何姬片面之言，撵走了许靖，心中也有些自悔孟浪。想许靖平日的行为甚是狷洁，何至于一到我家来做了入幕之宾，便起偷香之念呢？何姬这小妮子倚着我的宠爱，撒娇撒痴，常有许多话在我耳边絮聒，自己有时虽不欲轻信伊，而因伊巧言如簧，使人不能不信。此次对于许靖之事，我没有细加考虑，竟不容他说话，而强迫他出去。究竟我是听的一面之言，也许此事为莫须有，是何姬做成的冤狱，也许其中别有曲折。近来何姬浓妆艳抹，搔首弄姿，对于我颇有意不专属，我因修佛之故，也时时旷弃伊，伊到底是年纪太轻，恐不能符合我心啊！如今许靖业已他去，我也无处找他，这是我的疏忽。昨日周将军曾向我问起他来，我也无词以答，只好说他生病未愈，以后怎样掩盖我这一时的谎言呢？

　　王永泰越想越觉懊悔，因此他盘膝而坐，闭目而思，一时尚不能安寝。室中孤灯荧荧，照着壁上的佛像，甚为岑寂，但他又哪里知道，在自己的卧榻里，那个狼子野心的桑一清又已蹑手蹑脚地走了进去，叫一声姊姊，那何姬正等候他进来。天色方热，两人都穿着单衣，何姬一双水汪汪的眼睛紧瞧着桑一清，彼此笑了一笑，搂抱着同入罗帏。桌上的灯光照见罗帐里一双人影，他们背着王永泰，正在发泄他们的欲焰，却不防窗外正有一个黑影悄悄地立着，两只眼光凑在纸窗上面一个戳穿的小孔里，尽向里面注视。瞧见了帐中人影，他早已怒从心上起，恶向胆边生，立刻就要进去惩戒这一双不知廉耻的狗男女。这黑影是谁呢？当然不问而知是许靖来了。

许靖刚伸手去抽取他背上的宝剑时，不由大吃一惊。原来，在他的背上只剩一个空空的剑鞘，自己生平珍爱的赤凤宝剑忽然不翼而飞了。他定着心神一想，自己在柳家出来时，明明将这宝剑背在背上的，怎么到了这里忽地不见呢？莫不是鬼摸头吗？自己平素不信鬼神的，即有鬼物也不敢向我许靖来揶揄，也许给他人乘我不觉时偷取去了。然而自己一路前来，鬼不知神不觉的，并没给人家窥见，那人在什么时候把赤凤剑取去的呢？若果是的，那人的本领又是不小，远在我之上了。但是此间除了王永泰，并无他人擅长武艺，那么这件事大足惊异了。这柄赤凤宝剑是自己心爱之物，得来煞非容易，现在忽然无缘无故地失去，况且又是一刹那间的事，岂可不查个水落石出，以冀珠还合浦呢？于是他丢下室里的奸夫淫妇，要去找寻窃他宝剑的人。好在他们好梦方酣，不到天曙绝不会分开的，让他们去贪片刻之欢吧！他立即返身，飞上屋顶，向四处张望，只因在月黑之夜，自己夜眼的功夫尚浅，望到远处去不甚清楚。似乎远远地在前面有个黑影一闪，他连忙追过去。只见那黑影飞也似的向后面奔跑，他心里暗想：果然有了外边人了，我的赤凤宝剑一定是被那人窃去的，遂加紧脚步追去。那黑影只向后边跑，一会儿已至屋后外墙，飘身落下。许靖一想，被他逃走了，如何肯舍弃呢？跟着跳下，但是等他跳到地下时，却又不见了他追踪的黑影。再向前走了数步，深巷寂寞，杳无人影，间有一二犬吠声，凄厉如豹。许靖立定了脚步，心中异常纳闷，自己怪自己太疏忽一些，怎么人家从他的背上窃取宝剑，竟会丝毫没有觉得呢？这岂非是滑天下之大稽吗？那黑影也不知到哪里去了，可见那人的本领比我高强数倍，即使被我追及，我如何能够向他索还宝剑呢？他若然肯还我的，又何必窃取？总而言之，自己太没有功夫，惭愧之至。那么我回转威凤山去吗？但也自己交代不过。此一行目的是什么？无非是想揭穿那奸夫淫妇的黑幕，一则使王永泰知道这事的真相，不要放松了家贼，而疑心了好人；二则乘此机会为王永泰消除后患，所以特地拣准了日期而来的。难得那一对狗男女已在幽会，正好把他们双双擒住，至于这个岔儿是再也想不到的。我既然一时不能取还宝剑，那一双狗男女却万万不可轻易放过，虽然手中没有兵器，却凭自己的一双拳头，也尽够对付得下了。这样一想，许靖立即回身，重又跃上墙垣，蹑足潜踪地走至何姬楼房前面，而窗中偷眼张望，桑一清和何姬正在罗帐里，淫声浪啼，寻那阳台之乐。许靖怒上加怒，气上加气，伸手将左首第一扇窗用力一推，那窗格哗啦一声响，倒向一边，许靖一个箭步跳进房去。桑一清在帐内忽听窗响，探首帐外，瞧见许靖怒容满面直挺挺地立在帐前，他不由喊声哎哟，缩进帐中去。许靖喝一声："狗贼！你色胆包天，敢瞒着老人家干这禽兽勾当，还有人性吗？"桑一清知不是路道，来不及穿衣，抢了一条裤子，赤条条跳出帐来，要想逃走，却被许靖一抬腿，把他踢了一个筋斗，跌倒在地。许靖过去，将他一脚踏住，冷笑一声道：

"今夜你的末日到了！"

从他身上抢过一条裤带，一拉两段，便将他的手足缚住。桑一清口里却在哀求道：

"许爷，我和你往日并无什么仇隙，请你饶了我吧！千万别给他老人家知道，否则我和表姊的两条性命都保不住了。你放过了我们，是阴功积德的大善事，我们一辈子忘不了你的大德，当香花供奉你的长生牌位，再生之日，都是你许爷赐的。你有缺乏时，我表姊自有孝敬你金银珠宝，只要今宵你饶了我们。"

许靖不理会他，一手掀起帐门，只见何姬赤身把一条大布巾掩蔽了下身，在床上没躲避处。许靖又喝骂一声贱人，把伊高高提起，掷于床前说道：

"你这贱人生就的淫性，起初一再来引诱我，哪里知道我许靖是个义重如山的大丈夫，岂肯和你这淫妇勾搭？及至我峻拒以后，你衔恨于我，便在我的伯父面前诬蔑我，含血喷人，其心可诛。我伯父一时昏聩，听信了你的巧言，把我逐走。试想，我这口怨气岂能忍受下去的呢？我早已知道你们这一对狗男女做的坏事，所以今夜赶来，把你们双双捉住，交与我的伯父发落，也使他知道我许靖是个何如人，他家中的丑事理该揭穿而了决的。"

许靖说这话时，声容严肃。何姬吓得面如土色，硬着头皮，向许靖哀求道：

"许公子，这都是我的不是。你是宽宏大量的人，千万求你饶恕我这一次。你若把我们去交给你的世伯，我们还有命吗？许公子你若饶了我们，一辈子不忘你的大德。"

何姬娇啼婉转地哀求许靖，满面眼泪，状若可怜，真是梨花一枝春带雨。许靖却哈哈笑道：

"你这淫妇，我断乎饶你不得。究竟你来引诱我，还是我来挑逗你，在我的伯父面前不可不辩个清楚。今夜捉住你们这一双野鸳鸯，看你还有什么花言巧语去图赖？"

遂又把何姬用带子缚了，和桑一清连结着，刚想要下楼去请王永泰来对证一切，以明自己不白之冤，忽听楼下有王永泰的咳嗽声音，跟着楼梯上有脚步声。许靖心里不觉有些奇异，暗想：王永泰平日在这时候早已睡眠，一切事情都不管了，何以半夜三更他老人家会突如其来的？难道这奸夫淫妇的事情他已知道吗？一看房门已关上，连忙过去一开房门，王永泰步入闺闼。许靖恭恭敬敬地站在一边，叫一声伯父。王永泰一眼瞧见许靖，点点头道：

"贤侄你来得正好。"

又指着地上缚着的何姬和桑一清说道：

"有劳贤侄代我捉住这一对狗男女。"

许靖听王永泰这样说，又是一怔，自己秘密到此揭破奸情，怎么他老人家早已知道我到此呢？奇奇奇！只得叉手说道：

"小侄此举自知太觉孟浪，未曾禀明伯父而后行事，务请您老人家原谅。只因小侄前番受了不白之冤，自度没有机会在伯父面前分辩，而他们两人的暧昧情事小侄早已看在眼里，所以今夜前来，特地将他们双双擒住，然后到伯父面前请罪，兼禀缘由。一则使伯父明白小侄的冤枉，二则也为伯父消除未来的隐忧。伯父是明达的，谅必能够曲谅小侄吧！"

王永泰听了，点点头，走至二人面前，瞧见二人这种龌龊秽琐的情状，不由气往上冲，胡须倒竖，喝一声："贱人！你做的好事，颠倒在我面前造作谰语，诬蔑好人，离间我和许贤侄，使我负失察之咎。今日你们这一双狗男女，有何面目见我？"

许靖在旁也对何姬道：

"凡事是非曲直，自有水落石出之日。你现在可向我伯父说个明白，究竟我来调戏你，还是你来勾引我？我许靖是个顶天立地的男儿，谁肯和你这样做出禽兽的勾当？"

王永泰也把脚一跺，从他衣襟里嗖地抽出一柄光亮犀利的匕首来，指着何姬，厉声说道：

"贱人！快快招来，今番还能狡辩吗？"

何姬流着眼泪说道：

"这件事实在是我做错的，因我引诱许公子不成，恐他要在你面前说破我的不是，所以那天晚上在你面前造是生非，故意诬陷他的，实是我一念之错，自知不配做你老爷的姬妾，拜求老爷顾及前数年恩爱之情，饶恕我这条狗命，放我回去吧！我当终身不忘你的大德。"

遂将自己如何引诱许靖，以及故留手帕的事告诉一遍。王永泰咬着牙齿说道：

"若不是今宵有贤侄揭穿你们的秘密，我不是至今还蒙在鼓里吗？唉！中菁之丑，难为人道，我王永泰的老脸全被你们丢尽了。"

又对桑一清骂一声："狗贱！我待你不薄，却不料你人面兽心，忘恩负义，和这淫娃勾搭，你的肉还足食吗？你又有何说？"

桑一清哭丧着脸，一声也不响。王永泰便对许靖说道：

"如今我都明白了，这妖姬生性淫荡，不安于室，我不该娶伊入门的。更有这姓桑的贼子，我也不该留他在家中住，让他们干出这禽兽的勾当，人家不要背地里骂我老糊涂吗？对于贤侄也是非常抱歉的，我一时错信了贱人之言，以致把好人认作歹人，亏得贤侄来此，代我捉住了这一双狗男女，我万万饶他们不得。贤侄你说，我应当把他们怎样处置？"

许靖冷笑一声道：

"留着他们也没有什么意思，悉凭世伯父怎样办便了。小侄只求前次受的冤枉得以大白。"

王永泰道：

"好！我一定不留这二人在世上出丑，他们既然相好，让他们到阴曹去同居吧！现在姑且让他们多活片时，慢慢处置他们。只是我还有一件事，要问贤侄，就是贤侄此来虽然很爽快地代我捉住这一双狗男女，只不知贤侄可曾失掉什么宝贵的东西？"

许靖被王永泰这一句话提醒了，又想起他背上的宝剑，心里不由一怔。自己的赤凤剑被人家窃去，这个事情王永泰怎会知道？奇了奇了！莫非就是他老人家故意来和我游戏三昧的吗？但也不尽然的，一则他老人家绝不会预知我到这里而向我戏弄的，二则那何姬与桑一清勾搭的事情，他老人家也是今夜方才知道，否则何不直入自己楼房，收拾那奸夫淫妇呢？许靖双目直瞪，呆

91

呆地想，猜不出什么道理来。王永泰忍不住又向他说道：

"贤侄的赤凤剑是不是已被人家窃去了？"

许靖此时只得说道：

"是的，这事说也奇怪，小侄背上的赤凤剑忽然会被人家窃去，小侄追赶不上，惭愧得很。但伯父怎样先知得呢？小侄迷迷糊糊地不明真相，世伯父倘然知道，还请明以告我。还有我不能明白的，就是世伯既然没有知道奸夫淫妇秽乱闺房之事，今夜又是伯父守戒之夕，此时怎会自己走上楼来？想不是偶然的事吧！也请伯父见示。"

王永泰笑了一笑道：

"不错，当然不是偶然之事。贤侄你在此地收拾这一双狗男女，却不知道我家今夜的事情闹得很大很多呢！不要说你不明白，老夫起先也是如坠五里雾中。贤侄若要完璧归赵，不妨请先随我下楼去见一个人，不知可与相识？"

许靖听了王永泰这几句话，更不明白，料想其中的经过，迷离扑朔，一定是不平凡的，自己不如随他去见那人是谁，也许就是窃我赤凤宝剑的人呢！那人本领不小，我和他结识也好，遂点点头道：

"小侄渴欲得还宝剑，愿跟伯父去一见其人。"

王永泰遂又对横在楼板上的二人说道：

"姑且让你们暂活片时，看我再来细细收拾你们。"

于是他就引导许靖下楼。只见楼下各处灯火俱明，家人都起。许靖随王永泰走至书室，见室中隐约坐着一个人，背转着脸。许靖一瞧着便有些疑惑，及至踏进书室，那人回过脸来，许靖几乎疑心是梦幻，一时更加丈二和尚摸不着头脑，不由失声而呼道：

"怎么贤弟也在这里？倒叫愚兄难以明白了。"

原来室中坐着的那个人正是威凤山中结义弟兄柳隐英，这岂非完全出于许靖意料之外吗？柳隐英也已立起身来，笑嘻嘻地说道：

"靖哥，你好辛苦！你失去的宝剑，小弟敬以奉还。"

说罢这话，便从他身旁椅子上取过赤凤宝剑，双手献上。许靖一边接过宝剑，看了又看，果然是自己的宝剑，且把它插入剑鞘中方才醒悟，一边向柳隐英谢道：

"多谢贤弟赐还失物，但不知此剑是否为贤弟取去，故意向愚兄戏弄？且我到这里来，事前没有和贤弟说明，区区苦衷，当要亮察。而贤弟又怎样同时赶到这里？又何以反会先和我伯父见面？其中经过，贤弟可能告知？"

王永泰带笑说道：

"这件事老夫也不甚明白，贤侄且和柳君坐谈，老夫当洗耳恭听。"

于是柳隐英和许靖各人坐下，王永泰也在一旁陪坐，柳隐英笑了一笑，说道：

"今日小弟曾于无意中窃听得靖哥在书室中自叹自语，虽然不明白其中事故，而知你必有一件心事急于办去，遂于夜间注意靖哥的举动。在你室后有一扇门是通厨房的，小弟就在那边窃视，果然见你悄悄出外，要下山去走一遭了。小弟生性好奇，喜管闲事，所以立即带了我的白龙宝剑，紧紧跟在你的后面，一路下山。你扒进城墙，我也照样扒进，你到这里老英雄的府上时，越墙而入，我也越墙而入，直跟到你立在楼窗之前向内窥探。"

柳隐英说到这里，许靖把手拍着自己的膝盖说道：

"贤弟的飞行功夫比我高出数倍，否则一路跟在我后，我怎么一些儿不知道呢？惭愧之至。"

王永泰也点点头，捻着胡须微笑。柳隐英又接着说道：

"那时小弟年轻好弄，忽想和靖哥游戏一番，试试你觉察不觉察，遂轻轻跳至你的身后，乘机抽出去你背上的赤凤宝剑。后来你觉察了，向我追来，我便引你到后边去，要想问你一个究竟。却不料在那时候，我眼角上瞥见东边有一条黑影窜进墙里去，顿使我又起了好奇之心，不及和你说明，立即丢了你，随着那黑影重又掩入。只见那黑影东张西望地是在探察路径，我跟了他走。他正如靖哥一样，并未觉察后边有人，走至一个庭心前，飘身而下，我立在屋上，默觇动静，见下面厢房里有灯光透出，知道里面有人。那黑影在窗前窥探了一会儿，立刻从他腰际拔出一柄扑刀来，似乎要入内动手的样子。我料他是一个刺客到此来下毒手的，凑巧身边带得镖囊，遂掏出一支响镖来，乘他没有防备的当儿，向他下部发了一镖，正中他的大腿，他遂喊了一声啊呀，立刻栽倒在地。我跟着跳下去时，王老英雄已从室内闻声跃出了。"

柳隐英说至这里，王永泰点头说道：

"方才老夫正在坐禅，尚未安寝，双目入定，意念纷扰，我也不知是何原因，忽闻窗外有声，我心里一动，立即取了匕首，跳出房门去。见地下搠倒了一个人，对面又站着这位柳君。我不明真相，便向柳君询问。谁知柳君也不认识此人，他告诉我随一个朋友至此，恰见此人像是刺客，所以发镖打倒的。我遂谢了柳君相助之恩，尚未叩问姓名，先向那地上的刺客盘问。"

许靖道：

"奇了，伯父一向待人很好，无冤无仇，哪里来的刺客呢？"

王永泰道：

"那刺客倒也老实招认，原来他是闯贼李自成遣来的。李自成出了潼关，正向晋省进扰，因闻这里周遇吉将军秣马厉兵，准备迎头攻击，代州一隅未可骤下，所以李自成听了他手下军师的阴谋，特遣武士三人到代州来行刺周将军与老夫。天佑老夫未遭暗算，也未尝不是柳君之力呢？"

许靖听了，不由一惊道：

"那刺客是李闯王遣来的吗？那么还有两人呢？"

王永泰道：

"据那刺客说，还有两个分道往周将军行辕内去行刺了。"

许靖道：

"周将军吉凶如何？这也很令人担忧。"

王永泰道：

"老夫刚才闻得这消息，已差家丁赶往周将军衙内去探问了。但我知道周将军近来戒备綦严，护卫云从，贼子绝不得逞。"

许靖道：

"但愿如此。现在那刺客在何处？"

王永泰道：

"我已将那厮缚住，交给家丁看管，待明天再解至周将军衙内去审问口供。"

许靖又问道：

"柳贤弟和世伯素不可识的，你们如何交谈呢？"

柳隐英道：

"只因我们审问刺客口供之时，那刺客供出王老英雄的大名，小弟是久慕荆州的，便向王老英雄致敬。王老英雄又问我来此的原因，小弟据实而告。王老英雄便十分惊奇，告诉我说靖哥便是他的世侄而从这里负气离去。他听我说你曾到此，所以他就到后面楼上来一看究竟，而叫小弟在此等候了。"

许靖听了二人之言，这一幕扑朔迷离的奇怪经过，方才明白。王永泰也叹道：

"中冓之言，不可道也；所可道也，言之丑也！这都是老夫一念之错，纳了那贱人为小星，以致有今日的孽障，险些误怪好人。贤侄是有志的少年，无怪必要来代我揭破这秘密，而洗刷一个清楚了。好！你们二位都是少年杰出之士，后生可畏。老夫耄矣！未尝不有厚望于你们二位身上。且喜许贤侄能够结识这位柳

95

君，法眼不虚，柳君艺高心细，剑术精妙，可称公孙剑器初第一了。待我也来介绍与周将军，一同为国勠力吧！"

柳隐英欠身谢道：

"承王老英雄谬赞，小子倘有机缘，定当追随鞭镫。但愿老英雄为国干城，建立奇绩。"

王永泰拈须笑了一笑道：

"老当益壮，宁知白首之心，老夫虽不敢望廉将军马伏波于前，但是闯贼若来，老夫亦必竭我驽钝，誓与周旋，不使贼寇笑秦无人的。"

又对许靖道：

"贤侄，今后我们的误会可全消灭了，待我处置了那两个，再向贤侄设宴赔罪，仍请贤侄在舍下榻，还有这位柳君，老夫也极愿和他相叙，也不妨同住于此。"

许靖连说：

"不敢不敢！世伯父勿责小侄鲁莽，已是万幸了。"

这时，外面更锣已敲四下，柳隐英立起身来，说道：

"哎哟！时已不早了，小子还要回去呢，改日再来拜望老英雄吧！"

王永泰要想留住他，柳隐英又道：

"小子这次初出茅庐，家中姑母没有知晓，所以小子急于连夜赶回，免得遭伊的责备。况且天明时姑母忽见小子失踪，伊不明底细，岂不要累伊老人家发急吗？只好赶回家去，瞒过伊老人家，较为稳妥。"

许靖道：

"贤弟既要回山，我也一同归去，否则令姑母也要疑心的，待明天我们禀明了令姑母，再来侍候。"

王永泰听他们如此说，也就不便多留，但再三邀定许靖必要陪柳隐英同来一聚。于是，柳隐英和许靖拜别了王永泰，匆匆回山。等到他们上山时，东方已白，二人跑得一身汗。柳隐英恐防伊姑母早起，心里十分发急，一到家门，二人轻轻跃入，各归自己室中，一些儿没有声息。

许靖回到房里，当然也不能再睡了，将赤凤宝剑悬在壁上，重换衣服，坐在那里，细细思量适间的事，再巧也没有。柳隐英竟会跟着自己到王家去的，又恰逢刺客被他捉住，无怪王永泰钦佩他了。至于自己的本领，实在太差，怎么柳隐英跟在我背后，以及窃去宝剑，我竟始终没有觉察呢？柳隐英的本领真是可敬，而他的为人又是温文有礼，像这种朋友可爱极了，想不到我在王家受了一次磨折，却多认识了一位英雄。若和张苍虬相较，一则雄莽有余，一则妩媚可爱，都是我的畏友，我许靖何幸而遇此呢？他想了多时，忽听柳隐英在门上轻轻敲了两下，连唤：

"靖哥靖哥，起来了吗？"

许靖顿时如梦初醒，连忙立起身去，开了房门。柳隐英已换了装束，对许靖带笑说道：

"只差一刻时候，我姑母已起身了。靖哥为什么不开门？小弟以为你又酣睡，所以唤你数声呢！"

许靖道：

"昨夜我来回走了不少路，甚觉疲乏，故坐着休息。贤弟的本领实在高妙，远胜于我，令人望尘莫及，以后我倒要时时向你讨教了！可喜可贺。"

柳隐英微微一笑道：

"天下能人很多，如小弟真是沧海一粟，何足道哉？"

两人遂并坐着详谈昨夜的事。柳隐英又叩询许靖和王永泰以前的事。许靖遂一一实说，且向柳隐英道歉，说初时不欲将此事在人前宣扬，所以对贤弟说了谎言，还请恕宥。柳隐英叹道：

"谗人之言最是听不得，我也不能不怪王永泰的鲁莽，几致冤枉好人，无怪靖哥要这样做了。此事甚为爽快，事实胜于雄辩，王永泰现在可明白了。"

许靖道：

"这事我也做得有些孟浪，但我对于王永泰仍是一片好心，这也许可以得到他的谅解的，大概他对于这一双狗男女一定不会轻恕的了。还有周将军那边的刺客未知下落如何，据王永泰之言，大概周将军也不至于遭贼子毒手的。少停我要同贤弟再往城里去走一趟，不要使他老人家望穿秋水，说我们爽约。"

柳隐英道：

"很好，吃了早饭，小弟就陪靖哥去城中一行。今天不妨禀明了我的姑母，便没有问题了。"

二人谈了一刻，柳隐英的姑母早在外边差小婢来请吃早饭了。许靖就和柳隐英到外边客堂里同用早餐。餐毕，柳隐英回到他房中去，许靖也去换上一件白罗单衫，在庭中小立，看着各种花朵，小婢拿着剪刀在那里修剪。柳隐英轻轻地从背后走来，换了一件淡青长衫，戴上纱巾，手摇纨扇，更见得斯文。带笑说道：

"靖哥，我已禀知姑母，许我陪你下山走一遭，现在可请同往。"

许靖大喜，立即入室，也换了一顶头巾，佩上赤凤剑，快快活活地和柳隐英去告辞出门。柳隐英的姑母叮咛柳隐英早去早回，不要喝酒。小婢也带笑说：

"公子早早回家，不要在外逗留，免得老夫人盼望。"

柳隐英答应一声，和许靖一同走出家门，信步下山。二人一路走一路赏玩山景，没有昨晚那样地来去匆匆。许靖瞧着柳隐英儒雅斯文，大有珠玉在前，自惭形秽之慨，又对柳隐英说道：

"这里的狼甚多，昨夜我们往返，幸尚没有被群狼包围呢！"

柳隐英道：

"狼出来的时候往往在明月之夜，它们容易找到要吃的东西。

有时夜间很安静，有时日间也要成群而出，这是说不定的。"

二人且行且谈，一路下了威凤山。行至城门，城门口有兵丁在那里检查进去的人，有一个小卒认得许靖的，立刻让二人进城去。二人跑到王永泰家里，王永泰已在那里盼望了，相见毕，同至书室里坐定。王永泰遂告诉他们说，何姬淫乱不德，罪不容赦，已逼伊自缢而死，那桑一清也被自己吩咐家丁活埋在后园土中，了结这一段孽缘。且说道：

"这是他们自己作孽，并不能怪我残忍了。我也不能因信佛之故而饶赦他们的，况且这里早晚难免有一场恶战，我总不能不破戒了。"

说罢，长叹一声。许靖因问周将军昨夜是否无恙。王永泰道：

"昨夜我已得家人回报，知道衙门捉住两个刺客，其中的一个已伤重而当场身死。今晨老夫便解送那刺客到衙门中去，慰问周将军，且将昨宵舍间擒住刺客之事约略禀告。周将军听说，也很惊讶，又渴欲一见柳君，吩咐老夫等到柳君进城时，务要引往一见，所以老夫请二位在舍间用了午饭，当由老夫引导柳君和贤侄同往周将军那里拜谒。"

柳隐英道：

"小子僻处山里，一向未曾瞧见王公大人，所以周将军那边不敢晋谒，还请老英雄善为我辞吧！"

王永泰道：

"柳君不要客气，像你一表人才，落落大方，谈吐隽雅，可谓一时俊彦，和我这许贤侄无分轩轾。周将军再三叮嘱我必要介绍足下往见的，无论如何，我不能让柳君回去，被周将军笑我无能，留一个人也留不住。况且周将军好贤若渴，待人恭谨，见了柳君一定欢喜。柳君若不前去，那是不肯卖老夫之脸了。"

许靖也在旁相劝，柳隐英不得已，勉允一见。于是王永泰设席款请二人，预备了不少佳肴。许靖很是高兴，和王永泰对饮数杯，柳隐英却喝了半杯，浅尝即止，一定不肯多喝。席散后，王永泰即陪二人到周遇吉将军衙内去拜晤。周遇吉已闻王永泰称赞过柳隐英的英俊多能，所以接见时礼貌优渥，请至内书房坐谈。他见柳隐英相貌俊秀，果然是少年英雄，即刻要授他云旗尉之职，要他和许靖同在帐下效力。但柳隐英却辞谢道：

"小子生性疏懒，无意功名，恕我暂时不能在辕下供职。倘有需用之时，小人自会前来听候调遣，望将军恕小子违命之罪。"

周遇吉道：

"既是柳君敝屣功名，我也不能勉强，但闻李自成等流寇野心勃勃，其势十分鸱张，自破潼关占西安后，自称闯王，志不在小。近又率众入晋，已薄太原，太原若落贼手，我们这里也难保一片干净土了。本将军守土有责，已整饬三军，誓死固守。昨夜获得的刺客，讯问口供后，知道闯贼很忌惮我在这里统率军马，所以他们业已探知底细，用了他们军师牛金星之计，秘密派遣武士三人，来代州行刺我与王老英雄，要想在我们二人被刺后，便要分兵来窥，长驱而下代州宁武了。闯贼既然对于本将军等特别注意，他们早晚必要来侵犯，少不得有一场血战。王老英雄是我的股肱，许君又新来从我，足资本将军的倚畀。但现在需才孔亟，多多益善，所以柳君倘能相助一臂之力，这更是本将军的厚望了。"

柳隐英道：

"小子何才何能，承将军垂青，非常感幸。流寇若来侵犯时，小子自当效犬马之劳，以副将军知遇之恩。"

周遇吉点头微笑道：

"得黄金百斤，不如得季布一诺，柳君既如此说，足慰我心。倘能击败流寇，代州人民之幸，也是朝廷如天之福了。今日我们难得相遇，且请在衙内樽酒小聚，一谈衷肠。"

柳隐英再三谦谢不脱，于是他只得和王永泰、许靖等在衙内叨受周遇吉的宠宴。席间还有几位部将张烈、范成等相陪，觥筹交错，宾主尽欢，直到黄昏方才散席。许靖、柳隐英跟着王永泰一同道谢而退，既出辕门，柳隐英还要回山去。王永泰道：

"时已不早，你们何必貪夜回去？昨夜没有禀明柳君家长，今日谅已交代过了，且请到舍间去歇息一宵，明日再回府吧！"

柳隐英起初不允，后经许靖坚留，就也和许靖随王永泰到了王家。王永泰早命下人打扫许靖前次住的客房，为二人下榻。柳隐英起初听说要和许靖同室而睡，似乎有些不愿意的样子，他说自己有个孤癖，便是惯常一人独宿，不能和人同榻的。许靖遂和王永泰说了，添设一榻，柳隐英方才勉强应允。夜深时，许靖因为昨宵一夜未眠，今日又多喝了些酒，很觉疲倦，呵欠连连，将宝剑挂在壁上，催促柳隐英安睡。柳隐英背着灯光，支颐静坐，低着头不语。许靖道：

"今日欢宴，十分快慰，周将军待人很有赤心，所以士卒用命。闯贼若要来犯代州，一定没有别地方的容易了。今夜我倦欲眠，贤弟早些安置吧！"

柳隐英道：

"靖哥请先睡，小弟再要静坐一刻，然后登榻。"

许靖不知柳隐英是何意思，以为他生性如此，自己实在太倦了，也就解衣安睡。次日醒来时，见柳隐英在那边榻上面向着里，拥着一条薄被，兀自酣睡。暗想：天气很热，他还要盖被，真不怕热的。自己就起身下榻，穿上长衣，悄悄走至柳隐英榻前，见他双眸微阖，两颊上微红，一双很白很嫩的手臂露在被外，这个睡态活像个女子，心中不由一动，不敢去惊动他。自己走到户外庭中去散步，吸些新鲜空气。等到他走回房中时，柳隐英正在起身，见了许靖，慌忙将长衣穿上，带笑说道：

"靖哥起身得早啊！小弟倒迟起了。"

说罢，遂跋着鞋出外如厕。许靖暗想：柳隐英武艺虽好，而见了人家总是带几分羞怯，好似个女儿。若是他变了女子，怕不是红拂、隐娘一流人物吗？隔了一刻，柳隐英回房，早有下人来伺候，盥洗梳栉已毕，二人出去见过王永泰，同用早餐。王永泰便对许靖说道：

"现在我们中间的误会业已消除，淫娃已死，前事不必放在心上，仍请贤侄下榻在舍间吧！若住山中，往返不便，周将军衙门里你每天也必要去一次的，现在不能推诿有病了。"

许靖瞧着柳隐英的脸庞，说道：

"小侄在山上住了数天，反觉得山居可乐。既承世伯美意，岂敢违命？待小侄再至威凤山上和许君畅叙数天，然后下山如何？"

王永泰也只得说道：

"如此也好。"

柳隐英道：

"周将军倘有呼唤，随时可以差人来舍，小子和许靖兄一定奉命的。"

王永泰道：

"很好。"

这天，二人拜辞了王永泰回转威凤山去。柳隐英把拜见周将军事告诉了他的姑母，他姑母叫他少下山去，在山中静养，坚留许靖陪伴着伊的侄儿盘桓多时。因此许靖虽然含冤已白，王永泰依然要他去住，而他觉得在山上的光阴甚有乐趣，不舍得离去。每日和柳隐英山巅散步，窗下论文，灯前饮酒，园中舞剑，二人宛如磁石吸铁般志同道合，相交甚欢。

不知不觉又已七日，许靖在这天正要下山去拜见王永泰。清晨时，他和柳隐英立在门前的一株大树下，吹着凉风，观玩山景。忽闻鸾铃响，有一个差官骑着一匹马跑上山来，认得那差官是周将军的心腹，连忙和柳隐英迎上前去。那差官一见许靖，便勒住马辔，跳下鞍来，一手揩着额头上的汗，说道：

"好了，被我找到了。周将军有书在此，请许将军速即下山。"

许靖听了，不由一怔。那差官从怀中取书奉上，一边说道：

"你们二人在山上好玩，却不晓得流寇已有前队人马要来攻打代州城了。"

差官说这话时，脸上十分紧张，声音也有些颤抖。原来战云已笼罩到代州城上，血雨刀光，一场大战，转瞬即要展开。

第十一回

英姿飒爽来酣战

柳隐英见许靖拆开书信阅读时，他也走上前并肩而看。这封书是周遇吉将军亲笔写的，寥寥数语，所以一目了然。许靖便回头对柳隐英说道：

"既然寇警已急，将军要我们前去相助守土，这是义不容辞的事。况我此来本是从戎立功的，寇临城下，正志士效命之秋，不知贤弟如何？"

柳隐英道：

"当然我们要追随周将军努力杀贼，方不负为大明臣民。现在靖哥不妨先入城去，待小弟和姑母商量后，得其允许，必当追踪而来。寄语周将军，说我柳某并非懦夫，一定要来麾下效力的。只是山上尚有些私事要处置妥当后，方能再来。"

许靖听柳隐英如此说，因为柳隐英尚没有受职，不须应卯，又相信他的说话是实，所以他就收拾包裹，佩上赤凤宝剑，辞别了柳隐英的姑母，和差官出门去。差官把坐骑让给许靖坐。柳隐英送上十几步，立在一株大树下，眼瞧着许靖跳上坐骑，说一声：

"愿靖哥努力，早奏凯歌，小弟如能早来，当相随骥尾。"

许靖也回头说一声：

"希望贤弟早来代州共同杀贼！"

加上一鞭，坐下马早已展开四蹄，泼剌剌地向山下跑去了。许靖一路纵辔疾驰，一路心中自思：柳隐英武艺甚好，此时正好勠力王室，为什么迟迟其行呢？看他似乎别有隐衷，一时未必能够出山。倘然他始终不肯赋同仇之诗，挥戈逐寇，那岂非空负此七尺之躯吗？何以必要和他的姑母商量呢？我虽和他义结金兰，而他的家世来历毫无所知，他始终没有告诉我，这真是奇怪的事情呢。许靖一路跑一路想，鸾声哓哓，不多时已到代州城下。只见这时候代州的气象又是一变，城外冷清清的行人稀少，家家闭户，有许多附郭的百姓早已迁入城内。城墙上旌旗招展，戈矛林立，墙边有许多兵丁来往巡逻。城门也半开半掩，有兵在那里把守了。这时候，正有一骑探马流星似的赶来，许靖迎上前问询时，那探子气呼呼地说道：

"流寇离城已只有三十多里了。"

许靖大为惊异，觉得流寇用兵太神速了，连忙跟着进城，一径来至将军衙署，辕门前下了马，进去拜见周遇吉。这时，王永泰和裨将张烈、范成等都在座上，许靖一一见过，坐在一边。周遇吉先问道：

"怎么柳隐英没有来呢？"

许靖道：

"卑职蒙将军传唤，本约柳君同来。无奈他必要和他的姑母商量后再可动身，且还有些私事要处置，所以让卑职先来听命。他托我代达将军说，数日内必可来帐前效力的。"

周遇吉点点头道：

"也好，我们须要同心协力，击退流寇，保全这地方，以免生灵涂炭。"

遂将流寇猖獗的消息告诉一二。许靖方知李自成等大股匪寇已攻陷太原省城，晋王求桂被执，巡抚蔡懋德等亦都战死。流寇又连陷黎城临晋潞安等各地，直扑代州，声势盛大，已成燎原，现在分兵三路而来，当然不可轻视。许靖遂问道：

"据将军的高见，战与守以何者为先呢？"

周遇吉微笑道：

"必先能战而后能守。倘然被他们四面围住以后，即使能守，而内无粮草，外无救兵，也是迟早要失败的。所以，我的主张不如先战，待他们前锋到来时，我们派出精兵迎头痛击，倘能获胜，也使流寇稍挫其锋，振发我的士气。方才我已和王老英雄谈过，他自愿率领人马出去厮杀。本将军当随后接应，试试流寇的兵力究竟如何。"

王永泰说道：

"流寇虽多，不过是乌合之众，不足畏惧，只要我们能够得胜一二仗，人心士气坚固不少。"

许靖道：

"世伯既愿首先出战，小侄愿随左右，同建功劳。"

王永泰道：

"贤侄若能和我同往，这是最好的事了。"

周遇吉也说道：

"这样我更可放心。现在闻得流寇离城不过二十里，代州城西那边有一条小龙河，王老英雄同许旗尉可率五百人马先到那边去埋伏，等待流寇渡河时，半途而击之，必可获胜。我这里即委张烈、范成二将守城，再由民团协力襄助。我自率四百人马，在后策应。"

王永泰道：

"辱蒙将军差遣，愿竭驽骀之力。"

遂和许靖接了令箭，告通出衙，点齐五百人马，和许靖携了军器，各乘战马出城。王永泰使的一支丈八蛇矛，而许靖拿了一支镔铁红缨枪，出得城门，纵马疾趋。约莫走了二十里，只见前面有一条河流，河水淙淙地流着，有许多逃难的百姓扶老携幼，有的步行，有的坐船，渡过河来，一种狼狈的形状使人伤心惨目。王永泰知道流寇距离不远了，也顾不得人民，忙叫部下速向东首附近一带树林里埋伏，休露行藏，候令出击。一刹那间，五百人马一齐藏在林子里头，官道上只见难民奔逃。王永泰和许靖下了马鞍，将坐下马拴在树上，矛和枪也插在泥土里。拣一株高大的绿树，猱升而上，大家坐在树枝上，借着枝叶蔽身，留神向小龙河的南岸瞧着。

隔了一会儿，难民都过去了，大道上沉寂如死，小龙河里也不见一舟半楫，河水被烈日蒸晒，发出闪闪的金光。河的北面黄沙莽莽，更是惨淡，一轮红日渐渐移西，其光如血，照在远处山峰上，好像笼罩着一股杀气。就在这山峰下，突然有一股尘土冲天而起。那尘土越起越大，跟着拥出许多旌旗，红过了半天，由远而近，一会儿，便见铁骑横扫，有数百流寇骑马冲至河边，背后便是步兵，如蜂聚蚁屯般到了河边，上流头接着有十数帆船顺流而下，插着"闯"字的旗帜，当然也是流寇了。

许靖瞧着流寇水陆并进，热焰之大，远出于以前进犯杞县的青石山上土匪，不由暗暗心惊。王永泰只是向前偷窥，不发一语。但见流寇在小龙河上架起一座浮桥，骑马的流寇先渡过河来，接着步兵继渡，却是乱杂杂的尚欠整齐。骑兵渡了河，千百只马蹄在林子前面相距半里之处飞驰而过，却不防这里竟有官军埋伏。王永泰等到骑马的流寇已过去，步兵尚未渡得一半时，不欲错过这大好机会，连忙回头向许靖做个手势，顿时从树上落下。许靖不敢怠慢，跟着跃至地上，各取军器在手，跨上战马。王永泰便从怀里掏出一个号炮，燃着了，扑通一声响，全林子里的伏兵都已闻得，立刻各个准备，随着王永泰呐喊一声，杀出林来。王永泰一马当先，手中高高挺起蛇矛，向流寇队伍里猛冲前去。许靖见了王永泰这种威武的精神，勇气倍增，紧跟着一齐袭击。背后五百兵马如排山倒海一般，席卷过去，立刻把流寇冲成前后两拨，首尾不能相顾。王永泰将蛇矛舞开了，宛如一条怪蟒，早有几个流寇当着他的，洞胸贯喉，纷纷倒堕马下，许靖把枪猛刺，也被他刺毙了三四个，部下的官兵无不以一当十，大呼冲杀。流寇猝不及防，立刻溃乱。有一个骑马的伪将，用红巾包头，举着大刀，来战王永泰，不到七八合，被王永泰一矛挑于马下。有数伪将来迎战，王永泰左刺右挑，一霎时又杀了三个，流寇见王永泰银髯飘拂，老颜如火，双目尤炯炯有光，知道他的厉害，都胆战心惊，一齐向后面小龙河边奔溃。

这一阵苦战已把渡河的流寇扫荡了一半，其余落水而死的也很多，流寇连忙退去，识得代州官军的厉害了。王永泰和许靖率众追杀至河边，见流寇业已败退还去，一则自己人马太少，二则不是骑兵，没有船只，不便渡河追击，就在河边扎下五座营寨，遣人飞报周遇吉请示。周遇吉本想前来接应，闻得王许二人已战胜流寇，自然欢喜，便添派二百步兵，吩咐王永泰守住渡口，不给流寇偷渡。他自己便回城中去筹措粮食军械，准备守城事务，又恐他的老母和夫人在宁武关家里闻耗惦念，所以打发差官一名，赍送书信回去，报告捷音，叫他的夫人刘氏善慰堂上，勿以为念。又恐王永泰万一要有疏忽，遣探子十名，常常往来传递消息，联络情报。

王永泰将骑兵守在河边，留心窥察前面小龙河南岸可有敌人踪迹，却是静悄悄的，不见一人一骑。一连三日，无甚动静。许靖对王永泰说道：

"流寇此次大举来犯代州，其意将窥京师。前天虽然受了一次挫折，小侄料他绝不至于引兵而退，甘心认输，不敢再来侵犯的。现在不见动静，莫非他们有什么诡计，不可不防。"

王永泰道：

"贤侄说得不错，在这小龙河的上游陈家渡那边，河水较浅，恐怕他们也许要在那边偷渡，但此处正当要道，老朽不能轻离，不如请贤侄率领二百骑兵前往那边驻扎，以防流寇偷渡。"

许靖道：

"小侄自当效力。"

遂带领二百骑兵而去。过了一天，仍不见流寇有何举动，王永泰遣人暗暗渡河过去探听，回报李自成等大队流寇都在忻州，勤事操练，沿途不见有何流寇行动。王永泰听了这报告，心中安慰，以为流寇畏惮官军，须待准备充足后方能再来侵犯，于是戒备亦不免稍懈。那么流寇真像探子所说的没有举动吗？其实不然。流寇自从那天渡河不成，吃了一遭败仗，败退回去后，李自成勃然大怒，对他的左右说道：

"我们入晋以来，每战辄胜，却怎样败在周遇吉手里？料那姓周的也是个人，不见得生就三头六臂。代州的兵马绝不会像太原那么多，太原已攻下，难道代州却不能取胜吗？"

正要倾众来犯，但他的军师牛金星说道：

"周遇吉本是将才，管领代州、宁武两地，早有英名，非庸驽之辈可比。我军渡河即遭截击，显见得那边防备得非常严密，不容我们安然渡河。我们不如表面上佯作按兵不动，以懈他们的军心，过了数天，我们可在夜间进兵，攻其不防。我已探得小龙河上游陈家渡水浅易渡，不如在那边别出一队精锐，偷渡过去，绕道夹击。一面聚集船只，从下流夜渡，别遣一支人马，到时在正面佯作进攻，使他们不注意别的地方，多方以误之。"

李自成欣喜道：

"这样进攻，不怕周遇吉部下厉害了。"

遂照着牛金星的计策行事。这天晚上，王永泰独坐中军帐内，听听外面刁斗声甚是平静，但野风吹得很大，呼呼作响。时至三鼓，他尚不敢就枕，忽听小龙河对面金鼓大鸣，心中不由一怔，暗想：流寇竟乘夜前来进攻吗？不可让他们渡过河来，便亲自出帐，调集弓箭手到河边去监视流寇，不让他们渡河。这夜，月黑风高，望到对岸去一片漆黑，并无火光，而鼓声咚咚，却敲个不停。王永泰叫手下骑兵排成一字长蛇阵的形式，等候厮杀，但是却不见有一个贼兵渡河，心中暗忖：莫非流寇故作疑兵之计，而在别处偷渡？遂令人去陈家渡探听许靖那边有何紧急。但是部下探子走得不远，许靖早已败退下来，因为许靖守在渡口一个村里，夜半河边斥候小卒瞭见流寇在河上正暗搭浮桥偷渡，连忙报知许靖，许靖不敢怠慢，急率二百骑兵到河岸，在黑暗中用箭向河中搭浮桥之处射放。流寇中箭落水的也有不少，但已有许多小船驶近河岸，流寇冒着箭雨奋勇杀上岸来。许靖挥众迎击，无奈自己总觉人数太少，流寇源源不绝地强渡，许靖一面派人到王永泰那边去乞援，一面力抗流寇。混战多时，二百骑兵已损折大半，而河里的流寇如潮涌上，恐怕自己被围不能脱身，急急突围而出，杀奔王永泰处来报警，想要商量如何抵御之计。又谁知王永泰西边，李自成的大队流寇已偷渡过河，向这边掩杀过来，火炬照耀，有如几条火龙，在原野中腾跃，喊声如云，势甚嚣张。王永泰也不及和许靖再说什么话，大家举起手中兵器，指挥官军向火光处冲杀过去。

这一路流寇的主将乃是李自成得宠的骁将一只虎，姓罗，勇敢异常，每战辄奋勇先登，跨着一匹劣马，手舞大刀，赤裸着上身，当先向官军营寨前猛冲。他的部卒也是久经战阵的儿郎，是李自成的精锐，王永泰正和他相遇，一只虎的大刀向他马头猛砍，势如旋风急雨。王永泰的一支蛇矛尚能镇压得住，二人酣战五六十合，王永泰见一只虎果然骁勇，未可轻视，一只虎也觉得这位老将的本领十分了得，悉力狠斗。许靖恐怕王永泰有失，挺枪跃马，上前助战。流寇早把他们一队人马大圈子围住，而正面河边的流寇也已乘机渡河，和陈家渡的一队流寇会合着，一齐向这边官军围攻。三路人马约有七八千人数，王永泰这支孤军如何抵敌得住？部下死伤渐多，营寨也都被流寇踹破，乘风纵火，烧得一片通红。王永泰和许靖死战不退，已被流寇一重重地围困住。许靖见王永泰须眉倒竖，血染袍铠，左冲右突，精神抖擞。自己却觉得有些人倦马乏，而四面的流寇却是越杀越多，情势危急，心里十分急躁，正想如何冲杀出去，免得全军覆没。

这时天色已明，晨光熹微，火炬兀自有一半未熄，四围黑压压地不知有多少流寇，流寇见捉他们二人不住，益发不肯罢休。一只虎换了马，再来厮杀。许靖无法杀出重围，忽见流寇的东北角上旗帜飘荡，有一队官军杀入围里，一面大纛旗下，有一将盔甲鲜明，坐骑白马，手舞鎏金长枪，正是周遇吉。他在城中得到流寇渡河的消息，率领二千精兵亲来接应，舞动金枪，宛如闪电长虹，左掠右穿，又如片片梨花，上下乱舞，被他杀开一条血路，冲将进来，和王永泰、许靖等会合。王永泰见了周遇吉，大呼：“周总兵，永泰在此。”周遇吉也瞧见王永泰被几员贼将纠缠住身，径杀到这里来援救。王永泰也向周遇吉那边猛冲，许靖跟着一同杀出。一只虎见官军有援，便命放箭，许多弩箭齐向王永泰那边射去。王永泰和许靖且舞且驰，刚才和周遇吉合在一起时，突有一支流箭飞来，正中王永泰的面门，王永泰大叫一声，几乎倒跌下马，身子伏在马鞍上，倒拖蛇矛，任那马向前乱窜，又一箭飞来，正中王永泰的背心。许靖大惊，连忙赶上前去保护，自己也险些中着一箭，头盔也射落了，幸亏周遇吉的一支枪挑去了不少箭，许靖跟着他杀出重围，寇势方才稍杀。周遇吉只得援护着王许二人退往代州城里去了。到得衙署中，把王永泰卧倒在榻上，请了一位军中的大夫前来医治他的箭伤。周遇吉和许靖都立在一边观看，愁眉紧锁，愀然不乐。那大夫代他拔出那两支箭来时，王永泰惨叫一声，又晕了过去，大夫把最好的金创药敷在伤处，王永泰仍是昏迷不醒，口里微有呻吟。周遇吉对许靖说道：

“王老英雄的伤势不轻，我代他很是担忧，流寇果然厉害，到底被他们渡过了小龙河，恐怕他们就要来攻城了。王老英雄脱有不讳，我们……"

周遇吉的话还没有说完，早有小校入衙，报称流寇已进至西门，架上云梯来攻城了。周遇吉忙叫许靖在此伴视王永泰，他自己又立刻出了府衙，跨上战马，到城上去守御了。许靖坐在王永泰病榻之侧，四下静寂，唯闻远处呐喊之声，知道流寇攻城甚急，心里不免有些怵惕。忽然王永泰渐渐苏醒，叫一声："痛死我也！"张开眼来，看见许靖在旁，便叫声："贤侄！"许靖忙问道：

"伯父的箭伤怎么样了？"

王永泰喘着气说道：

"我是不能活的了，伤处异常疼痛，我这个人模模糊糊地恍如堕身在云雾里。唉！从今以后，我恐怕不能再执戈以卫社稷了，我很对不起周将军。待我死后，有烦贤侄代我收拾这个臭皮囊，还望贤侄为国努力，杀贼复仇。倘能击退流寇，老朽虽在九泉，亦将瞑目了。"

说着话，气喘不止，面色也惨变。许靖听了他的说话，忍不住热泪满眶，带着凄楚的声音说道：

"伯父休如此说。伯父的吩咐，小侄绝不会忘记，但愿伯父终能逢凶化吉，痊愈之后，重去杀贼。"

王永泰又睁圆着眼睛叹道：

"我哪里再能杀贼？唉！我恨极了，周将军何在？"

许靖道：

"周将军正在城上防守，伯父有何言语？小侄可以代达。"

王永泰闭了一闭眼睛，咬着牙齿说道：

"原来流寇已来攻城，如此猖獗，可恶已极！贤侄你为什么不去跟随周将军杀贼？守候老朽作甚？眼看我这垂死之人不能杀尽流寇，天哪！天哪！"

王永泰气愤填膺，连喊数声"恨"字，箭创破裂，双足一挺，竟含恨而逝。许靖抚尸大恸，王永泰本没有儿女的，何姬早已不在人间，家中别无他人，身后之事当然由许靖代为料理。

傍晚时，流寇停止攻城，周遇吉从城上回转衙署，许靖将王永泰临终所说的话转告。周遇吉听了，泪滴衣襟，不胜惋惜，对许靖说道：

"王老英雄相随有年，方期协力杀贼，为国家立功，谁知他中道先我而逝，虽然求仁得仁，流芳百世，可是他竟不能相助我多杀几个流寇，岂不可惜？这无异折我一臂，出师未捷身先死，长使英雄泪满襟，真令人有无限叹息。"

说罢，和许靖相对唏嘘，遂又吩咐左右将王永泰备置上等棺木，从优殓埋。这些事情当然都是许靖去干，流寇已迫城下，周遇吉军书旁午，哪有闲暇顾及？

次日，李自成自率部队直薄城下，流寇攻城益急。周遇吉和张烈、范成二将在城上悉力抵御，流寇纷纷架搭云梯，想要爬上城头，都被周遇吉射下火箭，烧断云梯，跌死了许多贼兵。李自成大怒，叫流寇向城上放箭，周遇吉也令部下放箭，两边对射了一阵，究竟还是在城下的吃了亏。

许靖安葬了王永泰，上城来见周遇吉，讨令出城。恰巧李自成因为攻打不下，叫贼将一只虎率令众寇，赤身裸体地在城下指着周遇吉的姓名，百般辱骂，要激怒周遇吉，诱他出战。周遇吉因王永泰死于贼手，心中也很想报仇，便对许靖说道：

"流寇搦战，我和你出去杀他一阵，倘能斩彼一将，也可稍寒贼胆。"

许靖道：

"末将愿随杀贼。"

于是周遇吉和许靖率骑兵五百，开城出战，又使张烈引五百弓箭手在后压阵。代州城中立刻鼓声咚咚，城门大开，放下吊桥，周遇吉、许靖跃马驰出，大纛旗随风招展，上绣一个"周"字。贼将一只虎瞧见了旗帜，知道主将亲自出马了，立刻挥动大刀上前迎战，周遇吉认得他是闯贼手下的骁将，恨不得一枪便把他刺个窟窿，使开錾金枪和一只虎在阵前酣战，许靖也和一员贼将交手。李自成在后望见，吩咐部下务要将周遇吉活捉到来，所以加派四员贼将上阵，预备用车轮战困倒周遇吉。一只虎天生勇力，和周遇吉狠斗一百余合，突然马失前蹄，把他掀落马下，周遇吉大喜，正要把枪去刺死他时，又有一员贼将很快地冲上，将他手中的开山大斧拦住了周遇吉的金枪，遂有流寇将一只虎救去。周遇吉十分愤恨，把枪使急了，觑个间隙，一枪挑去，正中那贼将心口，贼将仰跌下骑，鲜血直射，心脏都挑了出来，眼见得不活了。许靖也将贼将刺死。二人并辔联驰，两匹马，两支枪，直杀入流寇阵中去，要想擒捉李闯王。一只虎已换坐了一匹黑马，重又杀过来，许靖拦住他狠斗，周遇吉和别将交战，连挑二将，贼将大骇。周遇吉遂一马冲进阵中去寻找李自成，李自成慌得倒退不迭，令部下放出乱箭，将周遇吉射住。周遇吉见箭雨纷集，把枪拨落了十数支，单人匹马，生恐有失，回转马来，见许靖战一只虎不下，便来相助。一只虎力敌二人，全无惧色，李自成恐他的爱将吃亏，指挥大队流寇向前掩杀过来，当先的都是骑兵，长枪大戟，加以强弓毒矢，官军抵挡不住，周遇吉和许靖只得丢了一只虎，回马掩护。流寇直追过来，幸张烈所率的弓箭手放出乱箭，射住流寇，周遇吉和许靖才安然退入城中，流寇又来攻打了一番，至天晚始止。

次日，天下大雨，流寇只攻了一刻时候，立即退去。但是，周遇吉在城上督率部卒坚守，没有半点儿的懈怠，他立在雨中，屹然不动，甲裳尽湿。许靖劝他稍歇，周遇吉叹道：

"危城孤撑，以少敌众，若我不能耐劳受辛，怎样使士卒为我苦战呢？"

许靖也为感动。夜间，风雨不止，周遇吉在夜色迷蒙中立在城墙边，向城外流寇的大营遥望了一会儿，下城来对许靖说道：

"今晚大雨滂沱，贼兵连日渡河攻城，未免辛苦，或将少息，其心必懈，不如我与你各率兵五百，前去劫营，或可获胜。你少年英俊，肯随我努力杀贼，使我很快慰的。"

许靖道：

"愿从将军前去效犬马之劳。"

周遇吉遂挑选一千敢死之士，在二更过后，悄悄地出城袭击，而命张烈、范成小心守城。这时，风斜雨细，城外的民房早被流寇焚烧殆尽，一片败瓦颓垣，沉没如鬼蜮。他们也不点灯，衔枚疾趋，一个流寇的哨兵也没遇见。周遇吉心中暗暗欢喜，将近营时，遥望尚有一二灯火亮着，周遇吉遂和许靖各从左右杀入，突然亮起火把，擂着战鼓，一千兵士骑兵在前，步卒在后，个个人奋勇争先，直杀入流寇营中去。周遇吉一支枪只顾横挑直刺，不知被他搠死了多少贼兵，扫去了很多鹿角，踏至中营。流寇都从睡梦中惊醒，马不及鞍，人不及甲，纷纷逃窜，顿时大乱。李自成骇得无计可施，牛金星一面叫部下尽向火光处把箭放射，矢如飞蝗，保护住中军帐，一面下令后面的部队不得退后，退后者斩。周遇吉果然冲杀不入，一只虎跨着滑背马，抢了一柄枣阳槊，冲上前来，大喝："姓周的，休要乱闯，我罗某绝不怕你！"飞槊进刺，和周遇吉狠斗。那边许靖乘隙而入，杀了一会儿，也被乱箭射住，不能深入，听得左边喊杀声烈，知道周遇吉正和流寇大战，遂催动人马向火光中杀来。

两边混战一阵，将近五鼓时分，周遇吉见流寇愈杀愈多，已有准备，自己恐被包围，遂同许靖收兵而退。流寇在夜间亦不敢追杀，周遇吉退入城中，东方已渐渐发白，雨亦渐止，他对许靖说道：

"今夜我们杀得甚为酣畅，流寇至少伤亡数千，可惜未能斩虏渠魁，但也挫折他们的锐气了。"

遂叫许靖和众士卒去休息，他自己把城上防务交代给张烈、范成，也回衙略睡一会儿。醒来时已近午刻，略进食物，闻流寇又来攻城，他又上城去守御，他所忧虑的弓矢恐要缺少，便叫工匠赶制，又令人民搬运石块上城，以便堵御。

这天，李自成为夜间被官军劫了营寨，受了折损，心中大为愤怒，所以率众前来猛攻，西、南两门攻打得更厉害。周遇吉自守西城，命许靖、张烈守南门，又令范成兼管东、北二门。贼兵攻打了半天，固若金汤，不曾占着半点儿便宜，李自成见代州这样难下，周遇吉又是虎将，心中很是焦灼，再去太原调动大股流寇前来增援，自己把西、南二门围住，朝夕攻打。

过了三天，官军和流寇都有些疲倦，许靖在南门城上见城下流寇如云，攻打益急。原来流寇的生力军已开到，所以加紧攻城了。许靖也觉孤城可危，王永泰已为国捐躯，自己和周将军不知如何也，只可听命于天。又想起威凤山上的柳隐英，此人是个侠少年，本领比自己高强得多，那天在王永泰的家里戏取宝剑，生擒刺客，游戏三昧之中，略施小技，已使人家钦佩。我虽和他交尚浅，是个新侣，可是言谈之间，知他很有爱国的热情。他既然允许同我出去相随周将军杀贼，又曾面许了周将军，当然应该出来的了。谁知周将军书信到来时，他忽又推托未得他姑母的允许而教我先来。现在流寇攻城多日，他绝不会不知情的，何以迟迟不来？昨天周将军也曾向我问起，很望他来助战。此刻不至，我恐他终于要失约了。那么知人知面不知心，此人也徒有外表而无义心，还不及张苍虬李信等来得爽直呢。况且他的身世也吞吞吐吐，不肯直说，真令人莫测高深，不能无疑呢。许靖这样想，城下的流寇攻打得紧急，已有十数人从云梯上扒上城来！许靖连忙跑过去，右手握枪，左手挥剑，斫死了五六个，余众逃下城墙。许靖又令兵士们多放滚石，将云梯一一砸断。纷乱了一阵，方才回复原状。那边西门攻得尤其剧烈，周遇吉将军悉力守御，没有被流寇攻进。夜间赶紧将城墙损坏之处补修好。

这样又相持了七八天，西、南二门天天有流寇攻打。东门也有时有贼来攻，周遇吉令范成当心照顾。唯有北门却始终没有来攻过，那边地势险峻，且多山岭，恐怕流寇为了用兵比较困难的缘故而放着不打，因此周遇吉对于这一路的防备也稍松弛，唯注其全力于西、南二门。

谁料有一天夜半时分，许靖正在南门上巡逻，忽听北门那边天崩地裂的一声巨响，北门的城墙突然坍倒了数丈，大队流寇已从北门外杀进城中来了。

第十二回

尽如宁武可奈何

代州的攻破在于流寇的狡计得逞，因为李自成攻城不下，丧失了许多人马，当然心中非常懊恼。实在以前数处的州城取得太容易了，在这里碰了壁，他如何肯甘休。誓必攻破代州，以维持自己的威信。他和军师牛金星商量后，牛金星献上一个狡猾的计策，便是故意留下北门不攻，以懈守城军士之心，却派遣一小队工兵悄悄地在北门外乘夜挖掘地道，通至城内，暗埋地雷，以便轰炸城墙。周遇吉怎防到流寇有此一着？他只防备着西门南门进攻的贼兵。

李自成和牛金星到地道挖掘将成的那天，便准备大破代州。黄昏时发号施令，教一只虎带领一千精锐，往北门外山林中埋伏，待到地雷爆发、城墙崩倒的当儿，火速杀入城去，直扑总兵衙署！又吩咐攻南门西门的儿郎，在夜间等候命令进攻，留着东门不攻，却在离城三五里许埋伏一支人马，令贼将满天星贾扬守候，周遇吉等人马如有逃出，务要拦截擒捉。三更时，北门的地雷果然爆发，城墙倾圮，一只虎等率众乘虚杀入。李自成在城外闻得地雷声响，下令西南二门同时进攻。这时候周遇吉再也守不住了，北门的流寇如潮涌入，已夺得总兵衙署，放起一把火来，烈焰四冒，红光满天。代州城里的人民号哭连声，四散逃奔。周遇吉还想挣扎，西门城上已有不少贼兵杀上。这时许靖、张烈守不住南门，退至西门来请命，范成亦至。周遇吉欲和寇众抗战，张烈劝说道：

"代州之势已不能守，我们不如退守宁武关，那边也是将军辖地，倘能坚守，尚可遏阻流寇之势。"

周遇吉听张烈的话也未尝无理，遂会合着部下军马，尚有一千数百人。因为东门尚未有寇，所以开了东门，从东门杀出。夜半时不辨高低，只是向无人处退走。回望代州城中白烟和火光映得半天尽红，火势方炽，想到流寇在那里屠杀的惨状，周遇吉在马上心里一阵难过，哇的一声，张口吐出两滴鲜血来，几乎从马鞍上栽倒。许靖在旁将他扶住，奔了数里路，不防林子里的伏兵杀出，将周遇吉的人马冲作两截，乃是满天星贾扬，周遇吉和许靖、张烈死命冲突，杀出重围。可是范成已没入乱军之中，不能同行，他身中三刀，兀自挥动手中刀，和贼兵死斗，一连又杀了数贼兵，贾扬赶至，范成气力已尽，坐下马被贾扬刺中一枪，他只得下马苦战，自知不免，不愿受贼羞辱，所以引刀自刎。

周遇吉等奔命一夜，方才到宁武关。宁武关有王卫国率兵一千驻守，早闻代州警耗，屡欲赴援，只以关上空虚，未敢远离职守，心里却常常盼念。听说代州已失，周遇吉将军败退来此，他忙率领部卒出关接应周遇吉入城。那王卫国面色黝黑，身长力大正在壮年，素称骁勇，是周遇吉一手提拔起来的人。相见之下，各为唏嘘，周遇吉即叫许靖、张烈相助王卫国把守关隘，防备流寇乘胜来攻。他就带长随数人跑至他的私邸，下马解甲，去拜见他的老母。周遇吉的母亲已有七十多岁，白发盈额，龋齿驼背。这天正和伊的媳妇刘氏以及孙儿坐在中堂，想念伊的儿子，老太太也知流寇猖獗，且夕要来侵犯，所以伊儿子坐镇代州，无暇回来请安视膳，但是还没有知道代州已被流寇围困。周遇吉的夫人刘氏虽然是知道的，而周遇吉的家书上也托伊善慰老母，伊终怕婆婆吃惊，所以得这消息暂时瞒起。不料周遇吉兵败回来，这事早晚瞒不住了。刘氏也是将门之女，玉颜清丽，略谙武术，年纪和周遇吉同庚。以前曾和周遇吉并辔出猎，佩剑悬弓，俨然婀娜将军。伊很欲相随丈夫杀贼，只因周遇吉坚嘱伊侍奉婆婆，代替子职，所以不能如愿了。母子夫妇父子见面行礼之后，老太太摩挲老眼，向周遇吉脸上身上仔细看了一下，方才说道：

"吾儿不在代州镇守，回来作甚？"

周遇吉闻言，不由一惊，方知他母亲尚未明白原因。但现在此事无可隐讳的，遂瞧了刘氏一眼，把流寇攻破代州、自己退守宁武的事，约略禀告一遍。刘氏在旁忙向伊婆婆请罪。老太太点点头道：

"原来如此。你当然要为国尽忠，保卫地方的。只是流寇之势这样猖獗，未可轻视。"

周遇吉道：

"寡固不可以敌众，实在我们的兵马太少了。我已向朝廷乞援，又差人往大同总兵姜壤那边去讨救兵，可是消息沉沉，不见有一兵一卒到来。代州已被攻破，此关恐难久守，孩儿为国战死，固无遗恨，只因白发萱亲不能保护，是以万恨千愁，十分彷徨。想要遣儿子伴送母亲到他州外郡去暂避几时，免得在此徒受惊恐，不知母亲的意思怎样？"

老太太听了伊儿子之言，叹了一口气说道：

"吾闻当初王陵之母尚能教孜孜不倦成名，难道我这暮年人偏还恋着夕阳寸光，不能够作成儿子的忠良吗？古语云，尽忠不能尽孝。在这个兵临城下的时候，你守土有责，快些去一心杀贼，莫要恋恋于你的老母。你若战死沙场，他日名垂青史，周氏一门也有荣光。宁武若不能守，我也愿死在这里，不肯远避而苟活的。我把古人说与你听，在东晋之时，苏峻跋扈，兴兵犯阙，那时候大夫卞壶忠义不屈，仗剑独和苏峻战于阙下而死，卞壶的儿子发妻都跟着殉节呢，他的母亲年过九十，拍案大笑道：'幸

120

哉吾门父死为忠，子死为孝，妻死为节，母死为义！'所以亦自刎而亡。忠孝节义，出于一门，至今赫赫丹书，永垂不朽。我们倘能效学卞壸的一家，不是很好的吗？你又何必恋恋于我呢？否则你就是不忠不孝之人，有何面目见祖先于地下？"

周遇吉听了他母亲之言，不由热泪夺眶而出，又向他母亲拜倒道：

"母亲金玉良言，谆谆赐诲，我敢不舍死忘生，以报国家吗？"

刘氏和他的儿子也在旁边拭泪，周遇吉别了父母妻子，又到衙署中坐定。王卫国上前参见，周遇吉遂出示晓谕百姓，有壮丁的都要出来相助守关，其余老弱妇女尽可离此他避。又查点关中粮食军械，忙碌了半天。

傍晚时候，忽报李自成有使者求见，周遇吉传唤入内，见使者送上一封书信并礼物数事，周遇吉拆阅之下，勃然大怒。原来是李自成爱惜周遇吉的将才，特地修书来此劝降，以良禽择木而栖，贤臣择主而事等语婉言劝导，并诱以爵禄，恫以兵威。周遇吉拍案大骂道：

"李贼弄兵渑池，扰乱中原，早晚必受天诛。我周遇吉是个奇男子伟丈夫，自古有断头将军，无降将军，岂肯降心为贼？快叫他来吃我一枪。"

说罢，将那书信撕得粉碎，喝令左右把使者割去两耳，逐他出城。使者耳朵被割，狼狈回去。周遇吉又传见许靖、张烈等训话，对他们说道：

"李自成此次大举来攻，早已注意于我了，在代州时曾遣刺客来行刺不成，今番又差使者来下书劝降，我已撕去书信，并割去使者两耳，逐他回去。当然更是激怒了那厮，说不定日内即要来此猛攻。我已誓死报国，临难不苟，宁武有失，我也不能再活了，与城俱存，与城俱亡，望诸位助我一同勠力杀贼，断不让张巡、许远专美于先。"

许靖、王卫国等都愿遵从军令，有进无退。周遇吉见士气尚佳，心中稍慰，便去城上巡视，有几处都叫士卒修理缺漏之处，小心扼守。关上有土炮数尊，周遇吉挑选炮手十数人，预备弹药，以便在紧急时可以轰贼。

翌日，流寇的前头部队已到，有两个贼将在关下搦战，周遇吉欲亲自迎战，王卫国却愿代劳，周遇吉便叫许靖压阵，拨四百人杀出关去。王卫国使两柄铜锤，骑一匹高头大马，和二贼将交手。不多时，一锤早击中一贼的头颅，脑浆迸裂而死，一贼回马欲遁，王卫国的马快，早已追上，又是一锤横扫过去，打在贼将背上，跌下马去，王卫国连杀二贼，跃马追逐。许靖恐他有失，也随后杀上，贼兵大败而去，二人收兵入城。周遇吉酌酒慰劳，仍叫部下严守关隘，流寇必有大队人马继至。果然在夕阳衔山时候，关外远远地尘土蔽天，笳声充耳，李自成已率大股流寇杀奔而来。在关下扎成梅花式五个大营，两旁还扎下许多小营，望过去旌旗翻飞，蜿蜒环绕，杀气腾腾，声势浩浩。但是转瞬天晚，不见流寇来攻。周遇吉因在代州吃了一次亏，叫部下留心防备，他自己也在城上无片刻休息，贼军却悄悄地毫无动静。

次日晨光熹微时，关外喊声震天，人如蚁聚，流寇一鼓作气，来夺宁武关，把火箭射上城来，一霎时，鼓楼已中火焚烧。周遇吉忙指挥士卒从速救熄，遂命炮手将土炮一齐开放，炮声轰隆不绝，打到关下去，火花爆炸，烟雾迷漫，流寇死于炮火的不计其数，攻势大杀。下午，流寇又来攻城，周遇吉再叫开炮，一连三日，把贼兵打得叫苦连天，总计折损约有万人。李自成大怒道：

"周遇吉如此可恶，我若不破宁武，誓不生还！"

牛金星献计道：

"周遇吉虽勇武善守，然若我们攻打不休，他没有外来的救

122

援，早晚必为我破。不如将部下分为十队，轮流攻打，待他们开炮时，我们停止进攻，炮止后继续攻城，务使城上没有喘息的余暇，而我们反可以逸待劳，乘机进击。"

李自成赞许牛金星的主张，于是把部下儿郎分为十队，步骑相并，每队人数千名左右，建着各色的旗帜，以为识别，昼夜进攻。不幸关上的炮虽然无恙，而火药已尽，只能节省燃放。流寇见城上炮声已稀，便大胆拥上。周遇吉便聚集张弩手射放，只见贼兵一队来，一队去，轮流攻打。第一队是用红色的旗，贼将一只虎督率，攻打得最厉害；第二队是用青色的旗，贼将满天星统率，弓弩最多，专射火箭；第三队是用黄色的旗，贼将左金虎统率，云梯最多；第四队是用黑色的旗，大多数是骑兵，贼将射塌天率领；还有第五队用紫色的旗，贼将刘宗敏统率；第六队用白色，贼将李岩统率；其余第七队用蓝色，第八队用淡红色，第九队用赭石色，第十队用灰色，五花八门，陆离光怪，使关上的官兵为之应接不暇，接连又是五天，官军果然都累得疲乏了。牛金星又叫贼兵在箭上缚着劝降的书，纷纷射到城墙上来。官军拾得，拿给周遇吉去看，周遇吉恐怕士心动摇，遂召集将士们劝谕道：

"前三日内杀贼万人，今虽弹药缺乏，尚可持久作战，能够得胜，一军尽为忠义，否则缚我献贼也好。"

众将士都涕泣从命，誓死坚守。这天晚上，周遇吉在城楼上假寐，官军防守稍懈，被贼兵偷偷杀上城来，幸被王卫国瞧见，自率十数兵士和上城的贼兵肉搏，死于他锤下的已有二三十人。贼将满天星自后掩至，出其不意，一枪刺入他的肋下，王卫国中了一枪，负痛回身去斗满天星，血浔浔下滴，满天星从没有见过这样的勇将，心中不免惧怯，返身逃遁。王卫国喝声不要走，紧紧追去，一锤击中满天星的背心，他跌下城去，被踏为肉泥，其余的贼兵不敢再上。周遇吉也已惊起，赶来接应，王卫国满身浴血，双睛暴露，见了周遇吉，挣扎着说道：

"今夜末将尽忠报国，恕我不能相随麾下了，愿将军好好把守此关。"

说罢，丢下双锤，仰后而倒。周遇吉抚尸大恸，一边把人舁下城去，从丰棺殓，一边调兵增守，杀了一阵，幸得转危为安。但是又丧失一员虎将，能无惋惜？又和许靖谈起柳隐英，说：

"此人是个少年英雄，怎么到了紧要的关头，他却始终躲在山里，独善其身，不出来杀敌致果呢？"

许靖也称奇怪，且对周遇吉说道：

"柳隐英此时不来，必有什么阻挠。不知他是否仍在威凤山上，我想修书一封遣人送往，催促他出山，不知将军之意如何？"

周遇吉道：

"此刻正是用人之秋，你能修函去请，再好也没有了。前天赍书的差官尚在我身边，就差他一行也好。"

于是许靖立刻去修好一封书信，写得十分恳切，即叫那差官藏在身边，在夜半缒城而下，潜奔威凤山去下书。但是，差官去了数天，犹如泥牛入海，杳无声响，不见差官回来，也许那差官被贼兵所得，凶多吉少了。

城下的流寇依旧一队一队地轮流攻城，罕有间息。周遇吉麾下的士卒实在死伤得多了，箭也缺乏，城墙大坏，看看即将失陷。周遇吉想要自己出去冲杀一阵，以缓其势，许靖在旁对周遇吉慨然说道：

"将军是主帅，如何可以冒这个危险？还是让末将出去，冲退他们，好让城上修葺完备，贼不得上。"

周遇吉没有别的好办法，既然许靖愿代自己出战，只好许可，遂拨敢死之士五百名，叫许靖率领。许靖自己骑了一匹银鬃马，披上战铠，左手握枪，右手执剑，开了城门，冲过吊桥去。流寇好久没见官军出战，不防有这一下，许靖怀着必死之心，枪

124

挑剑劈，只顾向贼兵阵里乱冲。攻城的流寇乃是第九队，抵挡不住，纷纷后退，许靖为要使关上的守兵腾出时间来修理城垣，所以尽往前奔，今天的勇气连他自己也不知道从哪里来的，部下的五百士卒也都奋勇厮杀。李自成闻官军出战，第九队败耳，急令第十队和第一队、第二队上前接应，合力作战。第十队的贼将管有勇，上前接住许靖大战，不到二十合，被许靖一枪刺毙，然第一队、第二队已从左右包抄过来，将许靖一支人马困住，而第三队继续掩上。周遇吉在城上要紧督促士卒挑土负石，赶修城墙缺乏之处，不及去救援许靖，闯将一只虎挥动大刀，和许靖力战，许靖咬紧牙齿，拼命狠斗。战得良久，部下五百死士，死的死，伤的伤，能战的只剩三十多人了。许靖今天也不想活命，运用全力与一只虎死拼，然而一只虎力气无穷，许靖的枪法渐渐散乱，一只虎乘隙一刀去扫他的臂膀，许靖不及还枪招架，把左手剑去遮护时，臂上已被刀锋削着，带去了一小片肉，血迹淋漓，一阵疼痛，手里更觉乏力，只得回马落荒而逃。因为他若想退入城中，事实上已不可能，一则后路已被遮断，二则恐反使贼兵乘机冲入城关，所以他宁走别处。但一只虎怎肯轻易饶恕？拍马追去。许靖只顾逃，一只虎只顾追，约莫追了十余里，背后贼兵跟的也不多，许靖糊里糊涂的也不知走的什么路，但见前面有个山坡，许靖暗想：自己逃呢，还是回身去和那厮拼命？正犹豫间，忽听鸾铃声，山坡后跑出一匹马来，马上坐着一个美少年，手横宝剑，英气凛然，正是他朝夕盼望、迟迟不来的柳隐英。这一喜真是喜出望外，便喊一声："贤弟救我！"此时柳隐英已瞧见许靖狼狈奔逃之状，又见背后贼将一只虎已如旋风般追至，他遂从腰下镖囊里摸出一支响镖，将手一抬，直奔一只虎咽喉而去。一只虎听得镖响，急忙将头闪避时，肩头已中一镖，把他吓了一跳，连忙拨转马头而逃。贼兵见主将受伤，慌忙上前拥护着退去。许靖见柳隐英一镖打退了一只虎，更是狂喜，上前相见，说道：

"多谢贤弟救我，但你怎么到了今日才来？我和周将军眼睛都望酸了！"

柳隐英见许靖臂上鲜血殷红，知道他已受了创伤，便皱着双眉说道：

"这是小弟很歉疚的事，吾哥怎样受了伤？此地恐有贼兵追来，不是谈话之所。方才小弟路过前山，见山坳里有一古刹，十分隐僻，不如许靖哥随我往那里去一谈吧！"

许靖点点头，说声好，遂跟着柳隐英纵马驰去。转过山坡，越过一重岭，果见那边树林里有一带黄墙，二人跑到近处，跳下马来，见那庙已是古旧，庙门前有一匾额，上题"安禅寺"三个大字，已剥蚀了小半，庙门紧闭。柳隐英上前叩门数下，隔了良久，方才有一个龙钟的老和尚出来开门，一见二人模样，便吓得面上变色。柳隐英道：

"我们是官军，被贼兵追急至此，这位将军已受了伤，所以你可引导我们到你们庙里去休息，绝不有害于你的。"

老和尚合掌念了一声阿弥陀佛，便说：

"请二位将军随贫僧来。"

于是柳隐英和许靖牵马而入，老和尚又关了庙门，引二人穿过一座破败的大殿，到一间云房中坐定，战战兢兢地对二人说道：

"小寺在此山坳，香火甚为寥落。寺中本有三四个僧侣和一个香司务，现因宁武关有了战事，他们都害怕流寇要来焚杀，所以早自远避，唯贫僧年迈难行，独留在此。二位将军倘有吩咐，贫僧自当照办。"

许靖道：

"你们寺院里可有米吗？代我们烧一瓯粥来，我的肚中有些饥饿了，别的却不需要。"

老和尚诺诺连声而去。柳隐英见许靖臂上还在滴血，便上前

126

将许靖的左臂徐徐卷起，见在肘下已削去了一片肉，所以许靖的身上也沾了不少血迹。柳隐英便从他已污的战袍上撕下一条较为干净的布，代他把伤处很小心地裹扎住，问道：

"靖哥，你怎样受伤的？"

许靖便把今天出关冲杀的经过告诉了柳隐英，又谢了救助之恩，再向他问道：

"我和周将军天天盼望贤弟来相助杀贼，贤弟也曾亲口允许，待闯兵到时可以为国效劳，怎么一直不来，令人望穿秋水呢？贤弟有此一身好本领，此时再不为国出力，更待何时？使我不能不疑惑了。"

柳隐英皱着双眉答道：

"靖哥，你不知道，小弟虽然要来一同杀贼，而姑母知道了，一定不放小弟出外。后来，姑母闻得流寇攻打代州受了惊恐，又卧病在床，更不允许小弟下山了。小弟心中非常焦急，及闻代州沦陷，周将军退守宁武，王老英雄已战死沙场，又敬又悲，很悬念吾兄的安危，料想随周将军同退宁武了。前天，又得到你的来书，责备我不肯出来杀贼，我心里何等的难过？遂先打发差官回来复命，而小弟就在夜间带了宝剑镖囊，不别而行，只好丢下姑母不管，而到宁武关来助战，以明心迹，希奏肤功。行至代州城外，遇见一小队贼兵，被我杀死数贼，抢得一匹骏马赶来。恰巧在此间救了靖哥，这岂非是天意吗？但不知宁武关上情形如何？可还能守得住？"

许靖道：

"原来贤弟有此苦衷，我倒错怪你了。"

遂又将关中紧急的情形奉告，说了许多话，更觉疲乏，支持不住，遂先把战铠解脱，又将赤凤宝剑挂在壁上，一回头，见东壁有一禅榻，脚步歪斜地走过去，横身睡下，又叹了一口气说道：

"臂上疼痛得很，人也十分疲乏，我倦欲眠，只得偃卧了。"

柳隐英道：

"靖哥，你的伤势不轻，睡息一下也好。此间没有金创良药，否则早给你涂上了。贼将可恶之至，小弟未曾将他杀死，太便宜他了。"

许靖道：

"一只虎中了你一镖回去也不得安宁，也给他吃些苦头，但愿周将军能够坚守。待我休息一会儿，再和贤弟杀回去，相助周将军杀贼。"

柳隐英道：

"很好，你再闭目安睡，小弟在此保护，料流寇绝不会杀上这里来的。"

说话时，老和尚已用木盘托着一瓯粥来，还有一碟咸菜，放在桌上，说道：

"寺中没有可口的菜，此地又无买处，请二位将军将就吃些吧。"

柳隐英道：

"有劳你了。"

遂代许靖盛了一碗，给许靖坐在榻上吃，自己也盛着粥吃。许靖吃了两碗，已觉腹饱，不要再吃，柳隐英也吃了两碗放下，让老和尚收去。柳隐英又叫许靖安睡，许靖神思已倦，闭着双目，沉沉睡去。柳隐英到外边去踱一会儿步，向老和尚去讨得一些草料，喂给那两匹马吃，又和老和尚谈了一刻，回到那云房里，见许靖兀自睡着，不敢去惊动他。傍晚时，老和尚点上一支绛蜡，又问柳隐英可仍要吃些粥，因为古刹里也没有什么别的食物。柳隐英很可怜这个老和尚，遂从怀中取了二两碎银给他，叫他仍煮些粥，不必预备什么。老和尚欢欢喜喜地道谢一声而去。少停，许靖睡醒，臂上的疼痛未止，精神自觉较好，见柳隐英坐

128

在榻前，便说道：

"天已黑了吗？"

柳隐英见许靖醒来，便问他伤处可好。许靖告诉说，痛尚未止，大致可以无碍。只是心里很惦念宁武关，明天当可挣扎起来，一同前去杀贼。柳隐英又安慰他数语。老和尚又送上粥来，依然是日间的菜。许靖又吃了一碗，柳隐英吃毕，走到庭中去，看看那两匹马，猛抬头，瞧见东南角天空里一片红光，愈映愈大，按着方向，正是宁武关。他心里顿觉有些惊骇，悄悄地跳到屋顶上去，遥望那边果然是宁武关。暗想：莫非流寇已攻入关中，所以大放其火了？那么周将军又将如何？只恨自己来得太迟了，未能效尺寸之劳，这是心中十二分歉疚的。他眺望良久，火势兀自未熄，听得老和尚在后咳嗽的声音，他恐怕老和尚要声张，立刻跳下屋来。老和尚指着天空说道：

"这火光恐怕是从宁武关那边发出来的。哎哟！宁武关一定失陷了。"

柳隐英连忙对他摇摇手说道：

"你不要大惊小怪，免得房里的许将军听得了，又要烦他的心，我不许你多说。"

老和尚只得唯唯退去。柳隐英虽然叮嘱老和尚不要声张，但他自己心里也忐忑得很，仰着首，呆望天空里，默不作声，只是跌足叹息。隔了一歇，那火势依然炽盛，天边红光一阵淡一阵浓，且有许多火鸦在空中乱舞，真是好大火，映得窗上尽红。柳隐英在外边踌躇，却听室里的许靖嚷起来了：

"贤弟在哪里？贤弟在哪里？"

柳隐英闻声，连忙走进室去，见许靖坐在炕上，便道：

"靖哥唤什么？"

许靖说道：

"怎么贤弟走了出去许多时候不回房来？这纸窗上映得红红

的，可是邻近有什么大火？"

说话时，伸手向纸窗一指。柳隐英知道这事终不能隐瞒，便叹口气答道：

"不错，外边正在大火。方才小弟在外边察看火的方向，十九是宁武关……"

柳隐英的话还未说毕，许靖已从炕上跳起来道：

"哎哟！不好了，宁武关恐怕已被流寇攻陷了，叫周将军一人怎样对付？我和贤弟立刻杀回去吧，等不到天明了。"

柳隐英连忙过去，将他按住，然后说道：

"靖哥，你不要胡乱挣扎，臂伤未愈，恐怕又要出血的。小弟瞧这大火，宁武关十有八九是失陷了。即使你我此刻赶回去，光着身体，又无一兵一卒，也是无济于事的。假若只是贼兵攻城时所焚的火，周将军尚能保守，那么我们明天一清早赶去，尚来得及。"

许靖道：

"但愿周将军能够守得住，事尚有救，否则我和你明天赶去时，恐已不及了。周将军曾对我说，从代州退至宁武关是万不得已之事。宁武有失，将军不愿再退，誓与此关共存亡了。像周将军那样的忠勇，举世罕有，守土者设使都能如此，流寇何至猖獗到这个地步呢？我们在良将的麾下不能立功杀敌，岂非天意吗？王永泰世伯已战死，范成亦已殒命，王卫国殉职，我受伤至此，只有张烈一人在将军身旁了。其势太单薄，自然敌不过流寇方兴之众。此天之亡宁武，非战之罪也！"

许靖说了，叹息不已。柳隐英也深愧自己来迟了，不能及早效力，这是一个大大的缺憾，便叹道：

"这些话不必说了，小弟也有抱恨之处。我们且歇息一夜，明日一早跑到宁武去窥探虚实，随机应变，再作道理。小弟好歹要和流寇鏖战一下呢！"

许靖心里虽然发急，一时也无主意，只好听从柳隐英的说话，口里频频叹气，依然睡了下去。柳隐英却又去吩咐老和尚端了一块木板来，将椅子搁着，算做临时床铺，脱衣而睡。心里有了心事，当然睡不成眠，听听许靖在那边炕上辗转反侧，唉声叹气，料是为了宁武关，故而不寐。到下半夜时，窗上红色淡了不少，大约大火已熄。

转瞬东方已白，柳隐英首先一骨碌爬起身来，见许靖张大着一双眼睛，正在窃窥自己。他一边穿衣，一边向许靖咯咯一笑道：

"靖哥没有睡熟吗？为什么目灼灼尽视小弟呢？"

许靖也就坐起，说道：

"宁武关发生大火，多半业已失去，我哪里再能酣睡？我瞧贤弟也没有入梦呢！"

柳隐英点点头，又问道：

"臂上的伤处觉得怎么样？"

许靖答道：

"幸而没有伤及筋骨，只觉隐隐有些疼痛，尚不能活动使用。但也顾不得了，我与你快快跑向宁武关去吧！"

柳隐英说声是，二人都披衣起身。柳隐英出去向老和尚取了两盆冷水来，二人将就盥洗，各自把发理好，将巾戴上。老和尚却捧上一大瓯热腾腾的粥来，二人闻得粥香，虽没有什么菜，只一盘咸萝卜干，为果腹计，二人都吃了三碗，把一大瓯粥吃个精光。柳隐英遂唤老和尚过来，又取出三四两碎银给了他，且说道：

"昨日打扰，我们不胜感谢，现在告辞了。"

老和尚稽首致谢，说：

"愿二位前程万里。"

柳隐英遂和许靖结束讫，各携武器，走至庭中，牵过他们两匹坐骑，出了寺门，大家跳上马鞍。许靖当先，柳隐英在后，向宁武关飞驰而去。只见前面有许多难民扶老携幼，狼奔豕突地向这边逃来，其中还杂有几个兵士，满面肮脏，徒手无械。许靖知道宁武关果然失守了，立即拦住一个，向他询问。那兵士认得许靖的，遂将宁武失陷的经过告诉给二人听。

原来，周遇吉自许靖出战以后，城墙一时没有修葺完固，反不见许靖回城，料想凶多吉少，心里非常懊恼，自誓必死于此。他立在陴边，见流寇又如蜂屯蚁集般前来攻城，他吩咐部下尽将檑木滚石以及弓矢一齐向城下射放。果然寇不得逞，稍稍引退，但因流寇分作十队，此去彼来，城上不得休息，士卒已是异常疲乏。周遇吉和张烈亲在城头督战，如有退后者斩。

到了黄昏时候，周遇吉尚未进食，忽然一炮飞上城墙，把鼓楼轰毁了一角，明兵不免骇异。接连着一炮一炮地尽向关上放射过来，乃是李自成因吃了关上大炮的亏，听了牛金星之言，亦派人到太原去运取掳得的大炮数尊，以及炮手十数名来宁武相助攻城。今日恰巧大炮运到，便加入第一队，安放了炮位，瞄准了城上开放，炮声轰隆不绝，周遇吉所有的炮却因火药告罄，不得施放，无法抵御，只得放箭。但炮火十分猛烈，城墙又未修竣，因此倾圮了一角，流寇便如潮水一般向着倾圮处冲进，一入城，便四处放起火来。官兵大乱，人民纷纷逃窜，号哭之声与喊杀之声织成一片。此时此地，真不知是何世界！

周遇吉知不可守，仰天长叹，和张烈率领亲信士卒二三百人下城，接住贼兵，和他们作巷战。寇将左金虎拍马杀至，要想擒住周遇吉，好立头功，周遇吉把手中錾金枪使得紧急，左金虎岂是他的对手？不到二十合，被周遇吉一枪刺中肩头，跌落马鞍，为贼兵抢救回去。寇将射塌天赶上时，周遇吉瞋目大呼，目眦尽裂，射塌天不敢接战，回马奔逃，周遇吉追上去时，抽出腰间铁鞭，一鞭打去，正中其背，打得射塌天口吐鲜血，伏鞍而逃。

这时，李闯王方策马入城，闻得周遇吉尚作困兽之斗，他就吩咐手下八员战将一齐去战，务要把周遇吉生擒，且灭其家。所以，周遇吉虽然格杀数十百人，而流寇愈杀愈众，把他四面围住，他明知断无幸生之理，自愿杀身成仁，为人间留得正气，只求多杀几个流寇，取得重大的代价，而张烈亦随着主将，拼死力战。二人杀得疯狂了，血流袍铠，身上也都受着几处伤痕，部下士兵也死亡殆尽。流寇见二人厉害，都有些胆寒，有一贼将自恃其勇，举起大斧，来和遇吉鏖战。周遇吉两膀用尽力气，呼呼地一连几枪，杀得他退逃不迭。周遇吉挺枪追去，不料坐下的战马已是疲乏，忽然力尽而蹶，跪下地去，把周遇吉掀落马鞍，贼将大喜，正要掉转马首来擒遇吉时，周遇吉虎吼一声，从地上奋力跳起，一鞭扫去，反把那贼将打得脑浆迸裂而死。又一贼将冲来时，被张烈在后一刀劈去了半个头颅，连死二将，流寇更是震惧，纷纷倒退。周遇吉还惦念着自己家里的老母和妻孥等人，遂和张烈以及七八个受伤的小卒，冲出巷口，杀向自己家里去。

李自成听得周遇吉如此勇敢，难以力擒，恐防被他逃去，遂下令放箭。这时，两边民房上都是流寇，周遇吉杀向哪里，瞧得清清楚楚，大家开弓放箭，箭如飞蝗，向周遇吉身边飞来。周遇吉丢了长枪，挥着铁鞭，徒步跳荡，格杀数十人，鞭影横飞，箭镞落于地下，堆积了不少。可是，周遇吉格斗多时，见张烈早被一箭射中囟门，仆倒于地，他一阵心痛，有两支箭已着于臂，一时舞不起鞭来。又一箭正中大腿，他恐怕被擒受辱，遂从一个流寇手里抢得一柄短刀，左手握着，向他自己颈上一抹，可怜这位百战英雄已力尽就义，留得青史万古名了。

当周遇吉、张烈战死之时，流寇直扑周遇吉的家门，周遇吉的夫人刘氏知道宁武已破，贼兵进城，丈夫被围，流寇杀至家中来。伊不欲束手受缚，坐而待毙，遂同家中女仆奴婢一齐爬登屋顶，取了弓箭，向宅外的流寇放射。因为刘氏亦谙武术，娴于弓矢，本欲相随丈夫杀贼，周遇吉要伊在家中护持老母，所以没有出战。此刻祸在眉睫，伊也顾不得什么了，只知道能够杀贼，自己当先引弓而发，每一矢毙一贼，流寇死了不少。流寇大愤，便举火焚屋，周遇吉的母亲早在房中自缢，刘氏同儿子业已无路可走，仍率诸妇女在屋上力抗。流寇见刘氏在火光中开着弓，一箭一箭地从火焰里飞射出来，流寇只在外面呐喊着，不敢进扑。隔了一会儿，浓烟愈冒愈多，满屋子都是黑烟和烈焰，可怖的火舌喷得很高，箭也不见飞出，刘氏的影子亦没入火光中，于是周氏全家殉难，一门忠义。明纪事乐府有诗云：

潼关东下如破竹，太原已拔宁武癙。
将军怒斩说客头，誓众登城眦裂目。
白刃陷阵声疾呼，满地髑髅血模糊。
四面炮轰烟尘黑，马蹶徒步犹格杀。
将军胆如斗，夫人心似铁。
怒弯蠕蠕弓，一矢毙一贼。
尽如宁武可奈何？贼党聚谈犹咋舌！
息马谋归咸阳道，大同宣府来降表。

这首纪事诗的末二句就是说李自成既下宁武关，聚集诸将，商议大计。因为这一次攻打代州宁武，虽然卒能攻下，可是精锐丧亡得很多，牺牲甚大，亟待补充。据李自成的意见，以为此去须历大同、宣府、居庸，皆有重兵，一时欲入燕京，尚非易事，倘尽如宁武关这样难攻，将怎么办呢？不如暂还秦中，稍事休息，再图后举。牛金星却以为不可，他说道：

"现在千辛万苦攻下了宁武，若不举兵东向，以后再来，岂非白白牺牲了许多儿郎？我料别处州郡的守将，未必个个都像周遇吉那样的忠义勇武，何必多虑？"

134

牛金星的话果然说着了。一会儿，大同总兵姜壤的降表以及宣府的降书先后都至，大壮李闯王之胆，所以，又起兵进攻了。当时宁武已破，李自成听了牛金星之言，居然出示安民，然而宁武关经过一夜的焚烧，精华已是十去七八，许多难民逃亡出来，奔走他乡，其间还夹着些溃散的士卒，所以，许靖和柳隐英会在途中和他们相遇而聆取败兵的报告。

许靖得知宁武关果然失陷，遇吉一家殉节后，不禁热泪夺眶而出，叹道：

"天亡明室，夺我周公，我恨不能相随同死，很是歉疚的。"

柳隐英道：

"既然宁武关已被流寇夺去，我们去也徒然，不如暂且回转威凤山去，再作道理。我本放心不下那有病的姑母呢！"

许靖踌躇着没有回答，忽然这些逃难的百姓大哭大喊地向他们身后官道上争先恐后地逃奔，有几个嘴里嚷着道：

"闯兵来了！快快逃生！"

二人留神向这一群难民背后看去时，果然尘土大起，旌旗蔽日，有一大队流寇正向这边飞驰而来。许靖对柳隐英说道：

"流寇真是可恶，他们取了地方，还要追杀百姓。"

柳隐英闻言，双眉早已倒竖，一咬牙齿说道：

"好！小弟尚没有和他们交过手，今番待他们赶来，当和靖哥杀他一个畅快，也为周将军复仇。"

许靖点点头，二人遂让难民逃去，立马以待，等候厮杀。

第十三回

不肯低头在草莽

李自成血战多时，攻下了宁武关，恐防还有周遇吉的部下在关外附近潜伏着，务要肃清了本地，然后可以长驱而东。所以，他派部下两员骁将包黑炭和强克胜，率领五百骑兵，到关外去搜寻官军。二人奉了李自成之命，到城外去，虽没有遇见官军，却是到各乡镇去恣意搔扰，奸淫屠烧，无恶不作。各乡民见了流寇，无不害怕，因此弃家奔逃。

包黑炭、强克胜都是绿林出身，一向屠杀惯的，见着许多难民，不但毫无怜悯之心，反要悉数杀死，拣年轻的妇女掳去，供他们兽欲的发泄。包黑炭已抢得两个美貌女子，叫部下缚在马上跟着他跑，不料遇着了许靖、柳隐英二人。前面的骑兵已冲到了二人马前，瞧见二人一个挺枪，一个横剑，都骑在马上，是两个青年武士，不像难民，疑心就是官军中的小将，左右只有这二人，流寇哪里放在心上？呐喊一声，立刻向二人冲杀过去。许靖立即挺起长枪，杀入许多骑兵中间去，柳隐英也舞开白龙宝剑，随着同杀，剑光霍霍，一连有七八个骑兵已纷纷从马上滚跌下地。许靖的烂银枪左一挑右一刺的，也挑翻了三四骑，流寇方才觉得这二人不易对付。恰好包黑炭坐下乌骓马，手横双刀，飞驰而至，背后一匹白马上，还驮着两个被缚着的女子，玉容惨淡，泣涕如雨，有四骑卒在前后监视着。柳隐英一瞧这状态，更是愤

136

怒，两腿用力一夹坐马，直向包黑炭马头前冲去，喝一声："流寇！胆敢抢掠良家妇女，看我来取你的狗命！"手中白龙宝剑已向包黑炭头上扫来。包黑炭起初不把柳隐英看在眼里，尽把双刀舞开，和柳隐英酣战，战至三十合以上，柳隐英的一柄利剑神出鬼没，龙飞凤舞，包黑炭有些抵敌不住，正想如何乘隙着手，只听呛啷一声，自己左手刀正迎着柳隐英的剑锋，早被白龙宝剑削为两截。包黑炭更是心慌，将右手刀虚晃一下，才想跳出圈子而逃，柳隐英剑法敏捷，早又一剑刺到他的肋下。包黑炭躲避不及，大叫一声，中剑堕马，躺在血泊里，眼见得不活了。柳隐英又向四骑卒将剑一阵横扫，一死二伤，余一卒丢了马上的妇女遁去。

此时，许靖也已和强克胜交手，正在不分胜负之际，强克胜见包黑炭已死于剑光之下，心慌意乱，手中刀法散漫，被许靖得个间隙，一枪挑于马下。二人既把流寇的主将杀却，又向前诛灭寇众，马蹄到处，人横马仆，五百骑卒只剩一半逃回去，地下东倒西歪地都是死人与死马。柳隐英杀了一阵，和许靖掉转马头，到那女子的马前，见那马正在尸骸堆里逡巡未去。柳隐英首先跳下马来，过去解开她们的束缚，立到地上，两女子知道柳隐英是救护她们的，慌忙向他跪倒。许靖也下马走来，把枪插在地上，听柳隐英和她们讲话。柳隐英问道：

"你们是不是宁武关逃出的难民？往哪里去的？可有家人同行？"

一个年纪比较大一些的说道：

"我们姓姜，是姊妹俩，本是宁武关外吉隆镇人，只因流寇破了宁武关，又到我们镇上来搜索官军，杀人放火，我们姊妹俩跟着父母逃难，不幸走得未远，流寇追及，我们和父母失散后，又被流寇掳去，自思必死，幸遇二位将爷解救，终身感德。"

柳隐英道：

“你们本想逃到什么地方去的呢？”

女子答道：

“离此六十里外有个李家堡，那里有我的舅舅，我父亲正想带我们同去那里躲避的。”

柳隐英道：

“你们认识到那边去的途径吗？”

女子点点头道：

“依稀认得。”

柳隐英道：

“很好，你们快些逃生去吧！恐怕流寇再要追上来呢！”

姊妹俩听了柳隐英的话，又向二人拜谢，然后走上官道去。许靖便觉得柳隐英侠骨热肠，道德高尚，更是可钦，不由点头微笑。待那俩女子走后，便对柳隐英说道：

“方才贤弟挥剑杀贼，所向披靡，虽未能歼彼渠率，而杀却两个强悍的爪牙，也足以褫贼人之魄，且为周将军稍吐一口怨气。周将军地下有知，亦将含笑呢！”

柳隐英慨然道：

“小弟只恨来迟了，以致未曾随着周将军鞭镫，稍建寸功，耿耿此心，总是愧对周将军的。且看以后可有机会，再去杀贼。现在许靖哥暂同我回去一视姑母，再作道理。靖哥肩上已有创伤，方才用力杀贼，可不妨碍吗？”

许靖的冲杀也是出于一时的兴奋和刺激，忘记了自己身上的伤处，现在被柳隐英提起，便觉得肩上隐隐作痛，左臂也觉十分酸软，几乎举不起来，遂强忍着说道：

“还好，贤弟勿念。昔人有盘肠大战，至死不减其勇，像我这些微伤，算什么呢？”

柳隐英道：

“那么我们不必在此逗留，快回威凤山去休息吧！”

许靖点头说一声好，从地上拔起枪来，跟着柳隐英同上雕鞍，两人跨上马，取道回归威凤山。一路所过的地方都是异常凄凉，人民十九流亡到别处去，险些晚上借不到宿处。这样赶了三天的路，已至代州。隔着一条河，却见有许多流寇正从代州城里开拔出去，二人要紧回山，也没有顾问，匆匆跑上威凤山。来到凤凰岭上，二人下马，一抬头瞧见门上悬着一面小小麻幡，柳隐英不由失声喊道：

"哎呀！这是什么缘故啊？"

连忙伸手敲门。一会儿，小婢过来开门，见了隐英，便摩挲着眼睛说道：

"哎呀，柳公子你到哪里去了？怎么到今日才回来呢？"

柳隐英却不回答小婢的问询，匆匆问道：

"我姑母在哪里？门上的麻……"

柳隐英话未说毕，小婢早说道：

"老太太故世了！"

柳隐英闻言，把足一跺道：

"怎么我姑母已不在人间了吗？怎样死的呢？"

许靖也十分惊异。小婢又说道：

"柳公子，你出去的时候，老太太不是方在患病吗？次日，伊不见了你，唤我到病榻边去问，但小婢也不知道公子到哪里去的，只说昨日有个差官送一封书信来此，老太太便料公子一定是下山杀贼去了。伊心里更是闷闷不乐，深怪公子不肯明言，丢下伊一人在此，倘然有豺狼或是流寇到此，不将束手待毙吗？伊心里一发急，病就加重。恰巧夜间又有两只狼来门外很凄厉地叫嗥了多时，明天老太太的病便见危殆。小婢一个人没有法想，只得跑到东面石鼓峰上关王寺里去请了智圆老和尚来给伊治病。可是服了老和尚的药，依然无效，在前天晚上，便撒手长逝了。殓葬之事都是智圆老和尚相助小婢料理的，现在灵柩正搁在堂中，尚未安葬呢!"

小婢这样说着,柳隐英眼眶里的眼泪早像断线珍珠般滴下来。许靖不胜悲叹,二人走至中堂,柳隐英一见正中放着的灵座,蕙帐风凄,白烛泪坠,早已跪倒在座前,放声痛哭道:

"姑母,我实在是对不起你的,早知你要离开这个世界,我也不敢他去了。唉!姑丈九泉有知,不要深深地责怪我不孝吗?现在我回来了,姑母可知道吗?但是我再也不能够瞧见您的慈容了,不孝之罪,终身遗恨,姑母你可怜我饶恕我吧!"

一边说着,露出哀痛欲绝的样子。许靖只得在旁劝慰道:

"这件事当然是你料不到的,但你离开这里也是为了国家,你姑父母阴魂有知,一定能够原谅你的苦衷,劝你节哀珍重为要。"

小婢却躲在旁边,只是拭泪。许靖劝了几次,方才劝住。柳隐英此次回家来,想不到姑母已长逝人间,宛如做了一场梦,心里不胜悲哀,遂又和许靖到石鼓峰上关王寺中去拜见智圆老和尚,谢他相助之德,并商谈卜葬之事。因为柳隐英的姑父死后,坟墓便做在这威凤山中,现在当然同穴而葬了。智圆老和尚代他们选了个吉日,举行这事,一切土工人手都由智圆老和尚代办,这样可以省去柳隐英许多精神。柳隐英谢了数语,告辞而退,因为许靖肩上的伤处未愈,柳隐英遂叫他早去睡息,那两匹马却养在后园,预备他日之用。从此,柳隐英在山上守着丧事,许靖养息肩伤,一连数天,沉寂无事。许靖心里总是思想着代州、宁武过去的几场血战,痛惜那王永泰、周遇吉的为国捐躯,自己实在对于他们有愧多多了。因此他和柳隐英闲谈的时候,痛心国势之阽危,真志士枕戈待旦,闻鸡起舞之秋,周将军杀身成仁,无负于国,一门忠义,将来自然青史留名。自己不愿就此罢休,必要再接再厉,另找一个去处去建功立业,为他日报国的地步。柳隐英自然很是赞成其说,因为现在他的姑母已死,孑然一身,无他留恋，天南地北，任意所如了。许靖又想起张苍虬、陈飞二人以前在杞县李信庄上分别时，他们不是到山海关外吴三桂总兵那边去投军的吗？不知他们现在若何光景。传闻吴三桂也是一时的俊彦，手握虎符，身膺边疆重任，值此四海鼎沸、大厦将倾之际，他一定要龙骧虎步，飞檄招贤，以作安定天下的计谋，以救斯民于水火的。自己既然一时无处托足，何不赶奔那里择木而栖，也可使阔别多时的良朋有生晤的机缘呢？遂把此意向柳隐英吐露，愿约柳隐英同到关外去走一遭。柳隐英听许靖说了，也很赞成，慨然说道：

"丈夫志在四方，靖哥既有此雄心，小弟自然愿意偕行，且可一识张陈诸贤。这几年来，小弟蛰伏在威凤山中感到非常寂寞，幸逢靖哥一见如旧，志同道合，此后行踪当和靖哥共进退。"

许靖欣然道：

"人生知己难得，萍水相逢，蒙贤弟赐以青眼，羁旅有托，感何如之？以后我们当一同为国努力，不负此七尺之躯，也不负周将军、王世伯等诸同袍于地下，希望贤弟随时匡助我的不逮。"

柳隐英点点头，微微一笑道：

"所不与靖哥同心者有如皎日！"

许靖大喜。从此，二人宗旨已定，专待柳隐英的姑母告窆后便可动身，每天谈谈武艺，以及天下大事。转瞬安葬的日期已临，智圆老和尚带了火工多名，前来相助。隔日，柳隐英也略为预备，遂由火工等舁着他姑母的灵柩，到他姑父墓地上去掘土安葬，不消半天工夫早已了事，柳隐英在墓前哭奠一番而还。

次日，又和许靖到关王寺去拜谢智圆老和尚，且在寺内为他的姑母诵经一天，超荐幽魂。忙碌了数日，遂和许靖商议，定于十五日动身。这里的庐舍坟墓都托智圆老和尚代为照料。又有这婢女也要代伊安排，因为在这山下祁家村里有一家是婢女的亲戚，所以柳隐英送伊下山去。

这天天气稍凉，午饭后，柳隐英伴送婢女下山，许靖在室里炕上打午睡，忽听门外狼嗥之声，把他从睡梦中惊醒。想起了后园还有两匹马在那里，将来正有用处，所以他忙从炕上霍地跳起，向壁上摘下赤凤宝剑，跑到门边，从门隙里一眼张出去时，见有一头很大的狼在门外跳来跳去，似乎要想越垣而入的样子。许靖暗想：这畜生公然跑到人家来骚扰了。左右是一只狼，凭它怎样凶狠，我手中这口宝剑想还可以对付得过。否则，若被这畜生咬坏了坐骑，倒是很可惜的，于是他胆子一壮，开了门，挺剑奔出。这狼瞧见门里有人走出，好似已被它找到了目标，张开馋吻，舞起利爪，扑向许靖头上来。许靖喝一声："畜生！休得撒泼，吃我一剑。"将赤凤剑刺向狼腹。那狼见了剑光，连忙掉转身，又一猛扑，扑到他足边来。许靖将剑往下一扫，剑锋刺中狼爪，那狼虽然受了伤，可是勇气仍不减退，向许靖狂咬。许靖将剑舞急了，和那巨狼猛扑，一人一狼，来往扑击了十数回合，许靖早觑个间隙，使个犀牛分水式，一剑刺去，正刺入巨狼的腹下，那狼惨叫一声，跌翻在地下。许靖拔出宝剑，又在狼首上补了一剑，那狼直僵僵地死在血泊中了。许靖透了一口气，把那狼拖起来，用绳子穿了，系在大树上，等柳隐英回来时，好向他报功。他方才系好后，忽听对面崖壁上一声叫嗥，他抬头看时，见有两头狼奔向这里而来，许靖一想，我和那死狼斗得已有些力乏，现在又有这两头狼来，万一疏失，我这条性命死得却不值得，但若要关起门来，倘然柳隐英回转家门瞧见了，岂不要给他笑我胆怯无用吗？于是他从地下拾取了许多小石子，藏在袋里，爬到门前一株大树上去。刚才坐定，那两头狼已飞奔到了树下，它们见了死狼，又瞧着树上的许靖，也知道它们自己的同伴被这个人杀死的，所以一齐对着许靖大叫大跳，誓欲得之而甘心。许靖待它们叫了一会儿，手中一石子飞出，正中一头狼的左眼，那狼吃了一石子，疼痛非凡，叫得更是凄厉，只因许靖高高在树上，奈何他不得，只是跳。许靖隔了一会儿，又一石子飞出，打中狼的颈项。这样相持了好多时候，许靖共发出八颗石子，颗颗击中。那两头狼也跳得筋疲力尽，一些儿得不到便宜，既不能够噬人，又不舍得离开，许靖瞧着它们力竭声嘶的样子，知道两狼已是无能为力了，他就一跃而下，舞开赤凤宝剑，直取它们的要害。两狼见许靖下树，尚极力向许靖猛扑，可是力气终究消耗殆尽，哪里近得许靖的身？许靖将剑使急了，白光迅速落下时，一头狼已仆倒于地，只剩一头狼了。许靖更是定心，又和那狼斗了一会儿，待那狼扑上自己头顶时，一剑扫去，砍中狼的左前爪。那狼向地下一滚，正要再爬起时，许靖又是一剑劈下，把那狼一挥两截。许靖连杀三狼，身上也溅着几点血迹，提剑四顾，意态陡觉雄壮，不觉信口高歌道：

　　　天苍苍兮云茫茫，仗剑出塞兮志转昂，歼彼幺麽兮
如豺狼！

　　歌数阕，柳隐英已从山下走回，见许靖仗剑立在门外，树上悬着一狼，地上又横仆着两头死狼，他不觉大为奇异，便问道：
　　"靖哥，这些狼都死于你的剑下吗？"
　　许靖遂将自己如何先后诛毙三狼的经过告诉他听。柳隐英欣喜道：
　　"靖哥智勇俱全，能独歼三狼，将来削平流寇，也能像这样的草薙禽狝，杀个畅快呢！"
　　许靖叹道：
　　"萑苻遍地，烽烟不靖，滔滔者天下皆是也，安得十万横磨，诛尽小丑呢？"
　　二人一同进门去，把门关上。柳隐英又与许靖坐谈一刻，便去收拾行李，把要带的东西装入行箧，晚间，又和许靖对饮至二

鼓时分，方才各自安寝。次日，二人准备动身，智圆老和尚走来送行。柳隐英和许靖先将坐骑牵出门去，又将行李搬至马上，然后把门窗尽闭，在大门上加上了铁锁，锁钥交与智圆老和尚，托他照顾一切。二人遂别了智圆，跨上坐骑，离了凤凰岭，跑下威凤山，取道投奔宁远而去。起初在路上各处逢到逃难的难民，流离迁徙，一种凄惨痛苦的情状，恐怕郑侠的《流民图》也难描绘其万一。又闻得大同总兵姜瓖已投降了流寇，恐怕李闯王不日即要进窥京师了。二人自然也是非常杞忧。朝行夜宿，赶奔前程。

有一天，二人贪赶路程，错过了宿头，竟跑了一夜的路。餐风饮露，跋山涉水，辛苦异常。到得燕京时，见京都中虽有一部分人民也在那里窃窃议论流寇猖獗，京城受着威胁的事，可是大多数人民仍像燕处危幕，鱼游沸鼎，依然歌舞升平，上下恬嬉。二人觉得这个局面无异厝火积薪之下，大祸到临，即在眉睫。大明江山真是岌岌可危了。虽闻崇祯帝是个英主，可是朝廷大臣都是颟顸无能之辈，泄泄沓沓，苟安旦夕，不把国家大事放在心上，叫崇祯帝虽有平乱之心，而无股肱之臣，又何济于事呢？二人在北京逗留一日夜，因欲早至宁远，所以立即上道出塞去。这一天早到得宁远城。

这宁远在那时是关外的一个重镇，明朝对付满洲国的侵略，故在此地驻扎重兵。满洲国主爱新觉罗·努尔哈赤取了沈阳之后，复率大兵攻宁远。初时是巡抚袁崇焕驻守于此，足智多谋，守备严密。努尔哈赤围攻多时，终不能攻下宁远，反为炮火所伤，不由长叹道：

"朕自二十五岁兴兵征伐以来，战无不胜，攻无不克，怎样对于这区区宁远一城反不能下，岂非天意吗？"

他非常忧闷，不得已收拾而退，不多时，竟就此病死。后来，明朝听信离间之言，屈死了袁崇焕，自坏长城，也知此地的重要，不久即由总兵吴三桂驻守。然而敌兵已逼，关内又有流寇

144

之乱，吴总兵在宁远也没有什么特别的建树。许靖和柳隐英一边观察形势，一边访问消息。先投下客寓，把行李安放下，然后问到总兵府衙门里来，向守门禁卒问询张苍虬、陈飞二人的踪迹。真是再巧没有的事，鸾铃响处，有一虬髯大汉，一马奔辕门而来。许靖回头一看，正是张苍虬，便走上前叫一声大哥，张苍虬不防到许靖会来此间，低头瞧见了故人，连忙跳下马来，和许靖一握手，说道：

"贤弟别来无恙，今日怎会到关外来的？"

许靖答道：

"说来话长，待小弟缓缓奉告。陈二哥现在哪里？"

张苍虬道：

"他大概在衙门里，比俺先到。贤弟且随俺进去相见。"

许靖点点头，说一声好，遂介绍柳隐英和张苍虬见面。张苍虬听说是许靖的朋友，又见柳隐英相貌俊秀，和许靖一块儿立着，宛似玉树双辉，当然也另眼看待。牵了马，陪伴着二人，一齐走进总兵府衙。张苍虬将马交与一个小兵牵去，自己引导许柳二人穿过总兵大堂从廊下走到一间室中去。那边是一个办公室，张苍虬不欲惊动众人，走至室门，向里面一招手，陈飞早已跑了出来，张苍虬对他哈哈笑道：

"二弟，你看什么人来了！"

把手向许靖一指，陈飞早说道：

"哎呀！原来是许靖贤弟来了，难得难得。"

许靖也上前行礼，叫一声二哥。张苍虬又引他们至会客室里坐定，许靖又代柳隐英和陈飞介绍过，柳隐英见张苍虬相貌英武，不啻当年风尘三侠中的虬髯客，而陈飞也是状貌魁梧，果然是杰出之士，自幸此行不虚。许靖开口说道：

"二位老哥近来谅必飞黄腾达，十分得意，别后无日不在思念。今日弟兄重逢，非常快活。"

张苍虬道：

"岂敢岂敢！俺也无日不思贤弟与李三弟，为什么他没有和你一同来呢？贵乡地方安谧吗？"

许靖叹口气说道：

"我等虽然分别不久，而其中已是大有沧桑，足增感喟呢！"

便将张苍虬、陈飞离开杞县后的情状，从青石山土匪红娘子攻城，李信被掳，以及自己投军代州，血战宁武，并和柳隐英如何结识的经过，很简略地奉告一遍。张苍虬和陈飞坐在一旁听，忽而大笑，忽而哀叹，忽而手舞足蹈，忽而痛哭流涕，尤其对于周遇吉将军的死守宁武，杀身成仁，感动到极点了。末后，许靖又把自己和柳隐英来此投奔的志愿略述一下，且欲托张陈二位进言于吴总兵，收录帐下。张苍虬点点头道：

"这事情在俺身上一定可以成功，现在正是用人之秋，难得二位来此，正可勠力同心，共扶王室。不过吴总兵不在此间，柴英游击亦未便做主。稍待数天，吴总兵便要回来，再当介绍进谒。"

许靖道：

"有谢二兄费力了。"

张苍虬又道：

"贤弟和这位柳君远道来此，必然鞍马劳顿，要休息一下。此地不便畅谈，且请二位随俺到营房中去坐坐，待俺和二弟预备一些酒菜，为二位洗尘。"

许靖并不客气，说道：

"很好很好。"

张苍虬、陈飞遂又引着二人离了总兵衙门，走回东城营房里来。他们的营房是在玄坛庙的背后，建造已久，房屋半新半旧，插着许多旗帜，营门口有守卒站着，外观也很雄壮严肃。张苍虬、陈飞陪二人进了营门，却从左边小径里绕道走到他们私下休息之处，是一间很宽畅的屋子，陈设虽然简陋，地方也还清洁。张苍虬请许靖、柳隐英在椅子里坐下，他就唤过一名马弁，叫他去端整酒肴，一会儿，酒肴已摆上，正是进食的时候，许靖腹中饿了，也不客气，和柳隐英坐上去一同吃喝。张苍虬又问起李信的消息，许靖尚没有知道李信落草的事，也说音信不通，不知死活存亡。张苍虬和陈飞都不胜叹息，他们以为李信必已凶多吉少，谁知道李信正在青石山上和红娘子新婚燕尔，称雄绿林呢！许靖又向二人问起近况，张苍虬答道：

"俺们赶奔到这里后，和俺朋友柴英相见。他在此当游击之职，见俺应召而来，十分欢喜，遂引俺二人去见吴总兵。那吴总兵确是风流潇洒，不是粗笨之辈，镇守此间，尚能和满洲相安无事。满洲因闻吴总兵英名，遂也不敢妄启战衅。部下一万多人，进可以战，退可以守，尚可称一声劲旅。俺们二人蒙吴总兵委任把总之职，虽得枝栖，却恨尚无机会可以一试俺们铜筋铁肋。鞑子早晚若来侵犯，俺必要杀他一个畅快呢！"

许靖听说，便和柳隐英向张苍虬、陈飞二人各贺一杯，他又向张苍虬说道：

"我和柳兄弟到此，也无非想为国家出些力，为自己干一番功业，既然吴总兵当世英俊，足可依附，我们也安心居此，愿随二兄之后，共执干戈了。但不知吴总兵此刻到什么地方去的，何日归来？可有什么要事呢？"

张苍虬道：

"此次吴总兵是奉召进京的，昨天有信息传来，说皇上已封吴总兵为平西伯，倚畀很重。吴总兵感于知遇之恩，必能不惜肝脑涂地，锐身报主的。待他回来，当有鸿猷可闻。"

陈飞道：

"我等闻关内流寇之势已成燎原，常欲吴总兵奏准朝廷，调兵剿匪，扑灭心腹之患。可惜吴总兵未能促成此议实现呢！"

许靖叹道：

"内乱固是可忧，而外患亦未忽略。满洲其势方在日隆，封豕长蛇，荐食上国，野心勃勃，伺隙而动，恐怕吴总兵也轻易不得移动呢！"

柳隐英也点头称是。唉！他们四位英雄忧心国事，正在关外谈论形势，对于吴三桂有很大的希望，哪里知道，在这个四郊多垒、九州杌陧之际，风流儒雅的吴总兵正在京城里哀丝豪竹，选舞征歌，迷恋着一位绝代佳人呢！

第十四回

圆圆小字娇罗绮

这时，正是暮春三月的天气，江南草长，杂花生树，温和的艳阳照在原野，田野里绿的、红的、黄的、紫的，如锦如霞，好似铺着彩色的地毯。天空的流莺载飞载鸣，婉转悦耳，歌唱出大地之春。

在那姑苏城外横塘一片清水，岸芷十里幽香，河面上有一只画舫，在青山绿水中欸乃地行着，正驶向灵岩山去。舟中前舱里正有一个十七八岁的吴宫娇娃，风鬟雾鬓，绮裳翠袂，体态甚是轻盈艳丽，从篷窗中露出伊的俏面庞来，眺望着对面的狮子山。鹅蛋的脸，不肥不瘦，丰润明洁，淡淡的蛾眉，溶溶的秋水，琼瑶一般的鼻子，桃花似的两颊，衬着一张圆而小的樱唇，真是增一分太长，减一分太短，好似老天故意凭着他化工的灵技，将山川灵秀钟毓之气制造出这一位千娇百媚的好女儿来。在此兵荒马乱的时代里，演出一些销魂蚀骨、恨绮愁罗的事迹，为一页国家兴亡史上加以点缀，所谓"全家白骨成灰土，一代红妆照汗青"了。而在伊的身旁，和伊并肩则立的，尚有一位二十左右的美少年，指点着远山近水，且笑且语。这一对人间眷属，无异天上神仙，到底是什么人呢？

原来，这时候北地胭脂，虽然俊俏，却终不及江南金粉来得妩媚。时世虽尽是极攘不宁，而梨园乐籍依然是弦管嗷嘈，粉饰太平，尤其在秦淮河边、姑苏台畔，灯火楼台，船舫箫鼓，穷极繁华之致。一班宗室王孙翩翩裘马，以及乌衣子弟，湖海滨游，往往挟弹吹箫，走马章台，琼筵开时，传呼乐籍，罗绮芬芳，行酒飞觞，真有胡帝胡天，此乐何极之慨！在一群吴娃之中，便有一个天仙化身的好女子，姓陈名沅，小字圆圆，本是玉峰人氏，自堕青楼，惊鸿绝艳，推为个中翘楚。不要说江南地方，便是北至幽燕，南及闽越，"陈圆圆"三字艳名，挂人齿颊，伊的醉人魔力可想而知了。但是道高一尺，魔深一丈，那时候垂涎于伊的人至为伙颐，富商大贾、公子王孙、文官武人、缙绅名流，莫不以得美人青睐为荣。便有一个狎邪少年，姓高的，是寻花问柳的健者，家中娘妾很多，无一不厌故喜新，朝爱暮弃，大家都代他起个别号，唤作花蝴蝶。圆圆见他到妆阁里来时，便觉头痛，常说他的一种伧俗之气令人见之作三日呕。花蝴蝶未尝不有自知之明，然而他爱慕圆圆，总是要来向伊纠缠不清的。岂知美人心目之中别有系恋，情之所钟，男女同然，有不期然而然的，此中因果也难索解呢！圆圆所恋的便是城中的清河少年，别号惜玉词人的，曾与他有啮臂之盟，词人风度翩翩，大才槃槃，笔下有韩潮苏海之名，而所作词尤其戛金戛玉，可以媲美宋之柳永。圆圆既佩其才，又爱其貌，芳心倾倒，不能自持。因此那花蝴蝶便把词人看作眼中之钉，视为情场中的劲敌，可以阻碍他的成功的。圆圆也未尝不知有人妒羡，故意托病，将香巢迁至横塘，使人难于问津。哪里知道登徒子之流仍是闻风而来，怎让圆圆有喘息的机会？但假母心里却未尝不想利用着这个，好使钱树子开花，坐收其利呢？惜玉词人因得玉人青睐，所以依旧常到妆阁里来亲近芳泽。

今天圆圆被词人邀约作灵岩之游，二人在舟中饮酒赋诗，赏心乐事，真是其喜洋洋。船到灵岩，二人舍舟登岸，雇了两乘肩舆，上山去游玩。天气晴和，游屐甚众，许多人瞧见了这一双璧人，哪一个不目眙神往，惊为何处来的神仙眷属。有识得圆圆的，都在背后纷纷讲起伊人的艳闻。惜玉词人和陈圆圆在山寺里烹茗憩坐了多时，因为看他们的人太多，所以走开去。

二人正在响屧廊边徘徊玩赏，忽见东边山径上来了一伙人，前面走着几个家丁，吆喝着，叫旁人闪开一边，背后数人都是衣冠楚楚的绅士们，簇拥着一个六旬老翁，身穿红袍，腰围玉带，举止容态，非常华贵，操着北方话，一定是京中来的贵人。又瞧侍奉老翁的一伙人中却有一个油滑的少年，圆圆认得此人就是花蝴蝶高奇，心里不免有些惊疑，暗想：这厮怎么认识如此的贵人？连忙背转脸去瞧着岩石下的一株古松，默默无语。惜玉词人却还没觉得，仍和伊说说笑笑，但是这时候花蝴蝶早已瞧见圆圆，即使圆圆不回过脸来，而伊的婀娜的腰肢，美丽的背影，花蝴蝶只就眼角上一带就认得伊了。

这一伙人渐渐走近身来，那老翁左顾右探，忽然瞧见了圆圆的情影，不由站定身躯，对圆圆详细地凝视了一下，回顾左右，啧啧称赞道：

"对面这位美人儿真是生得倾国倾城貌，绝世佳姿，我见犹怜，不知是谁家名媛？"

老翁这样问了一声，花蝴蝶早在旁边很凑趣地说道：

"老大人，这位佳人并非香闺名媛，却是青楼艳姬，名闻江南的陈圆圆。"

老翁摩挲老眼，点点头道：

"原来便是圆圆，老夫在燕京也久闻艳名，今日邂逅，得睹仙姿，眼福不浅呢！"

老翁说罢，又哈哈一笑，众人也附和着笑起来。圆圆听了这笑声，不由打个寒噤。惜玉词人见了这些人，也自觉有些不妙，实在圆圆的美色太能吸引人了，遂挽着伊的玉臂忙从半边山路里走回去。圆圆眼角上还隐隐瞧见花蝴蝶指手画脚地同那个老翁讲话呢。二人急急走至轿停歇的所在，圆圆对词人说道：

"你没有瞧见吗？方才一伙人目灼灼地尽向我看，那老头儿不知是哪里来的贵人，瞧他的神气很是尊贵，一定官儿做得不小。还有其中一个浮滑的少年，就是那花蝴蝶，你知道此人近来十分恨我啊！"

词人听了，立刻眉头一皱说道：

"花蝴蝶我也见过他一面，我知道的，此人对于你很不怀好意。"

圆圆道：

"是啊！我们移家横塘，也就是为了他。"

词人又向东边望了一望，见那伙人站在响屟廊边，似乎又要向这里走来的模样，遂说道：

"我们回船去吧！"

于是二人坐上山轿，叫抬山轿的乡人抬回船去。当他们下山时，见山麓停着许多车马，以及许多卫从舆台人等，始知那游山的老翁果然是位大有来历的贵人了。又见苏州太守坐轿而来，料知是上山去伺候那贵人的。

二人连忙回到船上，吩咐舟人返棹。正在申牌时分，红日尚未衔山，河波映着阳光，鳞鳞然作金黄之色。没有日光的地方，又是澄碧如秋罗，映照如图画。有一艘放鸭子的船迎面摇来，水面上有一大群鸭，很有秩序地浮游着，呷呷地叫个不绝。词人指着对圆圆说道：

"春江水暖鸭先知，这一群鸭又是何等可爱，大有画意！"

圆圆笑道：

"非但大有画意，而且很富诗情呢！"

词人遂在舟中作起诗来，圆圆代他磨墨。一路回转横塘，词人已成诗二十首，真有袁虎倚马之才了。这夜，词人在圆圆妆阁里吃了晚饭，喝得醉醺醺的，方始坐舟回城。这天夜里，圆圆睡梦中还像在山上游玩，转瞬不见了词人，天上忽然涌起一团乌云，大风刮得呼呼地响，好似要下阵雨的样子。伊心中正在慌张，忽见花蝴蝶领了一伙人从山下跑上来，手里拿着兵器，又像是一群强盗，要来劫夺自己。伊惊极而号，醒来时乃是南柯一梦，吓出一身冷汗。想想这梦很是不祥，既而想梦由心生，这是因为自己日间遇见了花蝴蝶，心里不大愉快，故有这梦，勉强镇定着心神，重复入睡。

次日上午，天气忽又阴霾，像要下雨的样子。春天的天气本来是变幻无常的，晴雨无定，昨日今朝大不同了。圆圆早晨起身后，梳洗毕，用过午餐，便坐在书桌前，取出惜玉词人昨天舟中所咏的二十首春游诗的草稿，一首一首地重录在浣花笺上。圆圆的小楷写得非常秀丽匀洁，足见伊的兰心蕙质了。

下午，窗外帘纤细雨，花木全湿，圆圆估料词人今天不来了，最好别的客人也没有来，可使自己休息休息。谁知傍晚时，伊的妆阁里忽然来了一位贵客，当他来的时候，门前驺从如云，声势赫奕，左右邻居都很惊奇地探问那位贵客是谁。圆圆的家人奔走不遑地伺候佳宾。但是圆圆一见这位老翁，认得就是昨天在灵岩山上相逢的那位贵人，不由心里一怔。更使伊大大憎恶的，就是紧随着那老翁身后的一个少年，乃是伊避之若浼的花蝴蝶，伊心中十二分不愿意去招待这些客人，可是伊究竟是青楼中人，吃了这碗饭，上门来的客人不能回绝，或是得罪的，何况那位贵人更是不能不和他敷衍的了，因此强颜为笑，抑住不欢的情绪，去和他们周旋。坐定之后，老翁对着圆圆，从头至足，仔细看了个饱，说道：

"'圆圆'两字，娇小罗绮，香艳极了，老夫在京中久闻芳名，今日扫墓南下，小游灵岩，想不到蓦地相逢，前生有缘，所以冒雨而来，亲趋妆阁，愿尽一夕之欢。谅聪慧如卿，必不峻拒的。"

圆圆听老翁初见面便称呼伊卿，心里老大不愿意，低着头没有回答。花蝴蝶却在旁边插口道：

"圆圆，你知道今夕来的贵客是谁吗？这位就是当今皇上的国丈田宏遇，此次到江南来扫墓。我与国丈忝有葭莩之亲，所以昨日一同遨游灵岩。国丈一见你的娇容，惊为洛水宓妃，人间罕有，再三向我探听你的香巢所在。今日虽是春雨霏霏，他老人家也十分有兴地叫我陪着他来访问你。圆圆，你须要好好地伺候贵人。"

圆圆没有回答时，田宏遇早又哈哈笑道：

"这也不必拘束，我们是有兴而来，总要彼此快乐，不必当我什么贵人，一存这个心便少佳趣了。圆圆，你说我的话对不对？"

圆圆道：

"大人说得真对，小女子能邀青睐，骀唱在门，这是荣幸的事。"

田宏遇道：

"好好，老夫今夕要在你妆阁里痛饮数杯了。"

旁边相陪的几个人都说：

"国丈兴致不浅，我等理该一同快活，也代圆圆热闹一下。"

遂吩咐假母快去预备酒肴，假母自然奉命维谨，赶快去办。田宏遇在圆圆房内握着圆圆的柔荑，又说道：

"白发红颜两相欢，老夫与你缘分不浅。"

一边吟着壁上诸名士题咏的诗联，啧啧称美不绝，众人一味附和，博他的欢喜。一会儿，小婢掌上红灯，假母和下人上来，摆好酒席，田宏遇老实不客气地正中坐下，花蝴蝶等列坐相陪。圆圆坐在田宏遇的身边，斟过酒，田宏遇举起酒杯笑捋银须，喜滋滋地喝酒。早有乌师上来，一理琴索，圆圆唱了几支小曲，珠圆玉润，燕语莺啼，好听极了，田宏遇击节叹赏。众人见他这样高兴，更是用好话奉承。圆圆在旁冷眼瞧着那花蝴蝶，凑巧花蝴蝶也在瞧伊，一双阴险的目光竟使圆圆不寒而栗。伊知道田宏遇之来，一大半的主动力都是那厮做的牵线，恐怕那厮已知道我和词人的关系，起了妒心，有意引出这个拥有大势力的国丈前来，要想拆散我们的良缘吧！那么自己怎样去对付？圆圆这样暗暗忖度，田宏遇忽然对伊带笑说道：

"美人何思之深也！你方才唱的歌声余音袅袅，尚在老夫的耳边呢！"

圆圆给他这么一说，只得抬起头来说道：

"下里巴人之曲，鄙俚不堪入耳，大人如此称赞，愧煞小女子了。"

田宏遇颠头播脑着，又说道：

"此曲只应天上有，人间哪得几回闻？实在是你的歌喉佳妙，并非老夫虚誉。"

花蝴蝶在旁说道：

"既然国丈喜欢听，圆圆可以再歌数阕，也使我们多得些耳福。"

众人早又鼓起掌来，于是圆圆不得不重又曼声而歌了。圆圆一再清歌，田宏遇于击节之余只是瞧着伊，张开着嘴合不拢来，因此酒也吃得多了，渐渐有酩酊之意。依着他的意思，要想就在圆圆妆阁中住宿，因窗外雨声滴沥不止，不高兴回城了。但是，陪来的众人以为国丈是贵人，须处处留心着，不可出一些儿岔儿的，若让他栖止在外，不甚稳妥，倘有疏忽之处，吃不了这个干系的，所以大家劝他回去。于是这六十老翁带着七分醉意，跟跟跄跄地经众人扶着，离了圆圆妆阁，依然坐舟回去。好在横塘到城中，路是很近的，片刻可达。临去时将一百两银子犒赏了假母，又许圆圆明日重来。假母等以为圆圆得侍贵人，荣幸万分，谁又知道圆圆的心中宛如莲子一般苦呢？

次日，天色已晴，惜玉词人上午就来，带了数盒香粉和几样圆圆爱吃的东西，还有一本《疑雨集》送给圆圆。他和圆圆见面，还没知道昨晚的事，他说，昨天因为下雨，家里来了亲戚，以致不能前来，问圆圆可有什么别的客人。圆圆便将田宏遇来此的事告诉一遍，娇靥上现出忧愁的形色。词人听了，心中也十分踌躇，因他也探听得田宏遇扫墓游苏的事，且知那位国丈年纪虽老，而是个好色之辈，他见了圆圆这样天生佳丽，安有不动心的？况又有花蝴蝶在内，这件事很有几分尴尬呢！所以，他也沉默了半晌，没得话说。圆圆瞧左右无人，便低声对他说道：

　　"我瞧花蝴蝶不足虑，所患的就是那个老头儿。他是有财有势的贵人，听说他邸中女乐甚多，万一他对于我生起野心，而想迎我回去，那么叫我伶仃弱质，如何去拒绝呢？假母只是要钱，有了黄金到手，张三李四，伊都不管了。我的心实在很不安定，可能告诉谁呢？今天你若不来，我本要叫人来请你了。你看怎么样？倘然你有法儿的，我才得到安慰呢！"

　　词人听了圆圆的话，把手搔着头皮，叹口气说道：

　　"圆圆，我当然不愿意你有什么意外的事，只是你我的事，我的母亲已有允意了，而我父亲尚是通不过，非待我秋闱及第后不能实现，所以我只得迟迟等待，预备一举成名，而我们的良缘也可如愿以偿，父亲不至于反对了。现在时候，我怎能去向父亲启齿？况且若要使你脱离乐籍，非得在你假母面前大大花一笔钱不可。阿堵物又岂咄嗟间能办的呢？"

　　词人说毕，又长长地叹了一声，两手频频搓着，徒唤奈何。圆圆道：

　　"前天悔和你作灵岩之游，否则不会遇见那田宏遇了。"

　　词人说道：

　　"也没用的，田宏遇此来，安有不想一访江南佳丽？你的芳名久已噪遍东南，他岂有不知之理？何况又有那花蝴蝶在那里怂

156

恩呢？花蝴蝶因为妒忌我们的恩爱，本来要想法儿来破坏我们，即使不在灵岩相遇，他也要引至你处来的。"

圆圆把纤足一顿道：

"那厮太可恶，难道该是我命宫魔蝎吗？你爱我的，万一不幸而所虑者竟成事实，我们又将怎样？还是未雨绸缪的好，你竟想不出好法儿吗？"

圆圆说着，声音有些微颤，泪盈盈承睫，几乎要哭出来。词人见伊这样，自己一时委实又无良计，心中难过得很，宛如有针在那里刺着。一会儿以手搔头，一会儿握拳击桌，又好似热锅上的蚂蚁一般，良久，迸出一声来道：

"这……这……这如何是好呢？你不好再迁居吗？"

圆圆见他窘迫如此，又可怜，又可恼，眉头一皱，然后说道：

"依我只有一个办法，就是我和你在明天晚上一同离开这里，和他们避不见面，田宏遇也就奈何我们不得了。"

词人听了圆圆的话，将信将疑地说道：

"你的计策虽好，但我怎样和你这么一走？你们家中人不要加我诱逃之罪吗？若然告诉了他们，你假母又怎肯让你跟我走呢？况且我家里人也不容许我如此的。"

圆圆叹道：

"你太胆小了，我肯随你走，也不是容易的事啊！古时红拂女私奔李靖，不也是这样吗？你若是怕受累的，我们暂时走匿，待他回去以后，再行出面。只要临行时暗留一个信息，就无罪了。只算我和你到杭州去烧香的，他们也不能说别的坏话，而在田宏遇面前也好推托了。你今日回去后，携带一些衣服用具以及书籍，雇定一艘小舟，明日午时即来我处，把船歇在桥北，吩咐舟子悄悄地等候着，待我今夜料理一些细软，随你同行。不瞒你说，这几年我私下也积得不少缠头之资，请你不用多虑吧！挨至明天夜间，我们可以背着家人从后户出走，料他们不防的。你以为这样办可好吗？"

词人见伊既有胆，又有智，不由点点头道：

"此计很好，我准和你同行，你一个女子尚肯如此，我岂有不愿之理？可惜你虽是个红拂第二，而我很惭愧不能学做李靖呢！"

圆圆微笑道：

"舜何人也？予何人也？有为者亦若是，你没有读过这几句书吗？有志者事竟成，只要你能立志，何事不可为呢？"

词人被伊这样激励着，不由转悲为喜，左右一看没有旁人，情不自禁地一抱圆圆的纤腰，在伊的粉颊上轻轻吻了一下。圆圆对他娇嗔了一下，正要开口，忽见小婢匆匆跑上楼来说道：

"田国丈来了！"

圆圆连忙对词人说道：

"老头儿又来了，真讨厌！我知道他一定对我不怀好意的，请你暂时避开的好，免得见了面彼此不便，不得不有屈你了。"

词人道：

"我也不必躲避，就此回家去了。待我回去后摒挡一切，明天一准预备船来接你同去吧！至于到什么地方去，明晚再行详细商定。"

词人说到这里，楼下已有人声，马上别了圆圆，下楼而去。惜玉词人走后，田宏遇已上楼，他今天只带二三侍从，花蝴蝶没有同来。圆圆稍觉安心，遂打叠起精神去招接他。田宏遇送上几样珍珠首饰，对伊带笑说道：

"昨天我没有什么赠你，现在只带这一些珍珠，你如喜欢的收了吧！我很爱你明慧异常，你如喜欢到燕京去一游，我就携你同往，因我不久便要北返了。"

圆圆听了他的话，心里怦怦跳动，嘴面上只好向他道谢，且说现在身体不甚健强，燕京路途遥远，恐弱质不堪跋涉之劳，且俟异日，倘有机缘，必当趋候起居。田宏遇哈哈笑道：

"我若接你同行，一路自有人照料，绝不使你疲乏的，你又何必要俟诸异日呢？老夫邸中金钗十二，女乐成行，可比当年牛僧孺，惜乎还缺少一个女记室。像你这样绛仙才调女相如，真是难得，你若肯随老夫同去，一定可以独冠群芳，老夫必不有负于你的，未知你美人芳心如何，要嫌我老耄吗？"

说毕，又是哈哈一笑。圆圆听了田宏遇的话，又听他的笑声，心中非常害怕，暗想：我只要敷衍你过去，到了明天晚上，我和词人悄悄一走，鸿飞冥冥，弋人何篡，你虽有财有势，也奈何我不得了。所以，伊对他说道：

"恐怕贱妾没有这种福气吧！想邸中必定美姬众多，像我这种蒲柳之姿，岂足并列？"

田宏遇又笑道：

"哎呀！你不要这样自谦。我家虽多红粉，岂能及你？你不信时，随我往家中一看，自然知道了。老夫要推你天下第一美丽呢！"

圆圆听他越说越近，便不敢再说下去，却去取了小刀，削一只雪梨给他吃。不料这时候花蝴蝶又来了，圆圆愈是不欢迎他来，他愈是要来，圆圆背地里暗暗诅咒。田宏遇带笑对他说道：

"你怎么来得迟缓？"

花蝴蝶道：

"小子已来了些时了！"

说着话，他凑在田宏遇耳边低低说了数语。田宏遇点点头道：

"很好，很好！我明白了。"

田宏遇虽然明白，然而圆圆愈不明白。伊不知花蝴蝶葫芦里卖什么药，但料他当着自己的面，鬼鬼祟祟的，一定有什么阴谋要捉弄自己，不可不防。伊心里更把花蝴蝶憎恨，只望快快到了明晚，自己早和惜玉词人破壁飞去，那么可以逃过这个难关了。花蝴蝶见了圆圆，依然姑娘长姑娘短地和伊闲谈。圆圆以为这种人只好佛一般地待他，贼一般地防他，不得不稍假辞色。田宏遇坐在圆圆妆阁里，犹如刘郎入了天台，喜滋滋地留恋不去。晚上，又在楼上摆席，命圆圆侑酒唱歌。别的客人来时，都被假母婉言回绝，大家闻得田国丈在此，只好退避三舍。圆圆恐怕明晚田宏遇再要来时，伊和词人便走不成了，因此伊故意约田宏遇于后日再来欢饮。且言明日下午自己要到穹窿山去烧香，恐不及往返，也许要在山上住一夜了。花蝴蝶闻言，冷冷地说道：

"陈姑娘要烧香吗？我看在燕京伟大的庙宇很多，尽可以到那边去烧，不必往穹窿山去了。"

圆圆听了这话，不由一怔，伊也不去问他为什么缘故，却笑了一笑道：

"这是我许的愿，所以要紧还去。"

花蝴蝶笑笑道：

"不错，姑娘的心愿大概是希望嫁一位贵人，终身享受富贵。要遇见贵人而使贵人欢喜，确乎不是容易的事。姑娘，你的心愿早晚要偿了。"

田宏遇又哈哈大笑，摸着他自己的胡须。圆圆听了花蝴蝶的话，实在忍不住了，暗骂一声："促狭鬼，偏喜说这种尴尬话，算你会得谄媚贵人吗？待我明晚和词人一走，看你又能奈何我？"

遂淡淡地说道：

"高公子，你不是我肚里的蛔虫，怎么知道我的心愿？你以为女子都是贪图富贵的吗？"

这句话也是圆圆有意反攻他一句，不过当着田宏遇的面，不能畅言无忌罢了。但花蝴蝶仍是嬉皮涎脸地说道：

"虽不中，不远矣！圆圆姑娘，我最好做你肚里的蛔虫，住

160

在美人心坎中，只恐你不许呢！"

圆圆听花蝴蝶这样说，脸上一红，别转脸，不去还答他。田宏遇却举着酒杯畅饮，直至黄昏人静方才别去。圆圆的假母送出门外，花蝴蝶又和伊悄悄说了几句话而去，这是圆圆不知道的。圆圆今日又被田宏遇、花蝴蝶缠扰多时，心里老大不愿意，且觉田宏遇很有意于伊，花蝴蝶又在旁边多方怂恿，这是十分危险的，幸亏自己和惜玉词人早有默契，定明夜便要出奔，可以避免田宏遇的眷恋了。所以伊在夜半时候，背着人暗将自己箱箧里所藏的珍珠金银，以及贵重衣饰，细细检点，收拾在一只箱子里，因为太多也不便携带的。直至四更过后，方才上床去睡。及至一觉醒来，已是处处啼鸟，日影上窗。徐徐起身，梳洗毕，刚才用过早点，只见伊的假母走上楼来，坐在伊的对面，脸上露出尴尬的面容，眼眶中隐隐有些眼泪盘旋，口里嗫嚅着，好似有话要和伊说。

圆圆瞧着假母这种情景，芳心顿起狐疑，估料必有什么不利于自己的事来了，忍不住蛾眉紧锁，向伊的假母详询究竟。

第十五回

何处豪家强载归

圆圆的假母叹了一口气，对圆圆说道：

"我和你相处日久，你无异于我亲生的女儿，母女之情十分深切，所以虽然外面有许多人很想娶你回去，我总觉不舍得和你分离，轻易不肯答应的，现在我不能做主了。"

圆圆一面听，一面心里怦怦地跳着，忙说道：

"母亲说的什么，我不懂，怎样母亲不能做主呢？"

假母道：

"我老实告诉你吧！就是那位田国丈慕名而来，在此间喝了两回酒，不知是什么因缘，他年纪虽老而心不老，爱你的姿色无双，所以要把你赎身出去，随他至京，奉侍巾栉，任何身价他都肯出，一定要我答应……"

假母的话还未说毕，圆圆恍如触着雷电，全身不由一震，从伊樱唇里发出哎哟一声，双目向伊的假母紧瞧了一下，把两手扶着桌子，立起身来，问道：

"田宏遇，那老……老头儿，果然有意于我吗？那么你可曾答应他们？几时同你说的？为什么昨晚你没有告诉我呢？奇了！奇了！"

圆圆这时候仍有些将信将疑，心中好似辘轳上上下下。假母叹道：

162

"你不能怪我的，这件事昨日下午高公子和我在楼下说的。他说奉田国丈之命来此做媒，问我要几多身价钱，准备代你赎身。那时我就说必容我同你商量后方可答复，他便说此事只要我做主，不许我和你商量，也不许我在昨天告诉你。他一定要我答应，且说如若不应时，触怒了国丈，立刻可以吩咐官中来封闭我的门户，强逼我交出你，反而一文钱也得不到手的。他拿这样大的势力来压迫我，所以我只得答应了。八千两银子是他们许我的，我也不敢开口要多少。须知我怎舍得和你一旦远离呢？"

圆圆听了这话，咬紧银牙，又问道：

"那么他们几时要来迎我前去？"

假母道：

"就在今天午时，昨晚临走时高公子和我约定的。他再三警戒我，非至今日他们来的时候，不可在你面前泄露一声，这是恐怕你要反对之故，今天我实在忍不住了，所以要和你说明一声。"

圆圆一听这话，不由身子直倒下去，颓然地坐在椅子里，耳边金声大鸣，眼前恍恍惚惚的有些昏眩，喉咙里又像有物鲠塞住一般。假母见伊这个样子，便又说道：

"我知道你听了这消息一定要不快活的，所以始终不欲告诉你。然而今天以后，我们即将分别，又怎能不和你说几句话呢？请你千万要珍重身体，不要忧闷。到贵人家里去，一定可以优游度日，大富大贵，比较寻常人家总是远胜。只要国丈宠爱你，福气无双了。"

假母这样说，似乎是安慰伊。可是圆圆又气又恨，又悲又痛，暗想：昨晚花蝴蝶和我说的话果然是大有意思的，可惜我因和词人有了预约，没有细察。谁知他们竟有这么一着棋子？明明是恐我反对不从命而如此的，可惜我和词人的约已嫌太迟。万一他们先来了，那么我便走不成了，这叫我如何是好呢？此时圆圆急得无计可施，良久良久，伊方对假母说道：

"田宏遇若是要我去时，断无如此急促之理，再迟二三天也无妨，怎么可以突如其来的呢？少停他们来时，请你相助代我一同向他们商量，务须稍缓时日，否则我也断难就此仓促随他们去的啊！"

假母皱着眉头说道：

"我自然可以这样说，但他们听不听，我却不能做主的。你想，当今皇上的国丈，要我们青楼中一个女子，这岂不是轻而易举的事吗？他的势力天一般大，我们有什么力量反对呢？"

圆圆道：

"国丈国丈，他做了国丈，总不能如虎狼般吃人！你今天告诉我，迟了迟了，我只恨你为什么不早早告知我！"

假母道：

"好小姐，你要明白，他们对我这么说，我怎敢违背？就是昨夜告诉了你，也是别无方法想的，纵然是逃之夭夭，他们不好四处抓捕的吗？唉！这是小百姓的苦处。"

二人正说话间，忽听下面人声闹嚷嚷的，乃是田宏遇和花蝴蝶带着许多侍从同来了。假母慌忙丢了圆圆，下楼去迎接。田宏遇今日已把八千两银子带来，一封一封地都装在木匣内，交与假母，即日要迎圆圆前去。当他和花蝴蝶走上妆楼时，圆圆背转身立着，啼笑不得，痛苦万分。此刻田宏遇走上前去，一拍圆圆的香肩道：

"圆圆，今天我迎你回去了，我不忍你以倾国之貌沦落风尘，所以不惜以万金之资，为护花之铃，迎归京都，藏以金屋，谅你或不嫌我老朽吧？"

圆圆背转身来，低倒着头说道：

"多谢恩宠，但小女子虽愿委身以从，何不择一吉日以便从容动身呢？"

花蝴蝶早在旁说道：

"今天便是吉日良辰，国丈早已择定。我恭贺你们良缘天合，平添不少佳话呢！"

田宏遇也说道：

"本可稍缓，但因老夫乞假南下，为日无多，不宜多时留恋，故亟思及早赋归，一切自有老夫摒挡，卿只消随我同行便了。"

圆圆知道此事若无花蝴蝶在内，也许事情不会变得这么快，这么糟，自己稳可和词人远走高飞，避免人家劫夺的。现在他们竟用迅雷不及掩耳的手段，倒叫我难以对付了。聪慧多智的圆圆竟如热锅上的蚂蚁，无处可避，无法可施，呆呆地木立着，一句话也不开口。圆圆的假母此刻又走上楼，先向田宏遇拜谢后，然后说道：

"小女此番随国丈老太爷去，自然称心如意，百年好合。但据小女之意，最好稍缓一二日，略为料理一些家事，然后随行。可否请国丈老太爷开恩俯允？"

假母说这几句话，总算在圆圆面前有了一个交代，以免圆圆怪怨。圆圆趁势也说道：

"我母亲的话就是我要说的话，务乞宽予两天的期限，感德无量。"

田宏遇还没有回答，花蝴蝶早用他一双狡猾的眼睛向假母和圆圆面上各各打量了一下，抢着说道：

"圆圆姑娘肯随老大人同行，还有什么事要料理？今天是个吉日，不可错过。倘然有事，只消吩咐一声，自有人代办，一些儿也不用麻烦。须知国丈的光阴如同黄金，不是可以随便耽搁时日的，今天国丈已预备一艘彩船，已靠门外，何必迟延呢？"

田宏遇也说道：

"高贤侄说得甚是，老夫实在不能多耽搁了。圆圆你快快随我去吧，老夫一定不会亏待你的。"

圆圆听了他们的话，暗想：完了完了，我的计划已告失败了，恐怕词人此时尚未知道呢！急得玉容变色，泪承于睫，又恐被他们瞧见，只得低了蝤首，默默无语。田宏遇要紧迎伊回去，不欲多坐，便频频催促圆圆动身。逼得圆圆上天无路，入地无门，不肯更衣换装。花蝴蝶是个精灵鬼，他知道圆圆有些不愿，恐防好事难谐，遂对田宏遇眨眨眼睛，以目示意。田宏遇便凭着楼窗向下面喊一声："来人！"跟着便有四名女婢、四名家丁，一齐走上楼来，叫应了，站在一边，听候命令。田家遇便对四名女婢说道：

"你们好好扶持这位陈家姑娘到彩船里去，即在身边伺候，不许离开寸步。"

又对圆圆说道：

"好姑娘，你不要犹豫了，我绝不薄待你，快随我去吧！"

花蝴蝶在旁也催促着圆圆动身。圆圆无力抵抗，只得含着眼泪勉强答应，被四名女婢扶掖着徐徐走下翠楼。至于箱箧，伊也没有交代，花蝴蝶代为做主，将外面放着的两只箱了带了去，内中一只，就是伊昨夜预备的了。田宏遇十分得意，遂与花蝴蝶一同下楼。圆圆实在不愿前去，一步一回头地出了家门。水埠边早停着一艘挂着灯彩的官船，女婢扶着圆圆下船。

田宏遇等一齐到了船上，圆圆的假母也送至舱中，眼泪汪汪地要想和圆圆说话，但当着人面，不便说什么，只道一声珍重，而圆圆也把罗巾掩脸，万分伤心，不敢娇啼。田宏遇立刻要开船，遂催促圆圆的假母上岸，然后鸣锣开舟。镗镗的一阵锣响，彩船掉转身来，刚在启行之际，圆圆的假母和家人们尚立在岸上望着彩船，心里难过，但在对面又有一艘快船摇向这里来。船上立着一个儒巾的美少年，正是惜玉词人，他在家中预备好了，今天特地前来会晤圆圆，想和伊一同宵遁的，谁知这位绝世佳人已被强有力者捷足先登，强载而去呢？词人瞧见了那只彩船，心里已是一怔，又见圆圆的假母和陈家上下人等以及邻舍都站在水

166

边，独不见圆圆，更知事情不妙，船近时，他也不及登岸，早大声向岸上圆圆的假母道：

"圆圆姑娘在哪里？"

圆圆的假母还不知道词人此来是谋和伊的养女同奔的，伊也不便告诉，把手指指彩船，意思就是说圆圆在舟中，已被人家迎去了。词人跟着一看，船窗里隐隐有许多人影，他就大呼"圆圆！圆圆！"可怜圆圆虽在船舱里听得出词人的声音，但此时伊又何能和词人讲一句话？只恨这密约来得太迟缓了，以致误了大事，大概也是自己的命运如此，夫复何言？花蝴蝶听得呼声，开了窗，探出头去一看，他认得惜玉词人的，就一咬牙齿，大声说道：

"谁在这里大呼小叫？可知道田老国丈在舟上方载美人回去吗？休要惊动国丈，自取罪戾！"

花蝴蝶这句话明明说给词人，使他对于圆圆绝望，心里难过，也给自己吐一口怨气。但词人一听这话，他知道圆圆已被田宏遇夺去了，自己枉费心机，扑个空，不知圆圆又将怎样痛恨呢！自己眼望着这彩船，无力去夺回美人，从此希望完了，因心中一发急，哇地吐出一口血来，喊声"啊呀！"立刻栽倒在船头。可是那彩船已挂上一道大帆，两边还打着八把桨，飞也似的向城中驶去了。词人船上的舟子慌忙唤醒词人，仍旧载着他送回家去。

田宏遇等一行人回归城中，把圆圆送至客邸中去住，在伊身边常有人看守着。田宏遇重重谢了花蝴蝶，又用好话百计安慰圆圆。但圆圆心中的悲哀终是不能掩没，背着人暗弹珠泪。此时伊已如鸟入樊笼，一切失去自由，受人摆布了。田宏遇得了圆圆，如获至宝，因假期将尽，急欲返京，所以携圆圆离去吴门。一路安然北上，沿途自有地方官吏照料护送。田宏遇在车轮船滑之间，想尽种种方法，博圆圆的喜欢，欲使伊一开笑口。然而圆圆方痛恨自己命薄，无缘得侍才子巾帼，以致平空来了一个田老头儿，拆散伊和词人的姻缘，心中何等凄惶！侯门如海，陌路萧郎，恐怕自己今生和词人永无见面之期，所以山带离恨，水含别愁，旅途风景，益增愁怀。异方之音，不入耳之言，更是令人忉怛。

到得燕京后，田宏遇扶圆圆至府，上下许多人等一见圆圆明眸皓齿，翠眉朱颜，似这般可喜姑娘，实属罕见，都觉全家粉黛无颜色，又惊又喜，又妒又羡。田宏遇别辟数间红楼安藏圆圆，预备选个吉日，正式纳圆圆为姬人。不料他的女儿田妃闻知伊父亲新携江南美人陈圆圆回京，立刻差内监来请他入宫，说有要事面告。田宏遇不敢怠慢，马上进宫去见他的女儿，坐定后，田宏遇便说：

"我方从江南扫墓回来，尚没有来见你，且有几样土物，以及南方绣货送给你，不知你有什么要紧事情要和我谈？"

田妃道：

"听得父亲此次回家，曾迎得一位吴中佳丽，姓陈名圆圆的，欲纳为妾，此事可真吗？"

田宏遇不由微微一笑，点点头道：

"果有其事。我此番南下，在苏州小作勾当。一天有兴去游灵岩，恰巧遇见一位丽姝，惊为绝色，经人告诉后，方知这是艳名久著的陈圆圆，以后遂到伊楼阁中去盘桓数日，未免有情，谁能遣此？所以量珠载还，你要笑我做父亲的年老而心不老吗？哈哈！"

田宏遇说到这里，掀髯而笑。田妃含笑说道：

"食色天性，我知道父亲虽然年高，而一向自命多情的，一旦遇此佳丽，怎肯舍去？自然要想把伊藏之金屋，红袖添香了。"

田宏遇笑道：

"你说得不错，可谓知父莫若女了！"

又是一声哈哈。但田妃又对伊父亲说道：

"陈圆圆果是天生丽质，我说句冒昧的话，要向父亲告借这位佳人给我，不知父亲能不能允许我？"

田宏遇不明这话，不由突地一怔，对他女儿面上望了一望，笑着道：

"你是不是故意和你的父亲开玩笑？你不是男子，也是个女儿身，要向我借这位美人，又有何用？倘然你是我的儿子，我就不妨让与你也好。"

田妃听伊父亲说得如此慷慨，知他尚未明白自己心中的真意思，遂又正式说道：

"父亲，这并不是我和你说笑话，确是真的要借。明知这是对于父亲煞风景的，然而我也自有苦衷，不得已而为之，务请父亲允诺我的请求。"

田宏遇听田妃说得当真，大惊道：

"你不是和我玩笑吗？究竟是怎么一回事？我倒不明白了。"

田妃蛾眉紧蹙道：

"父亲，你不知道方今天下大乱，流寇势焰日张，陕晋豫蜀都无一片干净土，所以皇上为了此事，日夕忧虑，废寝忘食，好多时没有一丝笑容。我怕他忧损了龙体，如何治国？总想使他暂忘愁闷，稍寻欢乐，但也没得法儿。我们自信姿色平庸，怎及圆圆佳丽？何不就把圆圆献于皇上，博他的欢乐，解他的忧烦。倘然上心欢喜，我心亦安，父亲也有大功的，岂不胜于自己享受吗？"

田宏遇瞧了他女儿一眼，点点头道：

"你的话虽然很有意思，可是你也得想想，万一皇上宠爱了圆圆，便要冷淡了你，难道你自甘屏叶，一些儿不捻酸吗？不要悔之莫及！"

田妃道：

"这个当然我也考虑一过，我只觉得最要紧的是使上心欢娱，其他就好办了。即使皇上宠爱了圆圆，我想圆圆是我献进的，皇上赋性仁厚，绝不至于怎样地弃旧恋新，把我过于冷淡的。请父亲不要为我过虑，只要你同意我的请求才是大幸了。"

　　田宏遇膝下只有这个爱女，本来爱若掌珠的，何况自己的显贵还是靠了女儿的洪福。听女儿说得这样光明正大，忠心为国，自己虽爱圆圆，怎能不答应呢？他遂顿了一顿，然后说道：

　　"你说的话我总可以同意，既然你自己愿意如此做，我也愿割爱把圆圆献于皇帝。但愿皇帝眷宠圆圆，减少宵旰之忧，不负你的一片苦心便好了。"

　　田妃听他的父亲业已允许，双眉方才稍舒。父女俩遂约定先由田妃乘间向皇上进言，如得皇上默许，便叫人通知伊父亲。好让田宏遇将圆圆送入宫廷。他们又谈了一刻，田宏遇才告退出宫。回到自己的邸中，心里未免有些惘然，但一念及他女儿的贤德，自己倒万万不可私而忘国，有负今上了。但是，众家人却尚不知此事，正奇讶何以吉日迟迟还不选定，而圆圆也没有明白自己将入宫闱呢。

　　过了数天，田妃差心腹内监到来，告诉父亲说，伊已乘间向皇上说过，皇上虽说国事日急，无暇及此，但也没有表示拒绝，大概默许了，叫伊父亲即日可送圆圆入宫。田宏遇得到他女儿的通知，不敢稍缓，立即亲自跑到圆圆妆楼上去和伊说话。

　　那圆圆自从到了北京以来，终日愁恨，回首天涯，时时想念那惜玉词人，今生恐没有再见之日，而自己的一生也就这样断送在那老头儿身上了，心里实在一百二十分的不愿意，深深的痛苦有谁知道，也有谁来慰藉呢？且听田宏愚已在拣选吉日良辰，正式纳自己为妾，这也是那老头儿故意做得如此隆重，换了别人时，不论什么时候随他喜欢玷污就玷污了。人生不幸而为女儿身，做女儿而更不幸堕身平康，任人采折，不由自主，悲痛

170

何如？

这一天，伊正独坐妆楼，手托香腮，含悲自叹，忽见田宏遇走上楼来。伊以为老头儿是来报喜信的，勉强敛衽为礼。田宏遇在伊的对面坐下，侍婢送上香茗，田宏遇把手一挥，叫侍婢退去，他遂向圆圆说道：

"圆圆，今天我有一件很重要的事情来告诉你，大概你自己做梦也想不到的。"

田宏遇说了这话，把手搔着头。圆圆一想，这老头儿一心想我做他的姬妾，还有什么重要的事呢？遂剔着指甲问道：

"大人有什么重要的事？"

田宏遇道：

"我明白告诉你吧！我女儿近在宫中见皇帝时时忧着流寇，龙颜不乐，镇日价闷损在怀，无以为遣，遂和我商量后，要把你送入宫廷，献于皇上。因为你生得倾城倾国之貌，宛如忘忧之草，解语之花，必能使皇上喜欢，解去皇上的忧闷，所以老夫宁牺牲自己，而把你进献了。大概你也可以同意的吧！"

圆圆一听这话，果然是伊做梦也想不到的，虽然一入宫门，终身难出，伴君也如伴虎狼一样，不能轻批逆鳞，自取其祸。然而自己若嫁与这行将就木的老头儿，侯门深如海，不得见天日，也是断送了一生，两两比较，当然还是去侍奉圣驾好得多了。况闻当今皇上是一位有道的贤主，自己究竟是小民，得为宫妃，可谓出泥涂而上青云了，遂说道：

"谢谢大人的美意，只恐小女子闾巷小民，青楼出身，不知宫闱礼仪，如何去奉侍皇上？况使我且喜且忧了。"

田宏遇勉强一笑道：

"圆圆，你是聪慧的女儿，何忧不谙礼仪？入宫以后，一定可使龙心欢喜，但请你须要记得我女儿的一片好意，他日宠擅专房，权动人主，安居在昭阳宫里时，千万不要辜负了愚父女。"

圆圆道：

"小女子感德不忘，大人放心。内外诸事，还要请大人不吝指教。"

田宏遇点点头道：

"很好，此后我们仍如一家人，彼此不相背负。请你好好准备，明天上午老夫便送你入宫了。"

田宏遇说了这话，立起身来，很细微地叹了一口气，走下楼去。此时的陈圆圆心头真是辘轳一般，一会儿忧，一会儿喜，一会儿疑，仿佛如梦幻一般，痴痴地坐着，冥思无穷。晚上，便有婢女来伺候伊熏香沐浴，内外衣服一齐换过。这一夜，伊思前想后，完全没有睡着。

次日一清早起身，盥洗既毕，临镜梳汝。田宏遇悄悄地走上楼来，立在一边看伊梳头。今天田宏遇见了圆圆，一变而为肃穆之容，因为圆圆入宫后，一得皇上青睐，将来便为贵妃，神圣不可侵犯了。他瞧着圆圆细细装饰，宛如锦上添花，格外美丽，心里委实不舍得放伊去，有些难过。但事已至此，也是无可如何了！他也并不和圆圆多说什么，等到圆圆梳好凤髻，戴上金步摇，他便走下楼去。圆圆妆毕，略进早点，把熏好的衣服换上，田宏遇已来催请上车了。好在到宫廷中去，一切都不用带，自有供给，圆圆知道这事不用伊半推半就的，左右总是要去，只不知皇上见了自己，又作何光景。伊只得硬着头皮，姗姗地走下红楼。伊今天装饰得更是仪态万方，仙乎仙乎，田家上下诸人都静静地站在一边观看，无能为不惊羡。田宏遇陪伴圆圆走至大厅，看伊坐上彩舆，自己也乘着，带了数名家人，护送圆圆入宫而去。

第十六回

早携娇鸟出樊笼

　　田宏遇江南扫墓，巧遇圆圆，自以为白发红颜，结成鸳侣，将来艳史长传，雅韵久流，也不负此生了，所以不惜明珠十斛，强载而归，拆散了他人的姻缘。又谁知自己无福享受这位美人儿，偏有他的女儿田妃做主，要把圆圆献与崇祯帝，冀解皇上忧劳。他自然不敢不把圆圆送入宫去，然而他心里却是老大不愿意。自从他送了圆圆进宫以后，回到邸中，枯坐书斋，闷闷不乐。他邸中本有一队女乐，檀板银筝，凤笙龙笛，各样都有，田宏遇虽是椒房之亲，而如此恣情声色，骄奢淫逸，可见大明朝臣的泄泄沓沓，腐败不堪了。晚上，他在红情轩中饮酒，吩咐女乐在一边侑酒。许多粉白黛绿之流，都到轩中奏起妙曲，弦管嗷嘈，其声靡靡。平日田宏遇尚觉陶情丝竹，醉舞婆娑，很有几分兴致，但是今晚他反觉得平添牢愁，一颗心仍免不了系在圆圆身上。想今夕皇上得了这位倾国佳人，无异唐明皇之与杨玉环，芙蓉帐暖，春宵苦短，双栖双宿，其乐何如？却苦了老夫，为人作嫁，望梅止渴，岂不是白费辛苦？然一念及自己女儿的苦心，却又觉此举是理当如此的，不能自私。但愿皇上宠了圆圆，不要忘记了我的女儿，也好使皇上龙心喜悦，勤于国事，把这四郊多垒的国家复兴起来，剿平流寇，那么我辈攀龙附凤之人，也可以长享富贵了。唉！田宏遇这样思想，又谁知天下的事，往往有出人

173

意料的呢？

隔了数天，忽然田妃又把陈圆圆送回田宏遇邸中。田宏遇大为惊奇，相见后，仍请圆圆到楼上去休息，只见圆圆的面庞已消瘦了一些，蛾眉深锁，秋波低垂，默默然没有什么话说。田宏遇先向田妃差来的使者问询究竟，方知圆圆入宫后，田妃即乘间引导伊去见皇上。圆圆的容貌当然有使人销魂夺魄、不能自持的功能，古人说得好，不知子都之姣者，无目者也，所以皇上一见圆圆，起初时候心里也不由一动，向田妃问起圆圆的来历。田妃不敢直报，只说圆圆是江南良家妇女，是伊父亲到江南扫墓时候去购来的，不敢自秘，特地进献皇上，以解宵旰之忧。崇祯帝点点头，也没说什么，叫田妃领导圆圆去住在西宫里头。田妃还以为皇上有爱幸圆圆之意了，便引圆圆去宫中安身，吩咐宫女内监等好好伺候，不得怠慢，皇上却要进幸的。又向圆圆叮嘱数语。圆圆倒很感谢田妃的美意，朝晚得了皇帝的宠眷，斯人独不可忘。哪知崇祯帝一连两晚，足迹未至圆圆处。他仍是忧心国事，对于女色，淡然穆然，凭圆圆有着国色天香之姿，却不能得到帝心，这真是万事难料，也许其间自有有缘和无缘的关系了。田妃听得皇上未幸圆圆，十分诧异，又来叩见崇祯帝，问他是什么意思。崇祯帝叹道：

"圆圆确有惊鸿绝艳的姿色，人非草木，孰能无情？我心里自然也很爱伊。然而卿须知现在是什么时候，国外强邻虎视眈眈，待隙而动；国内则流寇为患，遍地烽烟。厝火积薪之下，其危便在旦夕，故朕朝夕忧虑，默祷上苍，使朝臣尽忠，三军用命，早把张献忠、李自成等剿除，不致涂炭生灵，倾覆邦家，哪里还有这心绪去亲近女色，自耽荒逸，使千秋万岁徒被恶名？所以朕的一心只在天下苍生，只求万民不受刀兵之厄，早靖祸乱，那么朕死也瞑目了。朕不敢为隋炀、唐明之续，只得辜负卿一片美意，仍烦卿送回卿父邸中吧！"

田妃听皇上如此说法，伊也不敢再请，自滋罪戾。于是伊遂去和圆圆说了，派人将圆圆送回伊父亲邸中去，且把大略情形告诉伊父亲。田宏遇听了，又喜又忧，喜的是珠还合浦，玉人重来。忧的是枉费自己女儿一番心机，仍未能解除皇上的忧闷。于是他又去安慰圆圆数语，圆圆自叹命宫魔蝎，仍落在老头儿手里，很想自尽，却因田宏遇防范很严，尚未得间。

　　有一天早晨，侍婢适不在侧，伊便悬梁自尽，取了一条鸾带，缚在床头，刚要投缳，阳光射进窗来，映着伊背后的一面前衣镜，十分光明，伊偶一回首，从明镜里瞧见了自己的倩影，果然窈窕婀娜，真合着唐诗所谓"一枝秾艳露凝香"，如此美貌，何忍一旦委弃？一颗心不由又软了数分，自思自己貌无于花，何以命薄如纸，难道自己一辈子竟没有出头之日吗？心里又有些不甘，暗想：彼苍者天，生了我这个兰心蕙质的人，却使我堕落风尘来受苦难的吗？自己也有些不信起来了。所以，伊一转念间竟又逡巡退却，不甘自经沟渎。恰在这时，田宏遇走进房来，一见这个情形，不禁大骇，连忙上前夺去圆圆手中的带子，抱着伊说道：

　　"圆圆，圆圆，你好好一位女儿，天生不易，人间难得，竟不自爱惜，要自寻短见吗？你若一死，叫老夫何以为情呢？"

　　圆圆一听这话，心里一阵悲酸，落下泪来，颓丧无语。田宏遇又用许多好话百般劝慰伊，从此防范更严，不容伊轻生了。圆圆既不忍死，便在田宏遇邸中委屈苟生，但心里总是抑郁不欢。田宏遇却非常疼爱伊，因伊精晓音律，便叫伊做女乐的领队。田邸的女乐本是有名于京师，现在有了圆圆做班首，更是锦上添花，当然出色，一班公卿大夫爱好声色的，常要到田邸中来一聆妙曲。田宏遇更是自矜，兴至时每叫圆圆唱歌侑酒，而圆圆每歌高山流水之曲，田宏遇击节叹赏，哪里知道圆圆的意思是悲悼知音的寂寥呢？田宏遇得了圆圆，在邸中选色征歌的时候，真是厝火积薪之下，怡然自以为安。京都虽然还有许多富贵人家，灯红酒绿，豪竹哀丝，得逍遥时且逍遥，然而流寇东犯的警报一天紧急一天，九重城阙也大大感受到威胁了。崇祯帝忧上加忧，闷上加闷，想起了山海关外的吴三桂总兵，马上下诏召三桂入见。等到吴三桂星夜赶至京师，崇祯帝在平台接见，觉得他少年英俊，不愧是个将才，问答之间，很有些喜欢他，要他调关外兵进来去剿流寇，赐以蟒玉，又赐一柄尚方宝剑，对三桂很示倚畀之意。三桂受了这样的恩宠，便向崇祯帝拜谢道：

"皇上不以微臣为庸才，有所委任，微臣感激之私，莫可言宣，情愿竭股肱之力，继之以忠贞，以报君恩于万一。"

崇祯又温慰数语，便命在合德殿赐宴，着朝中大臣相陪。那时候，田宏遇亦在座，他见三桂英俊不凡，心里也有数分敬重。一班公卿大臣见三桂得帝宠眷，无不为三桂揄扬。公退之暇，彼此邀饮，三桂这样不知不觉地在京中流连下来。田宏遇回邸之时，把吴三桂勤王的事告诉了圆圆，圆圆点头叹道：

"吴将军确是当今英雄，若得他来拱衔京师，抵御流寇，李自成不足虑了。"

田宏遇道：

"虽是这样讲，今流寇之势炎炎大盛，到处劫掠焚烧，鸡犬不留，若给他们到了京师，这大好都城不就要遭糜烂之祸了吗？老夫为此忧心惴惴，因他们对于宗室贵族，更是注意到的，那时我们岂能幸免？"

田宏遇说时忧形于色，频频搓手，他内心真的十分忧虑，但他所虑的毕竟为了他自己的身家性命，国之存亡，倒还是次要呢。所以他对圆圆说道：

"圆圆，你是聪明人，假使这里发生战祸，我们怎样可以避免？像我这么大的年纪，还要受刀兵之灾吗？真是生不逢辰了！"

圆圆听了田宏遇这话，又对他面上凝视一下，见田宏遇老脸上果然堆满愁容，双眉紧蹙，额上的皱纹更见得多了。暗想：你这老头儿，平常日子倚着女儿的福气，养尊处优，高官大禄，天天唯声色货利是求，都是些国家的寄生虫，无裨于天下苍生。今天国家到了危急关头，却不想有力者出力，有财者出财，如何去挽救国家之难，却只忧虑着自己的安危吗？太自私自利了。这些人也要他们吃些苦头吧！伊遂假意对田宏遇说道：

"做国丈的尚没有法儿想，叫我们小女子有什么办法呢？我们是要依赖你的，流寇来时，你们一班公卿该早出鸿猷去扑灭，不使蔓草难图。平时不知消患于未然，保治于未形，到了大祸临头的时候，又不能挺身而出，为朝廷分忧，这不是很惭愧的吗？"

圆圆说到这里，极尽嘲讽，田宏遇的脸不由红了起来，叹口气说道：

"圆圆，你这话是骂朝上一班文武官员呢，还是针对老夫而发？哎呀！你的话责备得令人置身无地了。"

圆圆道：

"我哪里敢说大人的不是？我不过深恨一班大臣不能为国戡乱，以致时局日坏罢了。假若流寇入京，我准备一死，大人倘然以身殉节，我们便一块儿死也好。"

这句话也是圆圆试探田宏遇的心思，其实圆圆也未必准备一死，伊的芳心别有一种怀想呢。可是田宏遇听了这话，他的眉峰更是蹙紧了，他摇摇头道：

"死有重于泰山，有轻于鸿毛，我若这样一死，虽说报君父之恩，然而太没有意思了。我本来没握政权，多我一个人未必能为朝廷之福，那么我若不在其中，也未必有损于明室，我又何必死呢？暮年得卿，方以为天假之缘，正要愿花常好，愿月常圆，与卿长处永好，你怎么说起死来呢？老夫却不舍得你死，也不舍得抛弃了这快乐的时日而做冢中人呢！圆圆，我们除了一死之外，难道没有别的办法吗？"

177

圆圆见田宏遇如此发急，不由又好气又好笑，遂微微一笑道：

"我倒有一个办法了。"

田宏遇大喜，立起身来，走到圆圆身前，握住伊的柔荑，说道：

"圆圆，你既有办法，何不早说，好叫老夫快慰。"

圆圆道：

"这是我刚才想得的，不知说出来时，大人赞成不赞成？"

田宏遇道：

"你姑且说给我听听，再行定夺。"

圆圆道：

"古人说得好，天下安，注意相，天下危，注意将。现在正是天下危乱之秋，全赖武人出来平乱御侮，因为他们部下有兵，势力自然雄厚。皇上所以倚畀吴三桂总兵，也就是这个缘故。文臣究竟没有自卫的力量，像大人这样爵位虽高，邸府虽雄，财产虽富，却不过都是给寇盗生觊觎之心的。若不结交一二武人以自重，一旦祸患来时，既不能死，势必被掳，逃到哪里去呢？为大人计，何不乘此机会和吴将军交欢，得到他的欢心，庶几缓急之时，或有凭借。"

田宏遇点点头道：

"你说得很对，但老夫和吴将军素无葭莩之谊，怎样去和他缱绻，方能得到他的心呢？"

圆圆道：

"此间的女乐颇著声名，听人说吴将军夙喜歌舞，大人只要请他来听女乐，他自必惠然肯来了。"

田宏遇又把眉头一皱道：

"不错，吴三桂风流蕴藉，颇有党太尉遗风。但我家女乐素不轻易示人，假使他……"

178

田宏遇的话还未说完，圆圆把手摔脱，背转身说道：

"大人不以此言为然吗？在昔晋朝的石崇，奢华异常，在他的金谷园里也设有女乐，因为他深自矜秘，不肯示人，和人家结了怨，到后来卒受杀身之祸，那么一旦到了玉石俱焚之时，大人果能坚闭金谷园吗？为什么不能旷达为怀呢？"

圆圆说的这几句话太激烈了，伊也不顾忌讳，宁忤田宏遇的意，却不肯不说，这也因为伊心中别有一种痴望。以前伊在姑苏台畔时，吴三桂慕伊的艳名，曾遣一使者从关外远道前来，赍金往聘，但是当时伊的一片芳心已属于惜玉词人，所以婉言辞却。等到吴三桂后来再派心腹前来时，圆圆已被田宏遇强载而去了。现在圆圆听得吴三桂在京，不禁心有所感，悔当初不早嫁了三桂，那么侍奉风流名将的巾帼，岂不胜于这暮气沉沉、龙钟衰朽的田老头儿吗？伊被田宏遇紧问有无办法，遂想出这一计策，无非借此要想和吴三桂一睹容颜罢了。田宏遇起初听了圆圆这样说，心中不免有些恼怒，以为圆圆把他和石崇相较，很觉不祥。但再一转念，自己欲求安宁，非要结交将军不可，那么吴三桂自是一时之俊，理当和他相交，投其所好了。圆圆之言未尝不是，不过太直率一些罢了。遂对圆圆说道：

"好！你说得真爽快，老夫听你的办法就是了。"

圆圆方才回转身来说道：

"大人以为我的话说得对吗？小女子胡说八道，还要请大人裁酌。"

田宏遇一摸髭须，说道：

"老夫既要保全身家性命，有个泰山长城之靠，也只有这样做了。"

于是次日，田宏遇就跑到吴三桂那里去拜访。原来，吴三桂的老家本在京中，父亲吴骧现任督理御营之职。吴三桂来京时即住在家里，常有宴会，门庭间热闹异常。这天，三桂刚燕息小憩，忽闻田国丈驾临，自思我和此人素不亲近，突然下访，可有何事？立即请入相见。寒暄后，田宏遇便对吴三桂说道：

"素慕将军神武之姿，前日在皇帝赐宴上得识荆州，非常荣幸。老朽久欲和将军缔交，惜无机会，现逢将军奉召，驻节在京，所以老夫专诚奉请将军虎驾贲临寒舍一叙，以修永好。在寒舍平日蓄有女乐一队，无非为娱悦天年，稍慰桑榆之用。靡靡之音，尚堪入耳，倘蒙将军许诺，明夜当洁治壶觞，盛设女乐，请将军一为顾曲周郎何如？"

吴三桂起初推辞说有君命在身，即日须出关处理，军务倥偬，不敢为游观之乐，后经田宏遇再三强请，方才允许一至。其实，吴三桂本是好色的武人，不过当着田宏遇之面装腔作势，故意推却，不便一请就许可罢了。况且他也闻得自己闻名未得的江南第一美人陈圆圆正承田宏遇邸中为女乐班首，自己本想一饱眼福而未能，难得田宏遇亲自跑上门来相请，在吴三桂眼里看来，这也是一个大好机会，岂可装着假道学到底，而失之交臂呢？可怜田老头儿昏蒙老迈，不知人家的心理呢。他见吴三桂已允前去，不胜欢喜，又略谈数语，告辞而归，把见吴的经过告诉了圆圆，叫伊明晚要管领女乐当有一番预备。圆圆听了，暗暗欢喜。

到了明天，田宏遇吩咐家人内外治供具，一切盛设，无不格外华丽。又命诸女乐歌唱弹奏各要尽力，且不可失礼仪，也使吴将军不致小觑田家的女乐，众人自然奉命唯谨。将近天晚时，田宏遇已派家人在门前探望，但等吴将军驾到即入通报，他自己换上衣冠，坐在四维堂上守候。看看天色已黑，邸中各处俱已点上明灯，下人入报吴总兵驾到。田宏遇慌忙开正门出迎，见吴三桂戎服临莅，带了四名护兵，俨然有不可侵犯之色，心里不由一怔，恭恭敬敬地把他招接到四维堂上，宾主坐定后，又略叙几句客套。吴三桂见一个女乐也没有，便故意说道：

"今晚登门是答谢国丈的盛意，戎装在身，不便多坐，便要告辞。"

田宏遇道：

"难得吴将军到此，蓬荜生辉，正要杯酒小叙，一倾衷情，何又匆匆欲去？尚望将军既来之则安之，小坐片刻。"

三桂微颔其首。田宏遇遂又引导三桂走至红情轩中去坐席，轩里灯烛辉煌，四壁华丽，宛如小小的皇宫，正中放着一桌丰盛的酒席。田宏遇请三桂上座，三桂略一谦让，即坐在宾位上首，游目四顾，果然富丽动人。田宏遇平时有这等供养，很不容易，可惜天下大乱，京师不安，朝晚间这种享乐也恐难保长久呢。田宏遇斟过酒后，便吩咐女乐来此伺候。一会儿，环佩叮当，衣裳窸窣，一队女乐已缓缓行来，香风四溢，扑入鼻管。吴三桂举目望去时，只见前面两个垂发少女，提了两盏茜色纱灯，背后便有一二十个姬妾，都是绮年玉貌，皓齿明眸，绮裳罗衣，云鬟翠鬓，手中握着各种丝竹乐器，端的难得瞧见。走进轩来，向田宏遇、吴三桂二人敛衽为礼，移步过去，坐在一旁，宛如众香国里名葩吐艳。田宏遇遂回头吩咐她们先奏一曲《清平乐》。丝竹即调，众音并奏，汍汍洋洋，悠扬动听。《清平乐》奏罢，又奏一阕《云裳仙子》，果然荡人心魄。田宏遇举觞上寿，三桂也还敬一觥。他一眼瞧过去，见群姬中有一丽人，淡妆雅服，弹着琵琶，坐在中间，常常先众音而发声，像是女乐班首，情艳意娇，迥异侪辈，明眸曼睐，柔情绰约，宛如瑶台仙姬，不觉心荡神移，想入非非，遂嘱人去唤护兵入内，打开随身带来的行箧，取出一套便服来更换。立刻解去戎装，宛如当年轻裘缓带的羊叔子。田宏遇对着他不由暗暗喝一声彩。众姬人也在那里偷转眼波，瞻仰这位儒雅将军的风采。吴三桂也已对着那位淡妆的丽人注目了良久，忍不住指着伊，向田宏遇问道：

"这一位美人儿是不是江南佳丽陈圆圆？真是倾国倾城，绝世罕有，国丈得此，艳福不浅。"

田宏遇不便回答什么，只对他点头微笑，说道：

"将军法眼果然不错。"

三桂遂向田宏遇请求，要圆圆独奏一曲琵琶。田宏遇遂叫圆圆为吴将军独奏。圆圆娇声答应，便转轴拨弦，奏起一曲《高山流水》来，就是田宏遇平日常听的，嘈嘈切切，好似珠走玉盘，婉转有情。三桂倾耳静听，宏遇却以箸击节。今晚圆圆把那琵琶弹得更是手挥目遂，有出神入化之妙。一曲奏罢，余音袅袅，令人悠然神往。三桂又向田宏遇问道：

"圆圆在国丈门下足为歌舞队中的魁首，想必能如飞燕之善舞，可能使圆圆一舞，以广小子的眼界？"

田宏遇当然情不可却，便令圆圆起舞。圆圆一整衣袖，轻移莲步，走至筵前，早有一个侍婢走过来，把两根翟尾递给伊。圆圆双手持着，向左右一送，女乐队里同时奏起一曲《人月双圆》来，圆圆在乐声中翩翩跹跹地作柘枝之舞，真是手如回雪，身若旋波，翩如惊鸿，婉若游龙，上下左右，五花八门，使人目眩神醉。三桂不禁拊掌称赞道：

"妙哉妙哉！吾于圆圆要叹观止了！"

舞毕，田宏遇遂命圆圆侑酒。圆圆走至三桂席前，纤纤玉手提着酒壶代三桂斟酒，带笑说道：

"吴将军请多喝数杯。"

三桂方作刘桢平视，又闻伊呖呖的清声，好如乳莺出谷，慌忙托着酒杯说道：

"今晚我很觉快乐，真要多喝数杯了。一向闻美人儿芳名，今日一见，果然令人倾倒。"

遂又对田宏遇说道：

"今夕我赖国丈的洪福，十分快活，可否令圆圆同坐一会儿？"

田宏遇只得点首许可，遂叫女乐退去，而命陈圆圆坐在下

182

首，相陪劝饮。三桂瞧着美人儿玉颜，喜滋滋地连连举觥痛饮。这时候，恰逢田妃派人前来有事面禀，田宏遇只得向三桂道歉一声，匆匆离座，到轩外去听话。三桂乘此机会，向圆圆低声说道：

"以前久慕芳名，只恨缘悭，致卿为国丈捷足先得。卿在此间，大约很快乐的了？"

圆圆见左右无人，只有一个雏婢远远地站着，也就小语道：

"红拂女尚且不乐久居越国公处，何况不及越国公的人呢？"

吴三桂骤聆此语，知道圆圆话中之意，也点点头，方要再说，而田宏遇已回至席上，皱着双眉，对三桂说道：

"外边情势似乎很不好啊！适才小女自宫中遣妗来传言，大同总兵姜壤业已降贼，流寇的热焰更是大张，将要直逼京师。所以皇上非常忧虑，今天一日没有进食。我女儿给我一个信，叫老朽好好防备。"

三桂点头道：

"寇势日张，如火燎原，非大举痛剿不可。只恨以前剿匪诸大吏太不中用，一个个失败在匪手，但没有成效，且断送了国家许多钱财、许多兵马，真是庸臣误国，可恨可叹。此番我奉皇上之命，移动一部分关外人马入京勤王，剿除流寇，这也是我们武臣的责任，所以一二日内便要动身出关去调度了。"

田宏遇欣然道：

"老夫也希望将军早日出关，调了人马来此拱卫京师。不要说皇上可以宽慰，京师可以稳固，老夫也可以高枕无忧了。但望将军多多照拂老夫一家，幸甚幸甚。"

说罢，斟满了一杯酒敬与三桂。三桂托着酒杯，说道：

"承国丈器重小子，他日自当派兵特别保护尊府，但我有一个冒昧的请求，也希望国丈能够垂许。"

田宏遇问道：

"将军有何见教？只要老夫力之所及，无不应命。"

三桂微微一笑，把左手向圆圆一指道：

"生平别无所爱，只爱美人儿。圆圆江南佳丽，一向爱慕，求之不得，实劳我心。倘蒙国丈推爱及人，能将圆圆慷慨见赠，那么小子感激之私，莫可言宣。他日如有寇祸，当竭力保护国丈之家，先于保国。雅怀大量如国丈，亦能相信鄙言吗？请你快快答应我吧！"

三桂说了这话，圆圆低下头去，似羞似喜。田宏遇却变得十分尴尬，答应三桂的请求吧，自己千难万难得来的美人儿，转瞬之间又要让给别人去消受了，叫自己何以为慰？但若不答应吧，自己要请人家保护，也不得不允许人家的要求。现在三桂说了出来，倘我不允许时，非但失他的面子，且反结了一个怨隙，将来大乱发生时，他非但不肯来保护我一家，且恐他恨毒了我，乘机要害我呢。唉！这真是一个难问题了。然而时间是绝对不容他犹豫的，他对圆圆看了一眼，期期艾艾地答道：

"将军垂青于这小女子吗？嗯……嗯……想……"

三桂道：

"我这个不情之请，国丈能恕其狂妄而赐诺吗？我想君子成人之美，国丈一定能够见赐的。"

田宏遇被逼得无可奈何，只得说道：

"将军既是怜爱圆圆，老夫自当成人之美，割爱相赠，但……"

三桂不等田宏遇的话说毕，早把手中托着的一杯酒咕嘟嘟地喝下肚去，拊掌笑道：

"谢国丈大德，使有情人得成眷属，我今天快活极了！"

遂伸手一拉圆圆的衣袂道：

"圆圆，还不快快拜谢国丈的恩诺吗？"

圆圆给他一句话提醒，连忙立起身子，向田宏遇盈盈下拜道：

"谢大人的洪恩。"

圆圆这一谢，好似敲钉转脚，田宏遇再也不能图赖。他只得苦笑了一下，对他们二人勉强说道：

"恭贺你们二位成就了一对有情眷属，花好月圆，将来莫忘了老夫。"

三桂道：

"好一个花好月圆，我与圆圆一辈子忘不了国丈的大德。我们二人理当各敬国丈一杯。"

说罢，便和圆圆向田宏遇各敬了一杯酒。田宏遇酒在肚里，闷上心头，觉得这两杯酒可谓别有滋味，是苦的涩的酸的辣的，毫没有一些儿甜意。正在这时候，早有三桂手下一个护兵进来报告道：

"家里老将军差人来此，要叫将军回去，因又有圣旨到临，催促将军出关。"

三桂连忙一挥手，叫护兵退出。自己便对田宏遇说道：

"今晚承国丈招饮，且蒙以圆圆惠赠，不但是既醉以酒，既饱以德，可谓既赠以美了，感谢之至。只因王事在身，不克多留，请同圆圆告辞。他日我必卫护尊府，请勿忧虑。"

田宏遇道：

"很好，很好，但老朽仓促之间，对于圆圆未备奁仪，容明日老朽再送圆圆登门何如？"

三桂摇摇手道：

"这倒不必了。请备油碧车一辆，即载圆圆同去。已蒙大德，不敢再受奁仪，恕我无礼了。"

说着话，立起身来。圆圆依旧侧着娇躯，坐在一边。今晚的宴会本是出于伊的锦囊妙计，不过想借此一见那位白皙通侯美少年罢了，谁知理想竟成事实，红拂不必私奔，自己竟要随这位风

185

流名将同去，心里头自然说不出的万分惊喜，只是镇静着不动声色。田宏遇见三桂急急要走，自己挽留不住，只得依了三桂的话，忙命下人去端整一辆油碧车，驾上骏马，送圆圆前去。一会儿，车马已备，三桂携着圆圆向田宏遇告别，圆圆也来不及更装，只穿了身上的浅色衣裳随三桂去。田宏遇送至门外，眼瞧着圆圆坐上油碧车，下了车门帘，已不能再见倩影。三桂跳上马车，又向田宏遇说了一声"再见"，一抖缰绳，说一声"走！"四名护兵在前打着大棚灯，开路紧走。油碧车跟在后面，三桂的马又跟在车子之后，车声辘辘，马蹄嘚嘚，向前面大道上跑去。一刹那间，转了一个弯，已不见了影踪。田宏遇痴立在门阶上，只是呆呆地望，车马已杳，而他的身子依然直立着。左右忍不住唤了他一声，他方才顿足叹了一声，走入里面去了。

三桂喜滋滋地携着娇鸟回到他父亲处，带着圆圆见过他父亲以及家人。吴骧见了圆圆，不由惊奇。经三桂把田宏遇慷慨见赠的事告诉了他，方才明白。他当着圆圆的面也没有说什么，便对三桂说道：

"圣旨来促你速速出关，调动人马，休要贻误大事，迟则不及。"

三桂道：

"儿当于明日拜别皇上，然后出关去，父亲请放心。"

这时，已过二更，三桂急急吩咐下人在他房中点起一对花烛来，便和圆圆去同圆好梦。这房间本是吴骧为他儿媳预备下的房间，以便他们夫妇来京时住宿的，所以华丽精洁，和新房一样。此次三桂匆匆入京，没有携他的夫人同来，这几夜孤衾独宿，本觉有些不耐，今晚忽然得了一位天仙化身的圆圆，云雨巫山，其乐无央，只恨春宵太短呢！

明天，三桂上朝去拜别崇祯帝，皇上命他速即出关，毋稍逗留。三桂顿首受命，回到家中，立即束装动身，要带圆圆同行。

圆圆也欣然要随三桂去。一夜风光，无限缠绵，此际二人当然不舍得分离了。但是吴骧却唤三桂到内室里去谈话，他首先便问三桂此去要不要携带圆圆，三桂自然要带着同行的。吴骧马上脸色一沉，对三桂摇摇手道：

"我有几句话要戒你，就是你千万带不得圆圆，并非我要来干涉你，你该自己想想的。"

三桂听了父亲的话，不由一怔。

第十七回

冲冠一怒为红颜

三桂此次入京，于无意中得到了江南第一美人，真是何等愉快之事，所以满拟带了圆圆一同出关，谁知他父亲吴骧对他忽下警告，不赞成他的主张，他如何不要惊疑呢？便问父亲这是什么意思，吴骧道：

"你有御旨在身，此次入京是奉召而来，理应早早出关，调动人马来拱卫京都，而你贪欢声色，逗留不去，虽然得一圆圆，也未必是你的福气，因为这事若给皇上得知，你就难免罪名，说你贪恋女色，玩忽军务，这如何受得起呢？这是第一个不可，又有你的嫡配张氏夫人，伊的容貌虽然不美，而德行很好，只可惜有一个毛病，就是善妒。你以前宠爱了一个侍婢小桃，后来被伊知道了，当你不在家的时候，竟用乱棒将小桃打死，难道你已忘记此事吗？此番你若带圆圆出塞，给伊瞧见了，不要打翻醋瓮，大闹而特闹吗？这是第二个不可。况且你此次出关，立即就要调动队伍入关的，来去匆匆，也无多日容许你在宁远耽搁，你来京的时候，势必又要携带圆圆，那么又何必多此一举，自取麻烦？而军中带了妇人，其气不扬，这是第三个不可。有此三不可，所以我要不许你携圆圆同行，也是完全为你着想啊！"

三桂听父亲的话说得振振有词，无可反驳。自己在这个时候乘人之危，取艳姬于外戚之家，纵情声色，懈怠戎机，若给皇上知道了，岂非稳稳要得罪吗？他这样一想，心里便有些虚怯，不敢带圆圆同行，遂听了他父亲的说话，将圆圆留在父亲邸中，托父亲照顾了。但是圆圆怎料到三桂的允许又要变化呢？等到三桂走入房中，忽然改变了方针，把自己恐怕得罪的意思告诉了伊时，圆圆的一双蛾眉顿时紧锁起来，带着凄婉的声音说道：

"你好端端地答应我一同走，现在忽又变了卦，丢下我一个人在此踽踽凉凉地好不寂寞，这一夜的夫妻不是徒增人万斛相思、千缕愁恨吗？"

三桂听了圆圆的话以为不祥，便又用话安慰伊道：

"这也是我不得已而如此的，请你别怪我怨我，须知我的心里十分爱你，又谁舍得轻轻撇下了你而远行呢？这一点请你须要特别原谅的。况我此去不久即将重来，往后去和你相聚的日子正长，愿花长好，愿月长圆，你怎么偏说一夜的夫妻呢？你是聪慧的女儿，玲珑剔透的心，必能明白一切，我也想不出什么别的话来安慰你了。总而言之，我们俩不久当可重见，何必以眼前的小别为伤呢？"

圆圆听了三桂的话，点头道：

"将军的话也未尝不是，只因我们太匆匆了，叫我一个人孤灯只影，独居在此，情何以堪呢？"

三桂又说了许多好话，圆圆总是闷闷不乐，怕听骊歌。然而三桂捐军国大事，不容他溺于儿女私情，到底不得不别了圆圆，踏上征途，星夜赶路出关去调动人马，预备勤王。他回到了宁远，部下诸将都来拜谒。此时，许靖和柳隐英二人已与张苍虬、陈飞聚首，畅谈一切。张陈二人因为主帅不在这里，未便私留远客在营中，被他人说话，所以招待二人到附近一家小逆旅中下榻，吩咐店家好好接待，不得有慢佳客。店主人见是张把总招接来的，自然奉命维谨，不敢怠慢。二人在逆旅住下后，张苍虬、陈飞每天过来陪着他们饮酒谈心，有时一同骑着马到山中去射猎。柳隐英的镖法果然厉害，发出去时当啷啷都有响声。可是上至天上的鸷鸟，下至草际的脱兔，每发必中，无一可以幸免，连善射袖箭的陈飞也大大地佩服。张苍虬看得更是掀髯而笑，得意之极了。猎得的獐兔之类，拣选其味可口的带回来烹煮，大尝其野味。有时大家携着各种军器，在营后场地上练习武艺，舞剑使刀，也很有趣，这样消遣着等候吴总兵荣载重临。果然吴三桂已从京师回来了。

吴三桂有个亲随护兵很有些本领，姓白名十二，年纪约有三十左右，很忠心于三桂的，性喜喝酒，却很敬重张苍虬的武艺，常和苍虬等饮酒，有时把三桂身边的事讲给他们听听。张苍虬也和他很投机的，这次三桂入京，白十二当然跟去，回来时自然要来和张苍虬等相见。张苍虬遂约白十二到逆旅中去饮酒，介绍许靖、柳隐英和他相识，且告诉他说，这二位是从山西到此，内中姓许的是他们结义弟兄，曾在周遇吉麾下和流寇血战过数回。周将军殉国后，他才来此投军的，明日正要领见吴将军，请求录用呢！白十二知是张苍虬的朋友，当然点头说好，即将三桂拜受帝命的事告诉他们，且说现在正逢用人之秋，有二位说项，稳稳录用的。苍虬又问吴将军在京可有什么逸事，足资谈助。白十二便把三桂拜访田宏遇，取得江南第一美人儿陈圆圆为姬妾，留居吴骧宅中的一段艳闻告知。张苍虬听了，哈哈大笑道：

"吴将军在戎马倥偬之中，竟有这闲情逸致吗？这真无异于红拂的归奔李靖了。"

许靖笑道：

"自古名将莫不风流，想吴总兵也未能免此。"

柳隐英却冷冷地说道：

"将军好色，当然不足为怪，但望他能够把国家大事也看重得和美人儿一样，竭忠尽智，为国效劳，那就好了。"

许靖点点头道：

"不错。"

白十二向柳隐英紧瞧了一眼，也就不说什么，举起酒杯来喝。大家喝得酣畅时，方才散归。次日，张苍虬去见吴三桂，他早已托过柴英在三桂面前吹嘘，所以他向三桂说起许柳二人来时，三桂便一口应许。且告诉张苍虬说，自己奉旨将调大军入关剿除流寇，如有一技之长，无不录用，遂叫张苍虬引二人入见，张苍虬便去把二人引至衙署内拜谒。吴三桂见二人都是一班的英俊少年，心里十分欢喜，当面立授把总之职，和张陈等同在帐下供职。二人谢过恩，吴三桂因闻许靖是从宁武关来此的，遂叫二人坐了，问问流寇的情形。许靖一一回答，说流寇势力日大，自是可忧，然而可忧的地方官吏不能彼此联络，用坚壁清野的方法对付他们，而朝廷派出的统军大吏又都是忽剿忽抚，宗旨不定，没有当机立断的决心，而士卒又都不肯用命，所以敌不过流寇了。且各地人民因连年饥馑之故，迫于饥寒，蠢蠢思动，流寇一至，自有许多地痞游勇难民之流做他们内应，往往群起响应，所以其势如火燎原，不可向迩了。三桂听了，也以为是。张苍虬又道：

"将军奉朝廷圣旨，调兵入关去剿流寇，自是紧要之事。然而满洲兵其方兴之势，虎视鹰瞵，时时想来侵犯，现在的暂安是不足恃的，一旦将军统率大兵入关，他们岂有不乘隙而动之理？末将恐将军雄师朝入山海关，而满洲铁骑夕驰宁远了。"

三桂听了，点点头道：

"张把总之言未尝不是，但我若入关，这里的防务也未可轻弃，当令柴游击留守于此，以防万一。现在的形势真是非常危急，对外既不可忽略，对内犹如救火，不容迟缓。皇上无兵可调，所以召我入关拱卫京师。因而流寇已到大同，进扰京师是很快的事了，权衡轻重，还是先去救了京师再说。譬如一个人生了内病和外症，正在奄奄一息，需医救治之时，做大夫的也只有先医治了病人的内病，然后再治外症了。希望诸位相助我，同去把流寇扫除，奠定京师，然后再返关外对付清兵。"

张苍虬、许靖等都道：

"将军之言甚是，我等自愿追随鞭镫，供其驰驱。"

吴三桂和他们谈了一刻话，张苍虬等方才告辞退出。从这天起，许靖和柳隐英也就迁入营房居住，受了三桂的指派，实任把总之职。张苍虬因为许柳二人已蒙三桂录用，正遂自己的意思，从此弟兄们可以聚首一处，为国效劳了，他就去谢了柴英。晚上，又端整了些酒肉，和陈飞、许靖、柳隐英等四个人欢聚畅饮，算是祝贺许柳二人受职的意思。二人也谢谢张苍虬推荐之力。酒至半酣，又谈到吴三桂。柳隐英向许靖带笑说道：

"以小弟眼光看来，吴将军固然是一时名将，轻裘缓带，风流倜傥，很有古时儒将的风度。然细察他的眉目之间，很流轻易之色，言谈之间左顾右盼，恐怕此人的性情有些反复无常，容易感情用事，稍有所得便要沾沾自喜的。"

许靖笑道：

"贤弟难道谙风鉴人物之术吗？虽然一个人的形貌是和他终身事业有些相关的，在昔范蠡讥评越王长颈乌啄，可与共患难而不可同安乐，果然不幸而言中，文种大夫竟为子胥之续。然而孔老夫子说，以貌取人，失之子羽，澹台灭明的容貌不足配其德行，而张良貌如妇人女子，太史公以为不称其志气，张良竟能助汉高以成帝业。马武貌丑，见斥于王莽，而为光武中兴时的名将。容貌又岂真能定人的一生呢？"

张苍虬也说三桂勇于有为，尚不失当世之英。柳隐英微笑道：

"这也是小弟的妄言妄语，当然不足为凭，且看以后的事实吧！小弟当然也希望吴将军能够为国立功，扫灭流寇，安内而攘外，那么我们也可附骥尾而益显了。"

陈飞道：

"我只希望吴将军早日调兵入关，遇见了流寇，和他们痛痛快快地厮杀一阵，最好能够捉住李闯王，那么我心大乐了。"

张苍虬也说道：

"二弟说得不错，俺也要和流寇血战一下，舒畅舒畅俺的筋骨呢！"

说罢，立尽一杯，大家举杯痛饮。柳隐英虽不喜喝酒的，今晚也多喝了数杯，两颜微酡，娇美有如女子，不但许靖频频看他，就是张苍虬、陈飞瞧着柳隐英的醉颜，也呆呆出神呢。众人直饮至瓶酒已罄、肴馔亦尽，方才散席，各自安寝。吴三桂因有御旨未敢怠慢，即日将所部重行编排一番，分作三军，而留柴英率兵二万，留驻宁远。大兵开拔入关时，指定夜间开拔，分批而行，以防清兵侦知，而有什么举动。他令部下守备马宝为先锋，张苍虬、陈飞为辅，许靖、柳隐英却派在右军白显忠参将部下。在三月初旬，大军移动入关。

那时，清兵幼主新立，摄政王多尔衮总握政权，方在整顿内部，对于明朝一时尚无侵吞的野心，所以三桂入关，清兵方面起初尚没有接到情报，无何动作。然三桂大兵刚才开至丰润县，忽然晴天霹雳，突然而降，噩耗报到。李闯王已攻破京师，崇祯帝和内监王承恩自缢于万岁山，以身殉国了。吴三桂得到这个不祥的消息，心中震悼，自恨大军开拔得迟缓一些，以致不能保卫京师，而使贤主身殉社稷，挽救不及，且自己的爱姬圆圆也陷身在围城之中，不知玉人可能卒保无恙？这是他悬悬于心的。这样一来，他立刻徘徊不进，在滦州附近暂时驻扎，一面派出许多探子到京中去刺探消息，再定对付李闯王之计。当然部下三军一齐震动，张苍虬初闻京师失陷，崇祯殉国，他向陈飞连连顿足说道：

"哎哟！俺们的队伍开拔得太迟了，怎么流寇已把京师攻陷，等不到俺们前去呢？好好的一位皇上竟以身殉国，明室已是颠覆。俺们有军人之职的当如何被发缨冠而往援救？怎么吴将军得到了这样的消息，反而按兵不动起来呢？好不奇怪！"

陈飞也说道：

"可恶的流寇胆敢攻陷帝京，而那些守卫京城的官吏也太无能了，何以这样地毫不济事，不能坚守一月半月，待我们援兵开到呢?"

　　两人说着话，叹息愤恨不已，连忙跑去谒见马宝。张苍虬便开口说道:

　　"流寇已破京师，皇上殉国，这真是天崩地坼之事，俺们十分痛心。吴将军既是奉旨拱卫京师的，此时何不速速杀至燕京，将闯贼擒斩，重安社稷，方能对得住皇上在天之灵。倘然逗留在此，坐使流寇的气焰更张，岂是国家之福? 请守备代俺们向吴将军陈情，俺们情愿前去和流寇一战，虽死勿惜!"

　　马宝听了张苍虬的话，知道张苍虬等职位虽卑，却是忠义之士，视死如归，所以他安慰张苍虬和陈飞道:

　　"二位所请真合我意，待我禀白将军，谅吴将军定有办法的。"

　　张陈二人遂退出。然而一连三天，吴三桂仍是按兵不动。张苍虬十分气闷，便和陈飞跑到右军营里来与许靖、柳隐英二人会面，走出营去，在一个山坡下松林里席地坐谈。张苍虬对许靖说道:

　　"许贤弟，这几天俺肚皮饱胀，饭也吃不下，恨不得插翅飞将北京去，把那李闯一刀两段，为国平乱。俺不知吴将军在此屯兵不动，葫芦里卖什么药? 前天俺早向马宝守备请求过，请他去催促吴将军快快杀到北京去，为皇上复仇。但是消息沉沉，始终停顿在这里，怎不令人气闷煞也么哥? 吴将军本是奉旨调兵入关拱卫京师的，现在京师已失，却反观望不前，难道崇祯帝已死，明朝就算亡了吗? 俺们做军人的岂能袖手旁观，忍心不救呢? 所以，俺来拜访你们，大家商量商量，要不要亲去见吴将军，催他速即行军。倘然他不去时，俺老张一个人也要杀上北京去的。许贤弟，是不是?"

　　许靖听了，拊掌称快道:

　　"张大哥说得真爽快，我们同心杀贼，义无反顾。然依小弟

194

眼光看来，吴将军的心有些动摇了，否则他为什么不即继续开拔呢？今晨听人传言吴将军的父亲吴骧有书前来，吴将军秘而不宣，又派人上京去探听消息了。一个人是不可知的，也许吴将军的心有些动摇呢！"

柳隐英道：

"小弟前日已说过吴将军的相貌有些反复无常，必是吴骧投降了李自成，有书来劝降了。诸位兄长试想，吴骧身任督理乡营之职，当流寇破城时，既不能捍卫王宫，保护圣驾脱险，又没有以身殉国。一定是投降了李闯王，李闯王叫他写信来招降他的儿子了。那么，吴将军父子之情不要动心吗？"

张苍虬点头道：

"柳贤弟料得不错，这事果然有些蹊跷，但以大义而言，吴将军应该只知有国，不知有家，断不能徇父亲之意而忘记了国家大仇的。倘然不幸地竟如柳贤弟所说的变了心肠，自隳名节，那么俺们都是轰轰烈烈的大丈夫，岂忍失身于贼？俺当先杀了吴将军，再计闯贼之罪。"

张苍虬说话时，声色俱厉，虬髯戟张，很有拔剑而起的模样，声如洪钟，惊起了树上的飞鸟。许靖忙向树外望了一望，见四下无人，遂笑着道：

"张大哥且稍忍耐，小弟和柳贤弟到这里来投军，也无非欲为国家建些功劳，以为吴将军当世英雄，定可托足。倘然此次吴将军不能讨贼，无疑的此人已非我们理想中投奔的人物了。那么，我们当然要先除奸贼，再灭流寇。我等四人一心一德，要为明朝创造些事业。古人所谓有为者亦若是，我等绝不就此罢休的。"

张苍虬道：

"很好，愿俺们大家勿忘今日之言，誓践此愿。"

于是四人又谈了些部下兵旅的情形，走出林中，各归自己的营寨，静候吴三桂有何表示和动作。那吴三桂本是奉旨开拔入关的，大军既已上道，何以中途停止？当然此事不能令人无疑了。

原来三桂本来的心思自然要想赶到京中去保卫帝都，力战流寇，好建不朽的功业，名垂青史，权倾当朝，自己可以像那唐朝的郭汾阳，富贵功名萃于一身。但他到了滦州，陡闻流寇已破京师，崇祯殉国，心中大大震动，觉得流寇的兵力果然厉害非常，怎样势如破竹，毫无抵抗呢？那么即使自己大军赶至京师，反主为客，失去了形势。而流寇的声势更是壮盛，以逸待劳，以众对寡，胜负之数未可臆测，自己毫无把握，不免有徘徊之心，所以大军就此停顿下来了。他既然惦念圆圆的安危，已接连派出使者赴京去刺探消息，忽又接到他父亲吴骧差心腹人送来的书，和四万两黄金。吴骧的书上说，李自成攻破承天门时，京师守军空虚，都不敢战，城外三营尽降，天心已弃明室，所以他也已投降了闯王。而闯王留住他，叫他作书劝三桂来归，当不失王侯之礼。先以四万金犒赏从者，务要明识时务，见机而作，早降新主，不失富贵。否则，一家性命不保，父子永无相见之日了。吴骧这封书写得很长而又切实，充满着劝诱的情调。三桂读了又读，尤其对于末后一家性命不保，父子永无相见之日数语，心中更是怦怦跃动。思虑了良久，决定听从父亲的劝告，投降李闯王，背负明室，保全自己的身家，做新朝的元勋了。他遂召马宝入帐商议大事，将吴骧的来书给马宝看。因为马宝是他部下第一个亲信的将佐，凡事必和他商议的。马宝见三桂之意已动，他遂说：

"大明气运已尽，十八子之谣早已传遍各省，照现在情形观察，李自成方兴未艾，将来也如明太祖一样，统一天下江山。不如投顺了李闯王，他日富贵无量。"

吴三桂听马宝也如此说，他遂预备次日向三军宣告自己的意思，愿从者留，不愿从的遣散。开到北京去，受李闯王的封爵，而和圆圆聚首了。不料便在这天薄暮时，他第一次派出去的探子已从京中回来，见了吴三桂，正要启禀，三桂立刻问道：

"我的家里可无恙吗？"

探子答道：

"已被李闯王籍没了。"

三桂却微笑道：

"只要我一到北京，管叫他原璧奉赵。"

所以他并无什么顾虑，唯念念于圆圆一人身上罢了。二更时，又有探子回来报告，说老将军吴骧投降李闯王，却被李闯王扣留住，要老将军写信来招降总兵。三桂点点头道：

"我早知李闯王有此一着，只要我去时，不怕他不释放我的父亲。"

遂挥使者退出。次日清晨，又有探子从京中驰还，入帐报告，三桂见那探子形色有些慌张，口欲言而嗫嚅，连忙开口问道：

"陈夫人无恙吗？"

探子答道：

"陈夫人不幸被闯将刘宗敏掳去，献与闯王了。"

三桂一听此言，恍如兜头浇了一勺凉水，心中不知是酸是痛，是苦是辣，比较听到崇祯帝殉国的噩耗更是切肤之痛，无以形容。立刻跳起身来，指着探子问道：

"你……你……你这话没有错误吗？陈夫人怎样被李闯王那厮掳去的？你对于这件事情不可妄报，须要探得明明白白。"

探子见三桂如此发急，不胜惶恐，小心翼翼地说道：

"小人不敢妄报，探得明白后方来禀报的。当李闯王破城入宫时，宫人自杀的和逃逸的不计其数。剩余的宫女姿色都属平常，李闯王便询内监上苑三千，何以无一国色天香的佳人？内监回答说，先皇帝屏除声色，故宫中佳丽不多，唯有一江南佳丽陈圆圆，具绝世之姿，田国丈曾献于皇上，皇上因忧心国事，没有宠幸，仍送回田家的。后来听说田国丈赠送与吴将军了。李闯王听得后，便向老将军索取。老将军起初不肯献出，后被闯将刘宗敏进府搜抄，陈夫人匿于复壁中。刘宗敏搜寻不得，把阖府家人毒打逼讯，便有一个小婢熬刑不过，说了出来，陈夫人便不免了。"

三桂听到这里，怒发冲冠，气往上逆，自思生平只心爱圆圆，虽得田宏遇赠送与我，自以为名将美人儿，天然嘉偶，可以天长地久，白头偕老。只因皇命在身，未能逗留，又以老父之命，留居京都，谁想祸变之来，出人意外，一着失算，铸成大错。现在美人儿已归沙叱利，须眉空有吴将军，我竟救不得圆圆，空负此七尺之躯！想来想去，都是我父亲的不是了，他不该怕什么香车载美，得罪皇上，又怕什么悍妻生妒，醋海兴波，其实这些都是过虑，如今却追悔莫及了。他倒还要来代李闯王那厮招降吗？越想越恨，怒气填膺，从腰间拔出佩剑，向身前军案上用力猛砍一下，道：

"有这等不幸的事吗？父不成父，我岂肯跟从你投降仇人吗？"

砉然一声，案子砍下了半边。探子震慑失色，蒲伏于地。三桂斥一声起去，探子立刻退出帐去。三桂在帐中走了数匝，坐到椅子里，长长地叹了一口气，一手撑着颐，皱着双眉，沉思良久。忽又跳起身来，咬着牙齿说道：

"李闯王夺我圆圆，此仇不共戴天，我岂能让他去享受艳福？誓必杀上京师，夺回美人儿，方泄我这口怨气。"

又取出吴骧的书函来读了一遍，撕作片片蝴蝶，付之丙丁，立刻援笔作书，还答他的父亲：

儿以父荫，待罪戎行，以为李贼猖狂，不久即可扑灭。不意我国无人，望风而靡。侧闻圣主晏驾，不胜眦裂。犹想吾父奋椎一击，誓不俱生，不则刎颈以殉国

198

难。何乃隐忍偷生，训以非义？既无孝宽御寇之才，复
愧平原骂贼之勇。父既不能为忠臣，儿安能为孝子乎？
儿与父诀，不早图贼，虽置父鼎俎旁以诱三桂，不
顾也。

这封信表面上似乎写得很是激烈，合着古人大义灭亲之旨，
但是三桂初时闻知崇祯殉国的噩耗，他也不过如此，反而按兵不
进，意存观望，及接父书，却又欣欣欲降。现在知道圆圆被掳，
他方才一怒而绝生父，似乎美人儿情重，君国恩轻，难逃董狐之
笔了。

这天，三桂立即下讨贼之令。因为闯贼势大，自己军需等恐
嫌不足，即命马宝一军驻防滦州，他自己疾返山海关，部署一
切。同时令部下俱穿白衣白甲，建白旗白幡，所以清初诗人吴梅
村有"痛哭六军俱缟素，冲冠一怒为红颜"的诗，可谓写实而有
深刻的意思了。张苍虬闻三桂下令讨贼，缟素发丧，十分欣喜，
便和陈飞又跑到许靖、柳隐英那边去，对二人说道：

"你们怀疑吴将军不肯讨贼，有反复之心，现在吴将军已有
令了，你们还要猜疑吗？俺们弟兄乘此时机，可以磨砺以须，在
沙场上和流寇喋血大战一下。倘能克复帝都，擒斩渠魁，重安明
室，扫清云翳，这不是很好的事吗？"

许靖也欣然道：

"小弟刚才闻得此信，胸中的气闷为之一舒。大概不久必有
一番血战，张大哥你准备着好身手，为国杀贼吧！"

柳隐英对于三桂此次讨贼却仍不能无疑，但也以为三桂天良
犹在，不忍叛国，到底有此快人的举动。于是大家欣欣然为先皇
帝穿上白袍白甲，预备长驱而复燕京，再造河山，剪除元凶。又
哪里知道天下事波诡云谲，事变之来，有非始料的呢？

第十八回

五更鼓角声悲壮

　　三桂即已誓师讨贼，传檄至京，流寇方面当然多少有些震动。李自成见招降三桂不成，心中大怒，恰巧军师牛金星带着三桂的檄文进来，读给李自成听。李自成是不识之无的武夫，撑着了腰，昂起了头，箕踞而坐，听牛金星读到"……李自成以妖魔小丑，荡秽神京，日色无光，妖氛吐焰，豺狼突于城阙，犬豕踞于宫廷，杀我帝后，刑我士绅，戮我民庶，掠我财物，二祖列宗之怨恫，神庙凄风，元勋懿戚之诛锄，鬼门泣血……"他听到这里，口中舌头一伸道：

　　"这小子骂得我这样厉害吗？真使人有些坐立不安了！"

　　牛金星却只顾读下去，又至读末后"……周命未改，汉德可思，诚志所孚，顺能克逆，义兵所向，一以当十。试思赤悬归心，仍是朱家正统……"数语，李自成早跳起来道：

　　"好小子！究竟这天下是朱家的还是李家的？要他姓吴的出来干预我吗？好！谅这小子有多少兵马，竟敢移檄讨我，来泰山头上动土。我当大起三军，先击败了那厮，然后再下江南。军师之意如何？"

　　牛金星道：

　　"吴三桂坐镇关外，夙著声名，他既不肯归降，反来讨伐，确是我们心腹之患。趁此时江南各地尚无动静，我等出兵东向，击败了吴三桂，这燕京便无东北之忧，然后可以悉心向南收地了。"

李自成道：

"军师既然也有此意，我必扑杀三桂，以雪我忿。来日便可兴师，还请军师与我同行。"

牛金星道：

"自当追随大王左右，勠力以报。大王出师以来，所向克捷。今又取下京师，天下倾动。宁武关的周遇吉智勇双全，尚且死在大王手里，何忧吴三桂不能制胜呢？"

李自成听了，心中稍觉安慰。牛金星退去后，他马上又召吴骧到来。此刻吴骧已接到三桂复书，知道他儿子忽然改变意思，不肯归降，要害自己遭殃了。见了李自成战战兢兢，拜伏在地。李自成指着他骂道：

"你这贼怎么骗我，说你儿子肯降服的？现在你儿子公然大胆为明帝发丧，移檄声讨，骂我为小丑、犬豕、逆贼，侮辱我到极点，岂知我是因为老百姓苦痛很深，所以起来解民倒悬，安定天下的呢？你这老贼定是和你儿子串通一气的，还要向我来假投降。我若留了你，将来一定吃你的亏，你儿子骂我，我先把你这老贼杀了，出出我胸中这口恶气，看你儿子又能奈何我怎样！"

说罢，喝令左右把吴骧推出斩首。此刻吓得吴骧面无人色，战栗不已，叩头如捣蒜，向李自成乞哀道：

"大王明鉴，贱臣是弃逆归顺，一心跟从大王，以图功名富贵，所以听大王意旨，修书招犬子来降。犬子本已允率众来归，不知何以后来忽然变了心思，这是怪不得贱臣的。"

李自成道：

"呸！怪不得你，却怪谁？"

吴骧道：

"贱臣不敢说。"

李自成道：

"怪哉怪哉！你为什么不敢说？直说不妨。"

吴骧道：

"贱臣明白犬子一生最爱他的宠姬圆圆。前次他匆匆出京，没有携带，现在圆圆已归吾王所有，不啻夺了他心头之肉，所以他要变心了。"

李自成冷笑一声道：

"那么这都是我的不好了？"

吴骧道：

"贱臣怎敢有怪大王？但贱臣冒昧有一个请求，大王倘能允许，贱臣幸甚，犬子幸甚！"

李自成道：

"你且说说看。"

吴骧道：

"大王欲得天下，必要待将士们特别优遇，倘然大王肯许将圆圆赐送犬子，那么只消贱臣再去一封书，犬子定能翩然来归，供大王驱遣的。"

李自成听了吴骧这话，喊一声"呸！"一口涎沫直吐在吴骧的脸上。此时的吴骧又吓得什么似的，绝不敢伸手去揩，大有唾面待干之风，觳觫无已。李自成又大声说道：

"陈圆圆绝世佳人，今已为我所有，将来正要待我称帝之日，册封为后。你儿子怎有这福分，妄想得伊为妇？你这老贼！不必在我面前花言巧语，砍了吧！"

刚又要命左右推出，吴骧又连连叩头求恕。恰巧贼将李岩来见，李岩见了吴骧这种摇尾乞怜的状态，便代他说情道：

"现在大王暂且饶赦他的罪命，待到将来擒住三桂，然后一并治罪。"

李自成道：

"也好。"

遂吩咐左右把吴骧严加拘留，不得放走，左右遂牵吴骧去。李自成又召刘宗敏入，一同商议军事，便叫刘宗敏率左翼，李岩领右翼，各带五万人马出发，自己再率十五万为中军，随后接应，共攻山海关，务要把三桂擒获。刘李二人奉令后退去，检点部下人马，克日开拔。刘宗敏是李自成心腹骁将之一，本为蓝田锻工，膂力强大，剽悍绝伦，曾杀了自己的妻子，随自成起义。自一只虎被费宫人刺死以后，李闯王部下要推刘宗敏首屈一指了。

三路大军浩浩荡荡，杀奔山海关而来。此时马宝的一军尚地滦州，自忖众寡不敌，遣急足向三桂请示。三桂下令全军撤至山海关，待李闯王兵到，然后据险迎击。因为流寇势大，孤军抗拒，必蒙不利。马宝奉令后，即命部下留着空营，暗暗撤退。这道令传下去时，早恼怒了张苍虬。此时许靖、柳隐英二人已随右军白显忠撤退回关，只有陈飞尚和张苍虬在军前。张苍虬满拟三桂声罪致讨，可以和流寇血战，谁知听得流寇前锋杀来，三桂忽然有令撤退。他心里顿时又是异常气恼，向陈飞跳着脚说道：

"吴将军不是要讨贼吗？怎么贼兵来了反向后退呢？"

陈飞也道：

"我真不明白吴将军为何不下令痛击，变成了银样镴枪头，令人气死。"

张苍虬便和陈飞马上跑至马宝营帐中去叩询真相。马宝一见二人到来，知道二人是烈性的战士，不待他们开口，先向二人说道：

"吴将军有令叫我们速将前军退至山海关，然后据险迎拒，可以有得胜的机会，所以我们尽于今天晚上务要把全军撤退，二位快去预备吧！"

张苍虬忍不住说道：

"俺们已准备一战，多杀几个流寇，现在流寇来了，俺们反而退走，那么几时候可以攻至北京，驱除闯贼呢？不要使三军气沮，志士心灰吗？"

马宝道：

"张把总，你的话虽然说得不错，但这是军令，不可故违，万一交绥有失，谁能担得起这干系？所以只有奉令退军，别的话不便说。"

张苍虬闻言，愈觉气愤，大声说道：

"守备奉令行事，也怪不得守备，但俺们二人无论如何必要和流寇一战，方能再退。古人有言誓扫匈奴不顾身，俺们来此从戎，本来杀身成仁，为国除患，不想苟活的。倘有败兵折将，俺们二人愿受谴责，虽死不恨。"

陈飞也说道：

"不战而退，大沮军士之气，守备若无意迎战，待俺们二人率领少数人马效甘宁的百骑劫魏营，胜利回来，不胜便和他们拼了，绝不让流寇占便宜的。吴将军如有责怪，我们俩担承其罪便了。"

马宝见二人态度如此坚决，断非自己言语可以遏止他们的，踌躇良久，遂对二人说道：

"未奉军令，本不可以交兵。现因你们忠勇可喜，不如听我之计，待我们军队撤退的时候，二位率领二千人马埋伏滦河之侧，流寇倘然见我们撤退而来追赶时，你们可以出其不意，拦杀一阵，或可取胜。"

张苍虬听马宝如此说，也只得遵令行事，退出帐来，告诉陈飞，且说道：

"俺们誓欲断脰沥血，以报国家，他们掌握兵权的却如此怯弱，到今天俺方知吴将军不是真英雄，徒有虚名了。"

陈飞道：

204

"事已如此，也没有别的话说，我们且预备部卒杀他一阵，也可稍出这口闷气。"

于是傍晚时，前军得到马宝下的撤退令，马上在暮色苍茫中整队退走，留着许多空营，插满了旌旗，以为疑兵之计。张苍虬和陈飞各披战铠，跨下骏马，带领二千精兵悄悄地掩至滦河东边松林里埋伏。那流寇前锋左翼刘宗敏与右翼李岩同时杀到。起初还以为明兵有备，遣将挑战，后来侦知都是空营，四下搜索，不见一个明兵的踪迹，在邻近村子里捉了几个乡民来审问，方知官军已在昨晚撤退往山海关去了。刘宗敏便扎下营寨，去见李岩，他对李岩说道：

"官军不战而退，吴三桂外强中干，兵力不过尔尔，我们赶紧进兵何如？"

李岩道：

"论兵的数量，我众彼寡，所以他们要退至山海关险要之处，然后进可以凭恃，所以我们和三桂的部队必要在那边接触的了。"

刘宗敏道：

"据乡民之言，官军撤退不远，我们何不紧追？莫使他们如愿。"

李岩道：

"穷追恐要中伏。"

刘宗敏哈哈笑道：

"自出潼关以来，我等战无不胜，攻无不克，只在宁武关略受挫折。然而周遇吉到底死在我们手里，吴三桂乳臭小儿，何足道哉！我们又何必多虑？你若不追，我的左翼一军独自紧追也好。"

李岩道：

"那么你请为前队，我为后队，万一中伏，我可接应，不致全被包围。"

刘宗敏道：

"我兵马众多，岂惧被围！便有伏兵，我也可以击溃。这样办法也好，我当然愿领前队，你随后接应吧！"

于是刘宗敏率领部下流寇立即渡过滦河，向前追赶。谁知追至松林附近，忽闻前边林子里号炮声响，有一队官兵杀出来，拦住去路。刘宗敏打前一看，见官军人数不多，且不齐整，便叫部下休要顾虑，只顾冲杀上去，果然一赶便散。刘宗敏哈哈笑道：

"这样脓包般的官军也算埋伏吗？不够老子杀的。"

再向前进，前面正是一个山口，刘宗敏当先领兵过去，又听山谷里号炮响了，刘宗敏道：

"又是方才那些不济事的官军，休要理睬，我们只顾追上去，追及他们的大队时可以厮杀了。"

但是四下里号炮声响，探子报到后边林中有军官杀出，把自己的部队截为两段，不知官军究有多少，流寇顿时溃乱。刘宗敏此时稍觉有些心慌，回马来救，只见东、南、北三处都有官军旗帜，喊杀连天，自己的儿郎们已被冲成数橛，各不相顾，因此益发乱了。他遂舞刀跃马，指挥流寇快快逐退官军，联成一气。一会儿，只见有一队官军杀来，为首一将，刀光霍霍，所至披靡，流寇纷纷倒退，转瞬已杀至自己面前。一匹乌骓马上坐着一个虬髯大汉，素甲白袍，相貌威武，身躯魁伟，背后一面白旗，上绣着一个黑色的"张"字，乃是张苍虬，圆睁怪眼，向刘宗敏叱骂道：

"贼子！危害我社稷，蹂躏我帝京，俺姓张的饶你不得，先吃俺一刀，为君父复仇。"

刘宗敏也勃然大怒，喝道：

"小小偏裨之辈，我岂惧你！"

把大刀劈向张苍虬头上来。张苍虬舞刀拦住，二人各施身手，狠命厮杀，两柄刀飞舞云雾中，化成两道白光，如穿梭般来

206

往。斗至七十合以上，不分胜负，恰巧陈飞手横双锤，一马赶来，见刘宗敏果然骁勇，他就取出一支袖箭，拈在手里，乘机待放。恰巧张苍虬一刀砍个空，身子向前一冲，刘宗敏举起大刀，正要望他后面砍下时，陈飞急急发出一箭，正中刘宗敏的右肩，一阵疼痛，立刻拖刀败走。张苍虬、陈飞纵马追去，部下官军乘机掩杀，流寇死伤不少。正在危急时，金鼓大震，流寇满山遍野而来。张苍虬和陈飞杀了一阵，业已获胜，因自己兵少，恐怕反被包围，所以收兵缓缓而退。张苍虬和陈飞断后，徐徐而行，凛若天神，流寇自顾收拾败残，也不敢再追了。

张苍虬、陈飞撤退至山海关，献上夺取的军械马匹以及首级。吴三桂传令嘉奖。许靖、柳隐英闻得张陈二人伏兵击破流寇，也觉快活，他们仍希望流寇到来时可以在九门口大战一场。吴三桂即命马宝一军和白显忠一军分成左右翼，驻守九门口，和山海关成为掎角之势，专候流寇到来厮杀。他心里专是悬悬于圆圆，恨不得腹生双翼，飞至北平，把圆圆救出，苦帐下尚无古押衙可遣呢！所以闷闷不乐。他知侍卫中间要推白十二的武艺最好，且有轻身功夫，他就召白十二入室，对他说道：

"你知道的，我一生最宠爱的就是爱姬陈圆圆，难得田宏遇赠送于我，这是可遇而不可求的。可是我匆匆出京，未曾携圆圆同行，因想我马上就要入京的，不必多此一举。谁料我还没有至京，而流寇已破了都城，圆圆也为闯贼掳去，不知生死若何，我心里异常思念，寝食难安。现在虽然我已誓师讨贼，而贼兵势大，谅一时未能克复燕京，驱走闯贼。万一旷日持久，那么圆圆又将如何？我想最好能够派人秘密前去，混入京城，向李闯王宫中救出圆圆，这是最稳妥的计划，但这事须要有本领的人去，方可奏效而获安全。所以昆仑黄衫之流，尤为难能而可贵了。你的飞行功夫尚好，我意思想叫你到京中去走一遭，见机行事，不知你自问可能胜任而愉快？"

白十二听了三桂的话，遂说道：

"小人受将军之恩理当效劳，可是小人自问武术有限，以一人之力，断难入京救美。闯贼宫中戒备必然森严，此事不敢冒昧，反误了将军的宠姬。不过小人知道张把总、陈把总等不但马上武艺很好，而且飞行本领高强优异，远胜于小人。将军若必欲救出宠姬，非托他们数人不为功，小人愿荐贤以代。"

三桂听了，点点头道：

"你说得不错，张苍虬等果非平常之材，他们若肯为我效力，这是最好的事了。你去代我设法一下，探探他们的意思如何。"

于是白十二奉了命便去九门口请到张苍虬和陈飞，又请了许靖、柳隐英，同至一个秘密的所在，是白十二特地安排下的，端整一桌极丰盛的筵席，上好的美酒，请四人欢饮。张苍虬见白十二今天如此竭诚款接，心中有些疑惑。酒过三巡，白十二便把吴三桂急欲请张等赴京救出圆圆的心愿告诉四人听，且代三桂要求张苍虬等一行。许靖听了，忍不住哈哈笑道：

"英雄无奈是多情！楚霸王垓下之围，江山尚且要抛弃，而撇不下虞姬，垓下一歌，千古雪涕，这是不能解说的。小弟闻陈圆圆确是江南第一美人儿，吴将军得了，自然鹣鹣鲽鲽，宠擅专房，不幸而被闯贼掳去，无怪将军要深惜痛恨，恋恋不已，珠还合浦，剑跃延津，当然这是吴将军所深切盼望的，然而可知国君新崩，神州失陷，大明江山正在危急存亡之秋，五更鼓角声悲壮，做军人的应当枕戈待旦，舍身救国，国事私情并论，其间的轻重缓急，必有人能辨的。现在吴将军不知赶紧整饬三军去讨流寇，却反念念不忘在一女子身上，岂不失之畸轻畸重吗？"

柳隐英却微笑不语，张苍虬嚷起来道：

"白兄弟，不是俺不肯徇情，这叫俺第一个不能答应去做，俺生的一副铜筋铁肋，吴将军不令俺在战场上痛痛快快地多杀几个流寇，却反叫俺去做昆仑奴，代他盗出红绡，俺老张虽是个粗

208

莽武夫，计算起来，却不值得，不比在承平之世，俺受了吴将军的豢养，代他干一下子，也无不可。此刻俺却不愿做私人的走狗。"

陈飞道：

"吴将军倘能决心和流寇厮杀，早应该起了人马，杀上北京去，方是道理，那么他的宠姬也能从流寇手里救出来了。谁叫他退到这里来，一任那流寇猖獗的呢？"

白十二见大家都不赞成三桂的请求，他知道张苍虬等众人性情豪迈直爽，不论什么事，据理直言，不谀所私的。既然他们都如此说，这件事料来难有希望了，便说道：

"小弟也不过转达吴将军的意思，诸位若然不愿前去，当然不敢勉强，我等且多喝数杯。"

张苍虬道：

"要叫俺喝酒，俺必遵命。醉卧沙场君莫笑，古来征战几人回？倘然喝够了酒，出去厮杀一回，虽死亦甘。现在退守于此，实在沮丧士气的，不敢赞同。"

柳隐英微笑道：

"小弟现知吴将军的性情很多犹豫迟疑，缺少果决，要求他担当重大的责任，是很难的事，我前番所说的话不幸而中了。料他一颗心完全系恋在宠姬身上，国事倒反在后面呢！"

张苍虬道：

"不错，俺恨没有机会向他披肝沥胆开诚布公地一说呢，白兄弟不怪俺们时，何不乘机进言？你是常在吴将军身边的，将军待你不薄，你也该忠告而善道之啊！"

白十二笑笑道：

"吴将军为了圆圆，几乎废寝忘食，必欲破镜重圆，以遂私愿。他本来要……"

白十二说到这里却又缩住了，改变口气，说道：

209

"这件事同他说是很难的，诸位既然不愿意到京里去干这事，小弟只得婉言去回绝将军，以小弟一人之力也难胜任的。"

张苍虬道：

"还是和流寇决战了再说吧！"

于是大家喝酒，谈谈关外和北京的情势，饮至酒酣方散。白十二去见吴三桂复命，他不敢将张苍虬等所说的话在三桂面前直告，只说他们也是自揣力薄，恐贻陨越之罪，所以不敢前去。三桂也有些料到张陈诸人不肯为他私事出力，但也奈何他们不得，只有罢休，暗暗闷在心里，自己筹划如何和流寇对垒的计策。那李自成接到前军追敌中伏，刘宗敏身受箭伤，损折了不少人马的消息，赫然震怒，自己立刻催动人马，向山海关进发。又听了牛金星的献计，另遣一支军队，由勇将杨天麟率领，出抚宁东北境长城，绕道至山海关外，夹击三桂之背，声势十分浩大。这时，三桂虽然因为圆圆被掳，一怒而讨流寇，但他也知道自己的兵力究属有限，关外又要留下军队，防备清廷。若和流寇一战而胜，尚可支持，否则便要涣散的。因此他听得李闯王大兵到来，心里又不免有些彷徨。在他幕府里有一个文士姓方名献庭，笔底很好，三桂的文书都由他包办的，每有献谋，三桂对于他言无不听，计无不从。

这天，三桂闷坐在衙署，方献庭入衙谒见，商议应付流寇的计策。三桂面有忧容，对方献庭说道：

"我虽已移檄声讨流寇，而自己的兵马粮秣都是有限，流寇现分两路来攻，李自成自率大军，有数十万之众，闻又有军队出长城抄我之背。在宁远虽有柴英驻守，然叫他防备清军尚感不足，何能再去对付流寇？因此我很忐忑，如何迎战，方可获胜？"

方献庭道：

"李自成挟众数十万盘踞帝京，声势自是浩大。此次他倾师来攻，我和他周旋战场，未必便能一鼓而胜。清军虎视关外，乘隙而动，倘然他们见我和流寇苦战，出兵掩袭我后，那我数方受敌，大大不利了。"

三桂点点头道：

"我也未尝不顾虑及此，献庭有何良策教我？"

方献庭道：

"在昔战国时伍子胥以吴兵伐楚，举其鄢郢，楚兵大败，国几不国，幸赖申包胥到秦国去乞师。起初秦国不允，申包胥哭泣于秦庭，七月七夜，到底感动了秦国的君臣，立刻出兵，助着楚国，驱走吴兵，复安社稷。当时若无申包胥借兵于秦，那么楚必灭亡了，现在我们既然兵力不足，又恐清兵蹑我之后，腹背受敌，将军何不乞师于清，效申包胥的故事？倘然清主能抱救灾恤邻之旨，相助我们收复燕京，扫荡流寇，那么我们报德酬庸，也至多把山海关以外的土地割让于清，两国修好，各安边圉，岂不是好呢？"

吴三桂听了方献庭乞师之谋，沉吟良久，然后说道：

"清廷和我为世仇，不知他们能不能应许我们去借兵？还有一层须顾虑的，倘然他们入关后不肯退兵，又如何是好呢？"

方献庭道：

"我们只要借了他们的兵夹攻流寇，把流寇击败，克复燕京后，便用不着他们了。不妨以重金犒赏他们的军队，请他们退出山海关，他们既得金银，又得土地，何乐而不为呢？若然他们不肯退兵，我们灭了流寇，再可和他们抗拒。只要自己兵力一厚，以中国之大，岂惧一满洲？"

吴三桂欣然道：

"你的话不错，现在只有这个办法，且先击破了流寇，再谋对付清兵之计。此事又要烦劳你起一信稿，待我修书一封，差人前去试试再说。"

方献庭遵命退出，立即去写好了一封乞师的书信，是致清摄

211

政王多尔衮的，再来呈与三桂查阅，那封书上说道：

三桂初蒙先帝拔擢，以蚊负之身，荷辽东总兵重任。王之威望，素所称慕。但春秋之义，交不越境，是以未敢通名，人臣之义，谅王亦知之。

今我国以宁远右偏孤立之故，令三桂退镇山海，思欲坚守东陲而固京师也。不意流贼逆天犯阙，以彼狗偷乌合之众，何能成事？奈京城人心不固，奸党开门纳款，先帝不幸，九庙灰烬。今贼僭称尊号，掳掠妇女财帛，罪恶已极，诚赤眉、绿林、黄巢、禄山之流，天人共愤，众志已离，其败可立而待也。我国称德累仁，讴思未泯，各省宗室为晋文公、汉光武之中兴者，容或有之。远近已起义兵，羽檄交驰，山左江北密如星布。

三桂受国厚恩，悯斯民之罹难，拒守边门，欲兴师以慰人心，奈京东地小，兵力未集，特泣血求助。我国与贵朝通好二百余年，今无故而遭国难，贵朝应恻然念之。且乱臣贼子亦贵国所宜容也。

夫除暴翦恶，大顺也；拯危扶颠，大义也；出民水火，大仁也；兴灭继绝，大名也；取威定霸，大功也。况流贼所聚，金帛子女不可胜数，义兵一至，皆为所有，此又大利也。

王以盖世英雄，值此摧枯拉朽之会，诚难再得之时也。乞念亡国孤臣忠义之言，速选精兵，直入中协、西协，三桂自率所部，合力以抵都门，灭流寇于宫庭，示大义于中国，则我国之报贵朝者，岂唯财帛？将裂土以酬，绝不食言。

本应上疏贵朝皇帝，但未悉礼制，不敢轻渎圣听，乞王转奏。

三桂看过一遍，对方献庭说道：

"这封书你写得很好，我不得已去乞一下师，且待击败了闯贼，再作道理。"

便遣副将杨坤、游击郭云龙前去送书乞师。那时候，清朝的摄政王多尔衮方以大将军督师，据守关外。得到了吴三桂乞师的书信，便和麾下文武官吏商量，要不要出兵去援明。有几个文官如大学士范文程等，都主张声罪讨贼，徇三桂之请，兵以义动，何功不成？多尔衮自己也以为这是一个很好的机会，不可失去，所以立刻作书答复三桂，允许出兵。书中有"昔管仲射桓公中钩，后桓公用之为相，以成霸业。今伯若率众来归，必封以故土，晋为藩王，一则国仇可报，一则身家可保等语"。那么多尔衮的意思也可想而知了。

三桂得多尔衮复书后，再去信催促进兵，这事早传遍军中。张苍虬得到了这乞师的消息，忙和陈飞去见许柳二人，大家聚在一处坐谈。张苍虬首先开口道：

"你们大概已知吴将军乞师清廷的一回事了，俺却大不以为然。他们和我朝是世仇，狼子野心，不可测度，我朝谨固藩篱，以防侵凌，尚虞被他们所弃，怎好去向他们请兵，助我攻击流寇？这无异引狼入室，开门揖盗，吴将军还有什么智虑？谁人代吴将军画此计的，可斩其头！俺倒要去见吴将军，劝他万万不可借清兵，引仇人入关呢！"

许靖道：

"张大哥说得甚是。昨天白十二来言此计系方献庭借箸代谋，吴将军因流寇势大，深恐腹背受敌，不得已而向清廷去乞师的。现闻清兵已近山海关，宁远的柴英一军也正在撤退中了。小弟也以为此事吴将军做得有些不对，清兵本是我国的仇敌，我因危急而去乞援，他们岂肯真心相助？况且摄政王多尔衮虎视鹰瞵，居心叵测，清兵又在强大之时，万一他们进了关，击败了闯贼，克复了京都，而大军久驻不去，那么吴将军将若之何？"

陈飞点点头道：

"这不能不顾虑到的。借人家的力量本不足恃，何况又是借的素来与我为敌的人呢？"

柳隐英道：

"李自成等流寇虽然扰乱天下，颠覆大明社稷，然而他们也是中国人，他部下有许多人都是为饥荒所逼，铤而走险的。乌合之众，万不能成大事。至于清兵却是异族，怎能借着他人的力量来屠杀自己同胞呢？"

张苍虬一闻此言，拍着手掌说道：

"柳兄弟说得真好爽快，自己人用不着外边人来杀，所以我更不赞成。"

许靖道：

"兄弟阋于墙，外御其侮。古时诗人已有明训，吴将军之智竟不及此吗？我们千里迢迢来此从戎，满拟将来可以建立一些功业，青史留名。现在看起来吴将军的为人庸庸无异常人，且又欲效申包胥的乞师，却不知情势是不同的。他日眼见清兵入关，蹂躏中原，我们大明人民还有一番浩劫要遭受呢！那么我们不是明珠投暗，大失所望吗？"

张苍虬道：

"好！俺们弟兄四人既然主见相同，现在不必空谈，无裨实事。俺们还是去见吴将军，劝他快快辞谢清兵，凭着自己的力量去剿除流寇吧！"

柳隐英道：

"吴将军业已决定这样办，清师已出，我们要求他收回成命，他岂能应允呢？"

张苍虬道：

“他能不能应允，这个俺却不管了。骨鲠在喉，不得不吐，俺们不妨前去试试。”

于是四人商议已定，一齐到关上来见三桂。三桂闻张苍虬等谒见，他心里本有些不满意于张苍虬，因为他们不肯接受他的差遣，到京中去救圆圆，但想到他们都是有本领的武士，自己正在用人之秋，不得不稍给他们一些颜面，将来还要用他们的力气去和流寇交战呢！所以他就接见了。张苍虬见了三桂，首先开口道：

“末将初闻平西伯誓师讨贼，很佩忠义之忱，所以愿效驰驱，共诛逆贼。现在平西伯退驻山海关，观望不前，反给流寇倾众来犯，而平西伯尚不督饬三军迎头痛击，却又去向清廷乞师，末将真有些不明白起来了。”

三桂听张苍虬责问得很是严厉，遂正色答道：

“张把总，你不知贼众我寡，胜负之数未可预卜。我为欲早早安定明室，扫灭流寇，所以暂时向清军弃嫌修好，效申包胥之乞师异邦，奠定大局，这也是一时权宜之计。难得多尔衮已允出兵，清师不日入关，我们赶紧协力讨贼规复神京，才是上策，他非所知。”

张苍虬道：

“好个上策！末将斗胆冒昧敢说这是下策，将来我们一定要吃清兵的亏。清兵与我为世仇，虎视关外，骎骎强大，我们防备他们尚恐不及，岂能导引他们入关，造成他们盘踞中原的机会呢？我们要凭自己力量去攻流寇，外人之力是不可恃的。他日内乱方平，外祸又起，不是使神州禹域多一重未来的兵祸吗？所以末将等前来拜见，要求平西伯速即去书辞谢，缓住他们的兵马，然后自己再思消除流寇之计。以平西伯的英才，三军的用命，更兼各处纷起勤王之师，流寇究属乌合之众，侥幸得胜，一时猖狂，不难徐徐把他们扑灭的。故末将以为流寇可畏而不足畏，清

215

兵可畏而不可亲，愿平西伯早决大计，莫贻噬脐之悔。"

张苍虬侃侃而道，理直气壮，声如洪钟。三桂不觉脸上变公，他终因张苍虬等不肯代他去救圆圆不慊于心，今日张苍虬的说话又是非常率直而多顶撞，更使他着恼了，遂对张苍虬冷笑一声道：

"张把总，你们只知其一，不知其二。此次乞师于清，我已再三思虑过了，倘忧流寇已破，清兵不退，这也未免过虑。我们虽以关外之地，可餍清人之望，万一不济，我们集合师旅，也可以和清兵一战。总之，这是一时权宜之计，不必鳃鳃过虑。乞师之书已去，清兵已出，这又不是儿戏，岂可出乎尔反乎尔呢？你等不必多管，听候本将军的命令就是。"

许靖方要开口说话时，吴三桂已拂袖而起，退往屏后去了。张苍虬等四人见三桂的态度如此，只得退出，回至自己地方，张苍虬四顾无人，恨恨地对众人说道：

"吴三桂徒有虚名，这厮照这样做去，一定要吃清兵的亏，倒是给人家一个良好的机会。依俺的心，恨不得先杀了那厮，然后起兵讨贼。"

许靖道：

"三桂虽然依骑外人，却是逆迹未著，我等若把他杀却，徒乱军心，于事无补，而反被人家说我等犯上作乱，别有野心了。"

柳隐英道：

"我们到此投奔吴三桂的初衷，是因他是一位英雄，所以愿附骥尾。现在他既然做出这种不智的事，他日贻祸于国，我们都不赞成，那么天下之大，英雄多矣，良禽择木而栖，贤臣择主而事，我们何不痛痛快快地离开这里，到别地方去呢？只要我们心存复仇，忠于明室，海内豪杰必有和我们同情的，何必在此受这闲气呢？"

陈飞也说道：

216

"柳贤弟这句话说得很对。我们既然和吴将军志向不同，不必在他麾下效力了。"

许靖也点点头道：

"不错，待文王而后兴者凡民也，若夫豪杰之士，虽无文王犹兴。现在天下大乱，有志者都可以起来收拾河山，何必一定要依附他人呢？"

张苍虬道：

"好！你们都说得是。俺们走吧！可是走到哪里去？"

许靖又道：

"中州地方豪杰之士甚多，嵩洛之间正好借以做根据之地，南联两湖，东接吴越，尚可以抗流寇而御清兵，我们且到那里去找机会就是了。"

于是四人商议既定，预备明日动身，离开山海关望关内去。

到了次日早晨，四人饱餐已毕，各挟行装，佩上刀剑，坐了骏马，出了营门，望九门口进发。各人心里自然有不少愤慨，尤其是许靖，仆仆风尘，尚无建树，眼前所见的事物都是使他心里烦懑的。刚才行至中午，各人有些肚饥，正要觅取打尖之处，忽闻背后大道上鸾铃嘁嘁，有一骑疾驰而来，高声大呼"张兄弟慢走，快快回去！"四人不防有此，都觉得突然一怔。

第十九回

黄昏胡骑尘满城

　　张苍虬等四位豪杰正欲离开山海关往别地方去，自己努力为国除奸，不料路上有人追来。张苍虬回头一看，只见背后大道上三匹马风驰电掣而至。当先一匹坐骑上有一位将军，白净的面皮，颔下短短的胡髭，正是柴英，心里不由一愕，连忙一齐回马等待。柴英的马跑至面前，早已一拉缰绳收住，在马上躬身说道：

　　"张贤弟，你们往哪里去？"

　　张苍虬听他这样紧问，一时倒不好说，看看柴英背后两匹马上坐的乃是柴英的亲信从骑，便勉强笑了一笑，说道：

　　"柴兄，你不是在宁远留守吗？怎样回到这里来的呢？"

　　柴英听张苍虬没有回答自己的问话，反而向他询问，便笑了一笑，跳下马鞍。张苍虬见柴英下马，自己也就跳下马来，于是陈飞、许靖、柳隐英等也一齐跟着下马。柴英将手抹着他自己额上的汗，一拉张苍虬的手说道：

　　"我们到前边林子里去谈谈吧！"

　　张苍虬道：

　　"也好。"

　　四人随着柴英走到东边一座松林里去，丰草绿缛野花欲燃。大家席地而坐，他们的马匹自有柴英的两个从骑在那边看守着。

柴英先说道：

"我在宁远闻得闯贼将移京城的消息，也甚惊骇，才又接到吴将军誓师讨贼的命令，未尝不以此自慰。但又闻吴将军退守山海关，李闯王大举来犯，且有抄袭宁远的消息，我一面要防备清兵，一面又要抵御流寇，变成腹背受敌，心里十分彷徨。前日忽又接奉吴将军的命令，着我即日撤离宁远，如期退至山海关，他已向清廷乞师，共剿流寇了。所以我也只得奉令率部下退回山海关，到吴将军那里去交代过。因为怀念你们诸位，立刻跑到九门口来访谈，谁知我到营门时，遍访不见，有小卒报称，眼见你们坐着马带了行李去的，我心里有些疑讶，莫非你们不别而行？好在走得不久，所以我带了二骑立刻飞马来追，且喜我们尚能见面。唉！张贤弟，你们为什么这样一走呢？"

张苍虬冷笑一声说：

"柴兄，你问俺们为何离开山海关吗？唉！俺们四个人不远千里来此投军，本是对于吴将军抱着一片热诚的，无奈现在吴将军的所作所为，和俺们的思想不能融洽，所以老实说，俺们不愿再在他麾下效力了。只因柴兄远在宁远，虽闻你即将撤回，也不及等待了，请你原谅吧！"

陈飞也说道：

"这是不得已而如此的，吴将军干的事，你老哥也全明白了，明人不庸细说。"

柴英听二人这样说，点了一点头说道：

"我也料知你们是为了吴将军乞师清廷而走的。吴将军此举当然未免有些与虎谋皮，不明事理，可是我回来后，听方献庭说，这也不过是一时权宜之计，暂且借一借他人的力量，击败流寇后，吴将军依然效忠明室，绝不和清廷合作的。"

张苍虬道：

"他未必见得能如此吧！"

许靖道：

"无论如何，这总是吴将军的失策，虽然将来的事情未可知晓，然而这样办法无异预先种下祸根。试思天下能有这样仁至义尽的好人，不刮于我土地，悉索敝赋，来帮助我们平定内乱的吗？唉！吴将军只顾目前，不想后来，这岂是豪杰之士？所以张大哥和我等不得不离去了。"

柴英道：

"你们各位说的话我都深表同情的，只是吴将军既已做了，我们一时也不及挽回，唯有徐思补救之法。所以我不愿意你们就这样地离开吴将军，特地亲自赶来，奉劝诸位随我回去，暂时不要脱离。待到吴将军借了清兵，克复燕京，驱除闯贼以后，我们就助着吴将军悉力对外，不让清人占我关内尺寸之地。倘然到那时候吴将军再有犹豫之志，不要说诸位要去，便是我姓柴的也不愿再在他麾下间接去受他人的驱使，那么我们不妨再想别法，务求于国有利。我这番说话，请诸位鉴谅。并非是为了吴将军一人的私利，实在仍为了国家而劝诸位不要绝裾以去，还是大家留在一处，共平流寇，静观其后。吴将军读过诗书的，或不致舍己从人，忘却了祖国吧！"

张苍虬等听柴英说得这样地诚挚，心里又软了下来，尤其是张苍虬，他和柴英的友谊很好的，自己跑到这里来投军，柴英极力提携，现在自己悄悄一走，柴英又追来挽留，似乎说不出再走了。他就很直爽地说道：

"俺们本预备去了，既然柴兄这样劝止，倘然俺们坚决不听时，反遭柴兄说俺等不识抬举了。好！俺们就暂留在吴将军处，看他的后来吧！但愿俺们所料的都不中，便是国家的洪福了。"

陈飞、许靖见张苍虬已允暂留，他们自然也无可无不可地跟着答应。唯有柳隐英却是双眉微蹙，口里虽不说话，似乎很不愿意再留了，不过大家的意思决定不走了，他也不便再说要走。柴英见张苍虬等已允不去，心中欢喜，便和他们一齐立起身来，说道：

"我们回去喝几杯酒吧！"

四人遂跟着他走出松林，大家坐上雕鞍，重回九门口营中。柴英要请四人喝酒，张苍虬道：

"柴兄此次从宁远入关，论理该俺们为柴兄洗尘的，哪里可以让柴兄做主人？这东道是俺的。镇上有一家万花楼，酒菜都好，今天俺们就到那边去吧，俺肚子也饿得够了。"

柴英知道张苍虬的脾气，也就不再和他客气。五人遂又离了营门，蹀至万花楼，拣一个雅洁的座席坐下，沽酒痛饮，大家谈谈流寇和清兵的情形。张苍虬酒喝得最多，话也说得最多，唯有柳隐英默默然不多谈话，酒也喝得最少。许靖知道他一定为了去而复返，心上有些不高兴了，当着大家的面也不好和他怎样说，所以许靖也没有多喝酒。一会儿，张苍虬已喝得酩酊醉倒，陈飞付去了酒钞，和许靖扶着张苍虬送他回营。柴英别有事干，告别而去。柳隐英随在许陈二人之后，送张苍虬到了营中。看看天色已晚，二人也要回转他们自己的营帐，所以跨着马，在晚风夜色中踏月而归。

这晚上月色皎洁，照彻大地，道旁绿柳蓊郁，遮蔽了月光。柳断处，银光耀目，远远地大山崔嵬，映着皓月，也好似披上了白甲素袍，许多顶天立地的大战士，要为国家扫荡妖魔，春风阵阵，吹拂到人脸上来。许靖对着这当前的月景，心里大有感触。他和柳隐英并辔而行，偶瞧柳隐英低着头，露出一团不高兴的样子，马蹄嘚嘚，打破了岑寂的空气。许靖回头对柳隐英带笑说道：

"前读《史记》，韩信因汉王不用，悄悄离开蜀中，萧何得知后，连忙把他追回来，请汉王重用，萧何可谓有知人之明。现在我们走了，偏有柴英把我们追转，我们虽料吴三桂不能成事，而因柴英的情谊，勉强回来，暂忍着以观其后。但我看柳贤弟情绪大为不佳，谅必心中很不愿意，我若没有张大哥一言，也早和贤弟走了。现在只得请贤弟稍待些时，只要我们杀至北京，便知分晓。"

柳隐英叹了一口气说道：

"杀至北京吗？到那时候便要悔之莫及了！吴将军既有志讨贼，为什么自己退到山海关，畏首畏尾，一任那流寇猖獗呢？唉！我知道他哪里想讨贼，只不过要夺回他的美姬陈圆圆罢了。像这种只知有家，不知有国的人，何能宏济巨艰，剪除元恶呢？到底变成徘徊中途，去乞怜人国，真是日暮途穷，倒行逆施，他哪里有什么本领去收拾山河？不过给他人造成机会罢了。所以小弟实在很不愿意再在他麾下供职，劝你们大家早早远走，谁知偏逢柴英会把你们追回来。此后我们为谁去出力呢？明珠暗投，岂不可惜！"

许靖听了，点点头道：

"柳贤弟说的话句句打中我的心坎，我也不是真心乐意再在这里供职，张大哥是想什么说什么，很重情感的男子汉。他既然如此说，我们为义气起见，也只得暂留了。柳贤弟，你别恼，将来我和你总是在一块儿，你若果然看不过去而要离开时，我必跟你一起走。我与贤弟虽说萍水相逢，结为金兰，而情谊之重，远非他人可比。辱蒙不弃，时垂青眼，无论如何，我是不能忘记的。"

柳隐英听了这话，对许靖的脸上看了一眼，徐徐说道：

"靖哥真是我的知己，我若不为靖哥在此，也早已走了。古今英雄豪杰贵在毅然决然，认清了目标，用全力以赴，不论任何挫折、任何压力，都不足动心，然后可以立大志，成大业。所以我要奉劝靖哥，志向早早决定，以后便绝对不要因外来的境遇而发生动摇。世间有许多人他们本来的意志是很好的，可是到后来却变更了初衷，甚至会和以前做的事完全违反，这是什么道理呢？恐怕就是他的意志不定，发生了动摇，所以孟老夫子要说：'持其志，无暴其气了。'即如吴将军他本来是想勤王的，后来一会儿软化了，一会儿因为李闯王夺了他美姬之故而誓师讨贼了，一会儿又见流寇势大而生畏怯之心，竟向清廷去乞师，借外力去助他平乱了。靖哥，试想这种意志不坚的人，不但不足以成大事，恐怕将来也没有什么好结果呢！我们留在他麾下作甚？难道跟他去为他人效忠吗？"

许靖听柳隐英说得如此慷慨热烈，不由大为佩服，遂说道：

"贤弟的心我是知道的，现在我们只可稍缓些时，倘然吴三桂能够处理得好，自然无话可说。即使不幸而言中，我和柳贤弟当想法子刺死吴贼，自己去创造一些事业，有何不可？"

柳隐英对许靖脸上望了一望，辗然浅笑道：

"靖哥能如此，真合我意。我们当协力同心，为国家芟夷大难。我们不要看得自己太渺小了，假若小弟能统十万貔貅，断不致像吴三桂那样蝎蝎螫螫地逡巡畏缩，求助于他国。"

许靖笑道：

"我希望你将来能够如此。古来元戎大将，起初时候哪一个不是屈居在下的？因为他能冲锋陷阵，斩将搴旗，立得大功，一鸣惊人，所以便扶摇直上，独缩虎符了。"

柳隐英道：

"小弟愿与靖哥彼此共勉。"

二人一路说，一路马蹄踏月，缓缓归本营中，卸下行装，依然留在山海关畔了。那吴三桂既然已向清廷乞师，自己也秣马厉兵，准备和清兵夹击李闯王。听说多尔衮的大兵已至连山，他希望清兵快快入关，所以他又修书催促，书云：

接王来书，知大军已至宁远，救民伐暴，扶弱除强，义声震天地。其所以相助者，实为我先帝，而三桂之感戴尤其小也。三桂承王谕，则发精锐于山海以西要处，诱贼速来。今贼亲率党羽，蚁集永平一带，此乃自投陷阱，而天意可知矣。三桂已悉简精锐，以图相机剿灭。幸王速振虎旅，直入山海，首尾加攻，逆贼可擒，京东西可传檄而定也。再仁义之师，首重安民，所发檄文最宜严切。更祈令大军秋毫无犯，则民心服而财土亦得，何事不成哉？

三桂所以这样说法，就是他要想商请清军秋毫无犯，不扰吏民，免掉他开门揖盗之丑。哪里知道多尔衮也想到此次入关，抱有极大的愿望，更要做出一些假仁假义之事来笼络人心，不能再像以前交战时那样以劫掠为能事了。况且对手方面又是惯于屠戮的流寇，当然要做得清楚一些，可以有辨别，也让明朝的人民可以不致怨恨他们的暴虐行为，而感觉到以暴易暴，不用吴三桂再去教导他们了。

吴三桂发出书后，探马迭连来报，清军已近山海关。又闻流寇李自成自率大军，渡过滦河，浩浩荡荡杀奔山海关而来。他就吩咐前锋马宝和白显忠二军尽速向右翼移动。且闻流寇等已从别路出关，情势急，遂和柴英率领随身衙兵五百人，跑到关外去力请摄政王多尔衮移师入关。多尔衮部下很有主张乘流寇大举出犯时，可遣雄师从别道抄袭居庸关，直薄京畿，京师空虚，唾手可得。流寇若然回军援救，即可一鼓成擒的。然而三桂终因流寇逼近咫尺，关门事急，力请入关讨贼。多尔衮遂令英王阿济格、豫王多铎，各将一万骑从东西水关分道而入，自率大兵继进。三桂大喜，遂回至山海关，准备欢迎清兵。

到四月二十三日那天，清军已开至山海关了。吴三桂率大小偏裨将佐出迎，且出牛酒犒劳清军。多尔衮遂令三桂的军队各用

224

白布系在肩上为号，做清军的前驱，导引清军长驱而入，在一片石地方和流寇相遇。那时李闯王的部下多历战阵，甚为剽悍，起初尚不知道清军入关，还以为吴三桂的军队前来迎战，因为三桂乞师于清，是十分秘密，没有向关内宣传之故，李闯王自恃兵马众多，哪里把吴三桂放在心上？两军既近，各自结阵。李自成排的一字长蛇阵自北山亘海，旌旗密布，声势十分雄壮。清军鳞次布列，尽伏吴三桂大军之后。三桂的部下身当前敌的，就是马宝和白显忠两军，张苍虬等都在军中，两边擂起战鼓，各振声势，马宝立马在大纛旗下，张苍虬、陈飞在他身侧。马宝将手拍着张苍虬的肩膀说道：

"今天我们初次堂堂正正和流寇会战，倘能一战而胜，流寇覆贬之余，必然其势衰颓，一蹶不振，况且清军在后面瞧着，我们也不可不在他们面前显一些身手，争一些颜面，这个关系非轻。张把总平日忠义奋发，常欲为国讨贼，今日可以多斩几个贼首了。"

张苍虬听了马宝的话，心头更是兴奋，遂对陈飞说道：

"我和你到阵上去厮杀一会儿，不要给清军笑我无人。"

陈飞当然也愿努力杀贼。二人带领百余铁骑，从阵中翩翩地飞驰至阵前，向李闯王阵上直冲。李闯王见有少数明兵前来搦战，他也不以为意，便命贼将一枝桃和马飞天迎敌。张苍虬今天头戴战盔，身穿白袍白甲，腰佩灵宝宝刀，手中却握着一柄三尖两刃刀，也系着白缨，刀光如雪，衬着他一张黝黑的脸，真是黑白分明。陈飞也挺着一对鸳鸯铜锤，瞧见对面流寇阵中有一伙小卒簇拥着两个贼将来战，张苍虬催动坐骑，大喝一声，挥动手中三尖两刃刀，当先驰至。贼将一枝桃舞枪迎住，只见张苍虬的刀光在一枝桃头上盘旋了数下，一支桃的头颅早已不翼而飞。马飞天举刀来救时，陈飞抢上前，将左手锤拦开刀，右手锤使个"叶底偷桃"，一锤打去，正中马飞天的腰里，仰面朝天，翻身跌落马鞍。马飞天有个兄弟飞海，他在阵中，见他的哥哥被人家打下马来，心中大惊，不待李闯王下令，舞枪跃马，前来复仇。张苍虬又上前和他交手，不到七八合，又是一刀斩于马下。张陈二将在阵上连杀三贼，李自成暗暗吃惊不已。刘宗敏伤已痊愈，在阵中瞧见了，勃然大怒，对李闯王说道：

"此人是吴三桂手下的骁将，前番滦河之役，曾吃了他的亏，今日必当报复，一雪前耻。"

李闯王许他出战，并叫李岩等四将纵马直追，马宝想冲动流寇的阵脚，借此可以一显自己神勇。但见对面又来了许多贼将，当先马上坐的正是刘宗敏，手横大刀，高声大喊。张苍虬狂笑一声，刀如长虹，马如游龙，向前径取刘宗敏。但刘宗敏的一柄刀亦殊不弱，抖擞精神，和张苍虬酣战在一起，李岩来助，陈飞和他战住。众贼将见二人骁勇万分，恐防刘李二人受挫，大家举起兵刃，上前协助。张苍虬和陈飞奋勇力战，毫不稍退。

那许靖和柳隐英在白显忠军旗之下，遥望张苍虬等在阵上斩将逞能，心头兴奋得了不得，立向白显忠请命后，带领百余骑向李闯王阵前冲杀过去。许靖坐一匹银鬃马，使一支烂银枪，柳隐英坐一匹枣骝马，挟一支梨花古定枪，杀至阵前。李闯王见那边又有明将冲来，便令贼将樊大麻子等三人前去迎战。许靖见对面有贼，急欲建功，冲上前去。樊大麻子舞开手中双锤，和许靖鏖斗。柳隐英纵马上前，觑个间隙，一枪挑去，樊大麻子早已翻身落马。这时候，那边张苍虬又已斩一贼将，吴三桂见他们如此勇敢，心中不胜欣喜。柴英等诸将见了，也跃跃欲试。李闯王见刘宗敏等战明将不下，自己方面又折去樊大麻子，不免暗暗吃惊，想吴三桂的部下怎样都是骁勇之辈？牛金星在旁对李自成说道：

"大王，你看三桂部下能人不少，今日若和他斗将，我们未免吃亏，好在我们兵多，请大王下令全军出战，向前冲锋，和他们混战一阵，我们兵多，自然他们抵御不住了。"

李自成也赞成此说，便又令军中摆起前进鼓声，众流寇一齐向前，马奔卒驰，漫山遍野，分作数大队向三桂阵上冲杀而来。一霎时张苍虬、许靖等已被流寇包围在垓心，三桂也挥众迎敌，两边乱杀一阵。流寇的人数只顾增加，声势浩大，清军那边的摄政王多尔衮率领阿济格、多铎、洪承畴、孔有德、尚可喜等，都立马在高岗上观战。初见吴三桂麾下的明将连斩数贼，凌厉无前，不觉大为惊异，后见流寇挟着众多之势，张开两翼，包围明军，如潮涌一般。明军人人血战，冲荡格斗，喊杀之声，震动海峤。

时已近午，尘沙山起，怒若雷鸣，双方死伤甚众，尸如山积。多尔衮回顾多铎道：

"这时候我们可以出而破贼了。"

令索伦部的骑兵当先冲锋，索伦部的众健儿是满洲诸部中最为骁勇的部队，素善驰骋，尤擅火枪弓弩，清军每战时都叫索伦部任攻陷之责的，可称精锐。当时，鼓声大震，清军从三桂阵右突出，万马奔腾，飞矢如雨，火枪砰訇，声如雷霆，所向之处，无不辟易。李自成等正要把吴三桂所率的明军包围歼灭，却不料又有大军杀来，一时莫名其妙，及流寇接触后，见来的将士都是头上编发而辫的，方知是清兵，不觉惊呼道：

"满洲兵来了！"

铁骑冲荡，阵脚摇动。吴三桂等部下如张苍虬、柴英等也在围中奋力死战，对流寇有反包围的形势。流寇素闻清兵之名，又是初次交锋，竟有这样的厉害，纷纷溃乱，自相践踏，杀死的不计其数。李自成大为惊骇，和牛金星等策马先奔，明兵遂和清军夹击其后，流寇大败。

李自成奔逃永平，损失部卒十万人。这一次血战剧烈异常，流寇还是第一次遇到劲敌，初以为可以直捣山海雄关，扫除吴三桂的一路明军的，哪里料到三桂已请得清军入关，自己反受到空前的惨败呢？吴三桂既破流寇，自然欢喜不迭。张苍虬等浴血苦战，杀贼尤多，且喜四人都没有受重伤，只陈飞腿上略受轻伤而已。吴三桂和多尔衮会晤后，各贺战功，三桂且表示谢忱，献上牛酒，慰劳清军。多尔衮亦将关外的皮货赠送三桂诸将，且命吴三桂带领马步兵前驱追贼，早克燕京。三桂有了清军为后盾，况又一战而胜，胆气更壮，他本来心中如焚，恨不得马上一口气赶至北京，将他的爱姬陈圆圆从虎口中救出，美人无恙，破镜重圆，所以他情情愿愿地接受多尔衮的命令。谁知多尔衮的计划，不过要想将吴三桂的军队为自己大军的开路先锋，胜则自己不费气力，早至明京，败则消灭了吴三桂的兵力，也未为不可，他本深忌三桂英俊之名，入关以后，一心想利用他罢了。

吴三桂率领部下，紧蹑流寇之后。流寇经这一役大败，众心动摇，没有勇气反攻，李自成遂使部下王则尧、张若麒二人到三桂军中去议和。三桂骂道：

"李闯贼夺我宠姬，死我先帝，此仇不报，何为丈夫！现在他倒要来向我请和吗？我岂肯轻易答应？除非他将圆圆原璧归赵，别的话都不必说。"

逐退来使，进军益急。此时李自成部下尚有精锐二营殿后，扼守在滦河，断了桥梁，以阻进兵。吴三桂令马宝一军从正面架设浮桥强渡，别遣白显忠一军在夜半从滦河水浅处偷渡，袭击流寇正面。马宝和张苍虬、陈飞等在河边进兵，可是贼将李岩和郁火星抵死守住，强弓硬弩放射不绝，明军有好多中箭落水，不能过河，相持了一日。

到了夜半，张苍虬知道白显忠一军在别一处偷渡，倘然偷渡成功，自己的正面也就不难飞渡了，所以他和陈飞等诸将率一千步兵，在河岸上隐伏着等候。滦河是十分阔的，河水荡荡，野风呼呼，天上没有月色，只有许多星光，一闪一烁地照出些微光。遥望对岸，灯火密密，像是戒备很严的样子，明知只要此间一有

228

什么举动，他们那边立刻就要邀击的，所以伏着不动。看看天上参横斗转，时候已至下半夜，张苍虬忽然瞧见对岸有几处冒出白烟来，渐渐火舌乱吐，红光映天，人声哗乱。张苍虬知道许靖等袭击成功，自己该去接应了，不敢怠慢，立即和陈飞催动部下士卒，架搭浮桥渡河，掩杀过去。那边虽有流寇堵击，然而力量已分散了。张苍虬等早已强渡过了滦河，一齐杀上岸去。

此时许靖、柳隐英已在滦河西岸喋血大战，非常剧烈之际。因为白显忠奉到三桂命令后，他知道许靖、柳隐英二人可当前锋，遂召二人入帐，授以机宜，令率二千人在薄暮出发，绕道至滦河下流水浅之处偷渡，袭击流寇。二人奉令退出后，柳隐英对许靖带笑说道：

"前天一片石大战，张大哥在阵上大显身手，小弟却未能多所驰突。今番我们奉有偷渡滦河之令，我们必要达到目的。想正面张苍虬等必要同时接应的，小弟乘此机会，要多杀几个流寇呢！"

许靖道：

"柳贤弟说得是。你的本领不输于张大哥，我愿追随你的后面，共同杀贼。"

于是二人在天晚时令部下饱餐毕，衔枚出发。且喜在月黑夜，对岸的流寇绝难察觉的，急行有二十多里，早到缪家村。那边河道狭而水浅，正是一个最适宜于偷渡兵马之处，望到对岸黑沉沉地没有一点儿灯火，大概没有什么流寇驻防的。许靖遂叫部下唤起乡民，向他们善言劝说，借得十数艘小船，搭起临时浮桥，分批偷渡过去。柳隐英在前，许靖押后，约有一个时辰，全体士卒已安渡滦河，果然神不知鬼不觉，那驻守河岸两营的流寇尚睡在梦里呢。柳隐英跨上战马，当先领导士卒，往流寇驻扎处急行。约莫走了十里路光景，早望见前面灯火，流寇的营便在眼前，于是柳隐英吩咐吹起号角，亮着火把，一齐向前冲杀。流寇

229

不防从他们侧面忽然杀来一彪明军，仓促应战，人心惊慌。柳隐英挺枪跃马，冲至流寇营前，贼将郁火星拍马挥刀，上前迎战，不数合，被柳隐英一枪洞穿了郁火星的胸口，红雨四溅，倒在马下，寇众大乱。柳隐英冲入营中，枪到处个个仆跌，便在营中放起火来，连端几个营盘，一处处放火燃烧。李岩在黑夜中不知明兵来了多少，一面又要防御正面滦河对岸的明军，慌得他措手不及，只叫部下将弩箭放射。柳隐英将他手中的梨花古定枪使开了，浑身上下条条白光，宛如一片梨花随风飘舞。拨开箭头，直杀到李岩处去，要想生擒李岩，李岩见明将如此勇敢，吓得他回马奔逃，不敢迎战。柳隐英追过去，嗖的一声，有一箭向他马头射来，这是李岩在马上回身反射的。李岩素擅箭术，在闯军中著有赛花荣的别名，此刻他被柳隐英追急了，遂想用暗箭射人，岂知柳隐英眼快手快，箭到马头，将枪轻轻一拨，那箭便扑地打落在地了。但李岩擅有一手连珠箭，一箭不中，第二箭又至，柳隐英左手一捞，捞在手里，接着第三支箭流星一点，又飞到柳隐英面门之前，柳隐英张口一咬，把箭头咬住，吐落于地。照理连珠箭总是三箭一发的，只要让过三箭，便可没事，所以柳隐英已把三箭避过，心中有些松懈。不防李岩的连珠箭一发便是四五支不论的，第四支箭向他下三路射来，柳隐英将马一拎，向左边疾避时，究竟是在黑夜，看得不甚清楚，一箭正中他的右腿，一阵疼痛，已知道中了流寇的箭。遂也伸手从腰袋里掏出一支响镖，照准前面李岩的坐骑，一镖飞去，当啷啷一声，一镖正中李岩的马屁股，那马往上一跳，把李岩掀落马鞍，流寇上前抢救而去。许靖也跃马赶来，大叫：

"柳贤弟，穷寇莫追，我等且接应大军渡河。"

柳隐英眉峰一皱，对许靖说道：

"小弟不留神，腿上已中得一箭。"

许靖一惊道：

"可妨事吗?"

柳隐英道:

"大致没有重伤。"

许靖遂先下了雕鞍,扶他下马,便在草地上坐了,左右将火炬在旁照着。许靖低下头去,只见柳隐英的左腿上插着一支雕翎,幸亏中得尚浅,其势已偏,故没有深入。许靖对柳隐英说道:

"柳贤弟,快把这箭拔去了再说。"

柳隐英点点头,许靖俯身代他将战袍撩起,柳隐英解去带子,自己伸手摸着了箭,咬着牙齿,往外一拔,丢在地上。便见有鲜血流出来了。柳隐英又把裤子慢慢卷起,露出雪白粉嫩的肉,许靖瞧着这粉腿,活像是女子的,不由心中一动,便说:

"伤在哪里?"

柳隐英将裤卷在伤处,只见有一个很小的伤口,不住地淌出血来。许靖便用剑在他自己衣襟上割下一块布,代柳隐英扎缚了创痕,对他说道:

"听说白显忠将军那里有上好的金创药,待我明天去向他要了来,代贤弟敷上,即可痊愈。"

柳隐英道:

"多谢靖哥的美意,幸筋骨没有受损,总算是不幸中的大幸,我也还敬那厮一镖,把他打跌下马。若不是小弟已受伤时,早已赶上前去将那厮缚住了。"

说着话,金鼓大震,喊声大起,张苍虬等已从正面渡过河来。柳隐英立即起身上马,许靖也跟着骑上马鞍,大家回身杀转,把溃散的流寇扫荡一番。流寇十个中倒死伤了七八个,余众都随李岩逃去。许靖、柳隐英和张苍虬、陈飞会合,彼此大喜,追杀一阵,乘势取了滦州。天已大明,便收军安民,迎接马宝和白显忠渡河,休息一日。

许靖、柳隐英的部队扎在城北玄坛庙里，柳隐英睡在炕上休息，许靖去向白显忠取金创药，白显忠知道后，便同来慰问。张苍虬和陈飞也来探望，知道柳隐英受伤尚轻，放心不少，且赞美柳隐英奋勇杀贼之能。坐了一会儿，因闻吴三桂率部下入城，他们赶紧要去见三桂，所以离去。

　　黄昏时，许靖独自回至庙中，见柳隐英一个人睡在室中，桌上点着一支臂膊粗的绛蜡，静悄悄地绝无人声，只门外站着两个小卒，是伺候柳隐英的。柳隐英一见许靖回来，说道：

　　"靖哥回来了吗？吴将军可就要进兵？我们务要用自己的力量去打败流寇，不要倚赖他人的兵力。"

　　许靖说一声"是"。他就在炕沿上坐下，又说道：

　　"吴将军说后天便要进兵的，今晚他留我们在行辕中饮酒，且知你渡河杀寇时受了伤，叫我传言安慰，明晨他还要派差官前来慰劳呢！我无心饮酒，坐不终席，便先告辞回来的。不知贤弟可曾进些晚餐？"

　　柳隐英道：

　　"小弟精神虽觉有些疲惫，饮食尚佳，所以照常吃过了晚餐。"

　　许靖道：

　　"腿上的箭伤还疼痛吗？"

　　他说到这里，忽然跳起来道：

　　"哎呀！我一时匆忙，方才取了药来，放在那边桌子抽屉里，还没有告知贤弟，只顾和众人说话，也没有代你敷抹，该死该死。"

　　柳隐英微微一笑道：

　　"方才来了许多人，你又要去见吴将军，这也难怪你的。我没有瞧见你放在抽屉里，所以也没有取敷。"

　　许靖道：

"请贤弟原谅，待我来与你敷上吧！"

遂走到外边去，向小卒取来一碗干净的热水，放在桌子上。待水稍凉，然后从抽屉内取出那包金创良药来，解开看时，乃是绝细的黄色药粉，又取了一些干净的棉花，托着那碗水，走到柳隐英炕边，说道：

"贤弟，你把腿上的伤口解开，待我来代你洗拭后，好敷良药。"

柳隐英一骨碌坐起身子，对许靖说道：

"啊呀！这肮脏的事怎好让靖哥有劳？待我自己来洗吧！"

许靖道：

"你不要动，我们自己弟兄何用客气？你自己洗是不便的，还是我来代你洗和敷吧！"

遂把柳隐英身上盖的一条薄棉被一掀。柳隐英说声且慢，可是薄棉被已掀去了大半，柳隐英急将上身掩护住，伸起那条右腿，穿的是单裤，伤处有布扎缚住。柳隐英上身也穿的一件白色内衣，露出两条雪白的臂膊，伸手去解开自己腿上的扎缚，卷起单裤，露出玉藕也似的大腿。只见那伤处有一个小洞，没有结好，尚有些微的血流出来，旁边还有一些已凝结的血痕。许靖遂用棉花蘸了温热的清水，代柳隐英细细揩去血污，拭干了，然后又去取了药粉，掺敷在伤口，将这伤口尽敷住，取一张小小油纸，把来一裹，然后在油纸外边抚摸一会儿，意思是要使油纸平伏一些。不料一手触到柳隐英的大腿肉时，柳隐英忍不住有些痒，咯咯地笑了一声，把自己的大腿一缩，说道：

"谢谢你，待我自己来扎缚好了。"

许靖遂缩回双手，立在炕前，看柳隐英放下裤脚管，徐徐扎缚。刚才缚好，可是因为柳隐英上身太向前俯倒的关系，身上遮住的半条棉被角忽然望下松落。柳隐英起初自己还不觉得，后来抬起头来，见许靖一双目光正对他注视不释，方觉自己的那件小衣胸前有一个纽扣没有扣住，正松开着，露出雪白的颈项和胸口的一角，不由脸上一红，忙将棉被拉起，一蒙身子，睡了下去。

许靖见了他这个情景，不由起了一重疑云，暗想：柳隐英身上皮肉生得如此白嫩光润，好似冰肌玉肤，和女孩儿家仿佛，见了我又是这样时时含羞答答的，岂非可笑？若不是女儿身，他为什么要如此模样呢？更有数处，他是常常要避我的，且绝不肯和人同起居，虽亲近如我，却不让我一亲肌肤。现在为了腿上受伤的关系，方才由我洗拭敷贴，但是他又这样地含羞，能不令人起疑？还有他的一笑，很觉妩媚，也不像男子的态度，使我时时要痴想的。许靖这样想着，柳隐英半个脸从被头里露了出来，对许靖看了一看，说道：

"靖哥，谢谢你动手，你也坐下歇息歇息吧！"

许靖道：

"我不费力，你腿上觉得如何？"

一边说，一边就在炕沿上坐下身子。柳隐英道：

"敷了药上去，觉得很凉快一些，不觉疼痛，这药是很好的，你把它收藏下，将来也许有用处。"

许靖点头说一声是，又说道：

"起初我见你中箭，很不放心，现在我宽松了不少。大军后天便要开拔，大概你也能随军同行了。"

柳隐英道：

"小弟受的轻伤，况又有良药敷上，好得自然更快，明天我也要起来了。我们身列戎行，出入锋镝，这些微小伤何足顾虑？男儿七尺之躯，理当上马杀贼，下马草露布。往后我要和流寇大战一场，倘能擒住闯王，既报主仇，更快我心了。"

许靖听柳隐英说得如此慷慨热烈，又觉柳隐英倘是个女儿，恐怕一则何有这样高强的武术？二则爱国心重，侠义气长，确是个奇男子，才说这种言语，又不像裙钗之流了。所以他心里的疑

234

团又暂时放下，和柳隐英谈谈军中阵上的情形。柳隐英并不把流寇放在心上，却以清军为可虑，终想吴三桂首鼠两端，胸怀二心，不能尽忠竭智，为国安定江山，许靖也是这样顾虑着。谈了良久，外面更锣已敲三下，许靖遂熄了烛火，也到对面炕上去安睡了。

次日，许靖起身，柳隐英也要起来，许靖叫他再休睡半天，不要劳动。到了下午，他再也忍不住，起身而坐。张苍虬、陈飞又来探问，吴三桂也饬差官送了许多食物来，柳隐英谢了收下，大家坐谈至暮。许靖叫小卒去沽了酒来，四人便在玄坛庙里围坐小酌，柳隐英把吴三桂送来的食物分送三人同吃。大家因为战胜，心里各各鼓舞欢欣，张苍虬尤其喝得酣醉，醉后高歌着大江东去，慷慨淋漓。直喝至夜阑，陈飞方扶着张苍虬别去。

次日，柳隐英一早起身，伤口已是平复，吴三桂也已下令大军出发，仍由马宝、白显忠二军为先锋。虽有小股流寇在沿途抵抗，可是一经接触，便如摧枯拉朽，战无不胜，进犯关外的流寇也被清兵击败，遂长驱而至京师。

那李自成大败后，遁回燕京，尚欲负隅抵抗，可是军心已动摇，除了刘宗敏尚肯死战，其余的贼将都主张退回陕西。牛金星一时也决不定主意，闻得吴三桂一军已至通州，清军英王阿济格、豫王多铎的铁骑也风驰而至，京城危急，若不早走，恐被围在城中，欲归不得，于是他就决计弃城而遁了。下令大小三军席卷宫中库中所藏珍珠宝物、金银财帛，即日出走。他又因吴三桂借了清兵，击败自己大军，心中把吴三桂恨得入骨，遂把吴骧及其家人三十余口一齐杀却。此时，吴骧懊悔投降也来不及了，唯有陈圆圆却留在身边，没有伤害。圆圆闻得明兵得胜，流寇大败，吴三桂雄师直指京师，伊心里一则以喜，一则以惧。喜的是流寇早晚不能安居京都了，自己的丈夫一到这里必然要尽力找求自己，也许可以有故剑复合的一天。惧的是李闯王为人残忍好杀，假如三桂逼得他太急时，他也知我这个人是三桂心中最爱的人，万一他迁怒于我，把我害了，那么一死虽不足惜，可是含垢忍辱了这许多日子，所为何来？无非是想有一天得和吴将军重谐旧欢罢了。想自己初被掳时，本拟一死以报吴将军，终因徒死无益，心有不甘，忍着莫大的耻辱，偷偷地暗拭泪痕，度那残酷的时日。好容易守到这个很好的机会，自己岂肯失去呢？所以伊千思万想，要怎样去对付李自成，可以逢凶化吉，转危为安。

这天，风声越紧，吴三桂第二批的檄文又已发到京师，叫京中的人民快快缚了李自成，献到军前赏千金，封侯爵。李自成得知后，更是痛恨，他就跑到陈圆圆室中来。圆圆正独自坐着，满怀的愁闷无处告诉，合着诗人所谓"静言思之，不能奋飞"。只恨自己少生双翼，不然早已飞出这个愁云惨雾的北京城，投向山海关畔吴将军的怀抱里去了。此刻，伊见李自成走了进来，脚步声比较平日沉重一些，而在李自成的脸上尤其是怒目横眉，鼓起着左右两个大腮，充满着一脸杀气。伊知道李自成立脚不住，且夕间便要仓皇西遁，自己的命运恰巧在危急存亡之际，必须慎之又慎，遂立起娇躯，假作欢迎道：

"大王多日没有优游欢乐了，请坐。"

李自成将脸色一沉道：

"你不要假惺惺了，这几天你心中必然快乐得很！"

圆圆假意作痴呆，嫣然一笑道：

"贱妾在大王身侧，天天快乐，怎说这几天快乐呢？不过大王风尘劳苦了，回到京师，应该好好休息。"

李自成把手一挥道：

"不要说起吧！那姓吴的小子自己没有胆力，却去请了清兵来做帮手，以致我军大败。现在他们迅速进兵，苦苦向我逼迫，兵临城下，危险得很，我们要退去了。我想你是吴三桂心中最最宠爱的人，那小子此次不肯投降于我，反向我苦苦作对，就是为了你。他无非要想从我手中把你取还，好如了他的心愿，所以……"

李自成说到这里，上下牙齿一咬，脸色益发可怕了，戟起二指，指着圆圆又说道：

"我偏不使他如愿，硬起心肠来，把你砍了，看那小子到哪里去找你？"

圆圆骤闻此语，心中惊骇万分，玉容失色，勉强极力镇定，说道：

"哎呀！大王竟忍杀害贱妾吗？贱妾的性命本来轻如鸿毛，一死何足惜？但大王独不为自己打算吗？"

李自成听了，面上又露出疑讶之色，问圆圆道：

"你说这话是什么意思？"

圆圆道：

"贱妾初闻吴将军接得大王招降的书文，本要卷甲来归的，只因贱妾的缘故，所以又兴干戈。现在大王倘然杀了贱妾，恐怕他益发怀恨大王，务要报仇，那么死一贱妾，于大王又有何益呢？还请大王三思为幸。"

李自成一听这话，不免又踌躇起来，脸色渐渐放下，又对圆圆说道：

"那么我就不杀你了，带你同行吧！"

圆圆听了，心里又是一急，暗想：自己若被李闯王带去，那又是非常危殆的，只此一去，不知何时重返了。忙又说道：

"贱妾既事大王，岂不欲跟随大王同行？但恐吴将军因贱妾之故，更要穷追不已，大王走到哪里，他也要追到哪里的，现请大王三思而后行。倘然大王的兵马能够杀得退吴将军的，那么贱妾即当搴裳跨骑以从。"

李自成听圆圆这样说，他低下头凝思不已。圆圆又道：

"贱妾为大王计算，最妙留下贱妾，缓住他们的追兵。倘贱妾有一日能与吴将军重晤，当凭贱妾三寸不烂之舌说住他不再进兵，报答大王的恩遇。"

李自成点点头，勉强笑了一笑道：

"你这小妮子倒会说话。好！我看你多么可怜，也就不杀你了，留下你在京中，待那姓吴的小子来到，你却不可忘记我的恩德的啊！"

圆圆此时一颗心方才放下，忙向自成敛衽行礼，谢他的恩惠。李自成遂把陈圆圆送到宫外一座王邸中去，叫四个年老的流寇伴着伊，藏在那边。他自己收拾收拾，把大车载了所熔的金饼数十万，以及不少重器，在天色方曙时逃出北京。可是便在这天下午申牌时候，吴三桂率领部下已开入北京，未遭抗拒。张苍虬、陈飞、许靖、柳隐英等都是眉飞色舞，十分欢欣。但到黄昏时，多尔衮也督领大队清兵络绎开到，半驻城外，半入京城。那些清兵一向在满洲饫闻北京的繁华，此时难得到了明朝的京都，如何不欢喜？所以城中一队一队地，来来往往都是胡骑了。还有那些索伦兵，戎装跨马，赳赳桓桓地在大街上驰骋，马蹄过处，扬起很高的黄尘，只因多尔衮的命令森严，所以还不敢公然劫掠。可是一到夜半，却有许多清兵三三两两地溜往僻静的街道去劫取财帛奸淫妇女，可怜那些老百姓，流寇方去，胡骑又来，以暴易暴，横遭蹂躏，所受的苦痛向谁去呼吁呢？

吴三桂一至京师，第一件重要的事情便是要寻找他的宠姬陈圆圆。虽闻父亲吴骧已被李闯王杀死，他倒漠然不在心上，没有什么哀戚，然而他所彷徨追求的陈圆圆，一时却还不能找到呢。他听得李自成已向西走，估料圆圆一定被他携走了，因此他心头焦急万分，去向多尔衮自告奋勇，要追赶李闯王，夺回爱姬。

238

第二十回

蜡烛迎来在战场

柳隐英和许靖重来京师，不无有故宫禾黍之感。自己的部队驻在皇城以外，就是李闯王部下驻屯的地方，这一带的房屋焚毁了十分之三，所住的门窗墙壁无一完整，毁损的器具凌乱四散，可见流寇骚扰的一斑了。二人休息了一番，看看阳光照在庭中一株斫去了枝条的梧桐树上，时候还早，遂想出去看看张苍虬和陈飞，因为马宝的军队却驻在宣武门，离开这里也有好多路。二人便带了宝剑，跨马而往。相见后，恰好马宝送来两坛美酒和几斤肉，四人遂在营中坐着吃喝。许靖道：

"现在流寇败走，我们居然到了北京，虽也是仗着清军相助之力，可是我们自己的部队也还能喋血奋战，建立功劳。既然流寇退出了北京，吴将军应该邀集前朝老臣以及宗室，共同商议如何另立新主。因闻太子陷于贼中，谅必凶多吉少，国不可一日无君，这是吴将军入京后第一件要紧的事，须他速定大计，早谋国是的。"

张苍虬道：

"四弟之言不错，方才俺闻人言南都人士已立先皇帝的从兄福王由崧监国，江东英俊群起拥戴。倘然吴将军遣使去迎接福王来京，早践帝祚，奠定社稷，有何不可？清军虽有德于我国家，只要俺们奉以关外之地，也不难请他们退兵。若然犹豫因循，坐失良机，恐怕清兵便要越俎代庖，不怀好念了。"

张苍虬说罢，柳隐英冷笑一声道：

"张大哥说清军不怀好念，小弟恐怕摄政王多尔衮入关之时，早已包藏这种野心了。你们瞧着吧！我是始终不信任吴将军的，恐怕他入京后第一件要紧的事就是要取回他的宠姬陈圆圆吧！"

陈飞点点头笑道：

"不错，但不知吴将军此时可将圆圆夺回？"

张苍虬哈哈笑道：

"吴将军要圆圆，李自成也要圆圆，李自成出走时宫中一切财物都带了去，那么这个千娇百媚的美人儿他又怎肯舍得留下呢？一定也带着走了。"

许靖笑道：

"那么吴将军的企望仍是镜花水月，只落得一场空罢了。"

他们四人且喝且谈，直至黄昏。许靖、柳隐英因要早归营房，所以辞去，依然跨马而归。当二人行至途中，见那边一条胡同较为冷僻，又没有街灯，十分黑暗，但是天上有一钩淡月，在云层里时隐时现，稀朗朗几颗小星，风吹得很大，越显得夜景黯淡。听得在那胡同里有打门叫嚣的声音，二人用夜眼瞧去时，见有三四个清兵正打开一家人家进去。柳隐英在马鞍上向许靖说道：

"摄政王自称军有纪律，不扰良民。靖哥，方才我们出来时，瞧见许多清兵有的整队游行，有的纵辔疾驰，神采飞扬，意高气傲，自以为关外的健儿，气盖一世，瞧在眼里，实在令人有些气闷。现在你看他们不是也要背着将帅做出那些狗盗的行为，和流寇何异？小弟既然撞着了，却不肯饶恕他们，不如随他们进去瞧个究竟何如？"

许靖今晚多喝了些酒，也不怕多事，点点头说一声好，二人立即跳下马来，各自按着腰下宝剑，蹑足追踪而入。里面是一个很宽敞的庭院，有些花木的影子。朝外一排三开间的平屋，左首一间隐隐有暗淡的灯光，透露在窗纸上。其时那几个清兵早已如狼似虎地扑进那间屋子去，只听里面有女子惨呼的声音。二人忙跟至门边，站在黑暗里，向室中看时，只见有一个二十多岁的少妇正跪在地上向清兵哀求，虽然蓬头粗服，不加膏沐，也有数分姿色。一个清兵一手揪住伊的衣领，一手扬起鬼头刀，喝问道：

"你们手中有钱，快些献出来，不然我饶不得你的。"

那妇人颤声说道：

"可怜我们这份人家是没有钱的，婆婆睡倒在床上生病，丈夫在外边生死莫卜。哪里有金银财宝呢？你们快到别处去，饶了小妇人吧！"

一个清兵在旁冷笑一声道：

"你家门户也不错，怎说没有钱呢？难道要我们自己动手吗？我不信。"

那扬刀的清兵又说道：

"别管伊有钱没有钱，这个花花娘面貌不错，我们先乐伊一会儿再说。"

旁边两个清兵拍手喊好，那清兵抓起那少妇跑到床边去，只听床上有老年妇人的声音颤抖地说道：

"军爷，请你们开开恩，做做好事，饶了我的媳妇吧，可怜我家儿子在外，仆婢逃亡，只有我那贤德的媳妇因我老病卧床，不忍丢开了我而去藏匿，在此侍奉汤药，所以你们万万不可污辱伊的。要钱财你们自己去开了箱子拿吧！"

又听清兵喝道：

"老太婆滚开一边，不干你事。"

接着便听少妇惨呼和抗拒的声音。柳隐英实在忍不住了，拔出白龙宝剑，一个箭步蹿进房去。灯光下见那清兵把发插在床边桌子上，正双手搂着那少妇登床去，褪伊的亵衣，想干禽兽的勾当。床上有一个病容满面的老妇，身子缩作一团，口里不住地哀求。柳隐英已直奔清兵背后，旁边的清兵一时不防也没有拦阻，柳隐英的宝剑倏地向那清兵颈上扫去，骨碌碌的一颗人头已滚落床边，尸首仰后而倒，鲜血满地。老妇惨呼了一声，昏晕过去。旁边的清兵突然间见来了一个明将，砍死了他们的伙伴，如何不惊怒交加？大家立即举起兵刃和柳隐英猛扑。而许靖也已挥动赤凤宝剑跳进房来，加入这个战团。柳隐英宝剑向左右盘旋，又连伤了一个清兵的手臂，清兵只得退出房去。大家在庭院中恶斗，叮叮当当的一片刀剑声，料这区区四个清兵业已一死一伤，怎敌得过许靖、柳隐英两人？柳隐英一剑横扫过去，又一清兵已倒在血泊中。许靖见柳隐英刺杀两卒，他的勇气亦不由陡增不少。恰巧一个清兵正在架格柳隐英的宝剑，心慌意乱。许靖乘间从他背后一剑刺入，直透前胸，也倒在地下死了。只剩一个已受伤的清兵要想逃走，偷空往门口逃逸，柳隐英怎肯放他逃去？喝一声："往哪里走？"飞步追上，一剑刺去，正中他的后股，许靖奔上前加上一剑，那清兵也已饮刃而死了。

二人尽诛清兵，心中闷气稍觉舒畅，重又走入房中。那少妇已从床上下来，呆呆地立在桌子边，地上倒着清兵无头的死尸。老妇已醒了转来，在床上呻吟不绝。少妇见了二人，知是来救自己的，双膝跪倒，颤声说道：

"二位军爷救了小妇人的性命，感激匪浅，请问姓名。"

二人不欲多事盘桓，便道：

"你且起来，我们因见这些清兵打门入内，故来援救。且喜四个清兵都被我们杀死，救了你的性命，不过外面清兵甚多，倘然给他们知道了，反为不美。你且不要声张，待我们拖取他们的死尸出去，免得害了你。只不知近处可有什么抛弃之处？"

妇人又叩首谢恩，且说道：

"向北去数十步路有一条小河，那边更为僻静，不如把清兵的尸骸抛在河中，可妨事吗?"

柳隐英点头喜道:

"甚好甚好。"

他遂和许靖各拖两具清兵的尸骸，悄悄出门。幸亏街上没有人，向前走去，见有一条小河，水声潺潺，二人很迅速地将四具残骸扑通扑通地抛下河去。回转身来，走至那人家门前，正要上马，柳隐英忽然对许靖说道:

"且慢，还有一件东西忘记在这人家，没有取去呢!"

马上跑进门去，许靖跟着伊进去，见那少妇在房中兀自惊骇地站着，原来方才柳隐英砍下那清兵的一颗人头尚在床边，忘记带去。柳隐英俯身拾起头来，对少妇说道:

"你快来关门吧，恐防有人再要来骚扰的。"

少妇跟着出来关门。许靖向柳隐英道:

"贤弟将这人头往哪里去?"

柳隐英笑而不答，飞也似的向前迅奔。许靖跟去，只见河边有一株高大的柳树，柳隐英一跃而上，便把那人头挂在柳梢头最高之处，宛如一盏灯笼，滴溜溜地随风飘转。料明天清兵发现了，必要惊讶。柳隐英又已飘身而下，用剑在树上匆匆地划上一行字道:"奸淫者斩!"回转头来，对许靖一笑道:

"黑暗中胡乱划上几个字就算了。"

许靖道:

"贤弟做得好爽快，我们走吧，免得给清兵撞见，反多麻烦。"

柳隐英答应一声，二人走回来跳上坐骑，遄回营门歇息。

到了明天，清军发觉了这事，拘捕那邻近人民，询问凶手，一些儿得不到端倪。摄政王因为树上有了字迹，以为玷辱了清军，勃然大怒，一边严责部下加紧缉拿，训饬皂民部遵守纪律，无故不得离营。把树上的人头、河中的浮尸收拾掩埋，苦不知有谁做下这事，故意寻清兵的衅隙，所以刺字于树，枭首于枝，且以为这件事非能人不办，因为那人头挂得很高，取下也不容易呢。疑心吴三桂部下的明将或有暗和清兵作对，以至于死，遂通知吴三桂，叫他严诘部下，不得寻仇。吴三桂当然遵命，发了一道告诫令，可是他的心意始终恋恋于圆圆身上，因为找不到圆圆，说不出的异常烦闷，便在摄政王面前自告奋勇，要追擒李闯王。摄政王也因渠魁尚未伏诛，亟待用兵，所以商议之下，分兵两路追剿流寇。英王阿济格、豫王多铎率清兵为左翼，吴三桂率明兵为右翼，明兵奉到命令，只得开拔。

张苍虬等各人心里便有些不满，以为明兵借了清军，击败流寇，克复了燕京，自当安抚民众，亟立明裔，早定大计为是。流寇虽然应该追剿，可是彼此比较起来，还是让流寇苟延残喘的关系较小了。现在吴三桂所以必要穷追，也就是为了他爱姬陈圆圆，誓欲夺回，不肯放松，可见将军的心思，只在美人而不在君国大计了。此番张苍虬等虽然勉强出发，可是大家对于吴三桂的厌憎之情加深了不少，且对清军也很猜疑。因为清军进了北京，分布各军，把守宫禁，大赦罪囚，招抚明室官吏，可见他们的野心渐露，盘踞不去了。柳隐英又要劝三人早脱离吴三桂另投别处，张苍虬对柳隐英说道：

"现在我们即使要脱离吴三桂，早晚必要做出一件惊人的举动，方才死心。至于事之成不成，却视天命了。"

柳隐英再要问时，张苍虬笑道：

"稍缓再告，当然要我们四人同心协力去做的呢！"

所以四人虽然随军出发，而并没有精神去作战，不比前次大战时抱有杀贼的决心了。吴三桂却是一心系念圆圆，指挥军队，从速出发，渡过了卢沟桥，将至庆都地方，流寇枭将杨天麟已从关外绕道撤退回来，他见了李自成，力主迎战，挽回颓势，李自成得了生力军，胆气又壮，遂叫辎重先行，留下精兵拒战，誓与清军一决胜负，哪里知道清军到临时，交锋不久，天上忽起了狂风，簸动了尘沙，直向流寇阵上打来。天地晦暗，日月无光，流寇旌旗折断，人马倒退，吴三桂所率明军又从右面夹击，流寇又遭大败。清军乘势追击，夺得军械马匹无数。李自成由杨天麟等保护着逃出重围，走向山西省去。吴三桂仍不能得到圆圆，他自己领着柴英一军首先穷追，马宝和白显忠两军却反在后面了。这时，忽然有一个喜信传到军中，乃是他的爱姬陈圆圆已在京中出现了。

原来，吴三桂追赶李闯王时，他又得到一个消息，有人说李闯王没有携圆圆同行，不知藏在哪里，所以他心中也有些疑疑惑惑，便留白十二率亲兵百十名在京师，向四处去细细搜寻，凡能发现圆圆芳踪的有重赏，白十二等自然极力去做。恰巧这消息也被圆圆听知，遂叫人去请白十二来见面，白十二见了圆圆，问明真相，不胜惊喜，即同众兵士守卫圆圆居处，勿使他人侵犯。圆圆渴欲一见三桂，也恐防清军要来干犯，要求白十二快将伊送至军前，早和三桂见面，以安芳心。白十二遂先派人赶至三桂军中去报告，自与百名健儿预备一辆香车，护送圆圆至军。三桂得到了这个消息，真是喜从天降，恨不得立刻就和玉人相见，马上吩咐亲随前去沿途照料，又叫柴英一军筹备欢迎。在自己玉帐中结起五彩牌楼，召集鼓乐，并备绣衣华服，以及珍宝环璜、伽楠奇香，只把一辆香车修饰得鲜丽焕新，前后上下扎满了许多彩球，缀遍了许多鲜花，驾着四匹龙驹，身上都盖了彩皮，且挂着彩绸，悬上鸾铃，旌旗箫鼓排列着，足有三十里之长。吴三桂自己去了军装，穿上绿袍，跨一匹大宛名马，率卫队数十名亲自往迎。这个消息轰动三军，马宝、白显忠等都来向三桂道贺，唯有张苍虬等四人却气愤得什么似的，背地里骂三桂好色心重，看轻国事。但他们也很要一看圆圆娇姿，所以也随着马宝、白显忠等来假作贺喜。吴三桂在官道迎上去时，见左右官兵旌旗仪仗甚盛，心中暗暗喜欢，遥见对面尘头起处，白十二等已跨骏骑驰至，遂勒马以待。白十二见了吴三桂，滚鞍下马，报告自己如何与陈夫人相遇的经过。三桂大喜，许以重谢。一会儿，圆圆的宝车已至，但哪里有三桂预备的富丽绚烂呢？三桂跳下金鞍，走到圆圆车厢之前，一搴车帘，说道：

"圆圆，别来无恙，我在这里候你呢！"

说话的时候，圆圆盛装华服端坐在车中，且喜玉人丰采依然当年，稍觉面庞清瘦一些罢了。陈圆圆一见三桂，不觉喜极而涕，颤声说道：

"吴将军，世事难料，浩劫到临，一别之后，谁想到身逢那种滔天的兵祸？贱妾此生几不能和将军见面呢！"

说时，双泪莹然夺眶而出。三桂伸手握住伊的柔荑，不知用什么话去安慰伊，但说：

"我在山海关外得到卿被掳的噩耗，寝食俱废，日夕忧虑，恨无双翼飞至卿所，救卿出险，故誓师讨贼，为朝廷复仇，兼拯爱卿，且喜清兵能弃嫌相助，逐走流寇。而我到了京师，又不得卿芳讯，心中焦虑非常，深恐闯贼挟带同走，因此急急尾追。天幸爱卿留在京中未去，这也是我们夫妇有缘，可以破镜重圆呢！"

圆圆听了三桂的话十分感动，只是流涕。三桂便请伊下车来，换坐他所预备迎接的宝车，车厢里熏着奇香，所以馥郁芬芳。他自己便和圆圆同坐车内，鼓乐并奏，旌旗罗列，前后簇拥着一路回归锦帐。三桂在车厢里对圆圆说道：

"前在田邸得识芳姿，惊为天仙，侥幸田畹许赠，钿车载还，谁料初圆好梦，遽赋骊歌，我方出关，而京师已被寇陷，当时我得到家产被抄的消息，以为傥来之财物，无足珍贵，只消我回至京师，不难取还。后闻我父亲被絷，我也不甚忧虑，因为他不能以身殉国，辱没了姓吴的祖宗，玷羞了姓吴的子孙，况且他又已向李自成投降，早晚可有一死。其时他方作书来招我归降，我心中正有些犹豫不决，然而一闻卿被贼掳的噩耗，我就誓不愿与李贼两立，必要夺回我的心爱之人，方无遗憾，所以高揭义旗，发兵讨贼了。今日果然如愿以偿，珠还合浦，卿想我怎不心花怒放呢？但不知卿自陷身贼中后，怎样挨过这难受的日子？而李自成临走时，为何没有将卿带走？这不是老天有意欲使我们二人复合吗？"

圆圆道：

"可不是吗！这其间也有数的，合该贱妾命宫里要受些磨折，以至于此，否则，我若跟了将军同行，岂不是好吗？"

三桂道：

"这都是那老头儿的不好，若没有他阻止时，我已携卿同行了。那么何致累卿在围城中受此困厄呢？他此番死在李闯王手里，也是自取其咎，我一些儿也不悲伤的。唯望卿把别后情形略述一二给我听听。"

圆圆凄然说道：

"这些事提起了使我悲酸，也使我惭愧。"

遂断断续续地把自己陷身贼子，以及如何说动李闯王，方把自己留下的经过，约略讲了一二。吴三桂听到圆圆巧哄李闯王，李闯王中计，不觉轻拍圆圆的香肩道：

"卿智慧胜人，彼伧安有不堕卿彀中，卿慧心慧齿真是好人儿，倘然是个男子，怕不是良平的流亚吗？"

圆圆听了三桂之言，不由破涕为笑，把一颗蟆首倒在三桂的肩上，香颊微贴三桂的下颐。车声辘辘，马蹄嘚嘚。行了一会儿，已至玉帐，耳边只听一片鼓乐之声，圆圆在车厢里向外偷窥，只见四边旗幡飘荡，花团锦簇，这样盛大的欢迎实在使伊心中感激万分。车至宝帐，徐徐停辔，三桂扶圆圆下车。此时圆圆又娇羞，又惊喜，啼妆满面，印出残红。三桂瞧着益发怜爱伊，在宝帐的正中燃起两支臂膊粗的绛蜡来，烛影摇红，喜气充盈，三桂指着带笑对圆圆说道：

"卿看这红烛高烧，今日我和卿在战场上玉帐中良宵团圆，补行婚礼，可谓得未曾有，卿欢喜不欢喜？"

圆圆小语道：

"这全赖将军之福，贱妾虎口余生，实不敢当此宠荣。"

三桂道：

"以前的事不要说起吧，破镜重圆，非偶然的事，我们二人到底是有缘的，非此不足以表示我爱卿的心。"

于是二人上坐后，诸将吏一一依次上前道贺。马宝、白显忠见过后，便有张苍虬、陈飞、许靖、柳隐英进见，按着军例，他们四人都是偏裨小将，倘然不得三桂同意，不能贸然入见。今天一则因为马白二人的先容，二则三桂念他们在战阵上很有汗马之功，三则三桂正在欢天喜地的时候，所以准许。四人上前见过，柳隐英更对圆圆紧视不释，暗暗点头，张苍虬等一见圆圆花容玉貌，仪态万方，也不由惊叹。可惜不能久留，站了一刻，也就告退出帐。

这天，吴三桂吩咐大宴三军，尽一日之欢，庆贺宠姬复归。此时，他的嫡室张氏及姬妾们都在山海关没有随军出发，他父亲已死，也没有人在他面前说什么话了。

那张苍虬等四人退出后，聚在一处议论，张苍虬一掀虬髯，对三人说道：

"你们试看陈圆圆多么美丽，俺老张出世以来也是第一次见过，无怪吴将军倾倒不能自已了。柳贤弟是美男子，你瞧了这种美人儿，以为如何？"

说罢，哈哈大笑。柳隐英点点头道：

"圆圆真不愧江南第一美人儿之名。古诗有'回头一笑百媚生，六宫粉黛无颜色'，可以移赠圆圆了。美则美矣，可惜嫁错了吴将军，未免明珠暗投吧！"

许靖拍手道：

"柳贤弟这句话说得真合我意，吴将军不以国家大事为重，借外人之力，哪里称得英雄？从前红拂私奔李靖，卓文君投身司马相如，方才不辱没呢！现在圆圆所事非人，我很代伊惋惜了。"

陈飞道：

"吴将军此次返京，志在复得圆圆，既得珠还合浦，他的心里也可以满足了。我以为他现在应该代明室早定大计，不可让清兵久踞燕京。"

许靖道：

"二哥，你以为吴将军得了圆圆，私事已毕，便要为国勠力吗？唉！我看吴将军从此销金帐中，长效于飞之乐，绣玉楼上，时学画眉遗韵，国家的事，哪里在他心上呢？"

柳隐英微微一笑，张苍虬听了，却气愤得什么似的，须髯戟张，俨如当年的钟进士，几乎要攫尽当世恶魔，一口吞噬到他的肚子里去了，于是他就想进行他自己预备的秘密计划，要去虎穴龙潭尝试一下了。

那吴三桂得了圆圆，在军中尽欢三日，对于追剿流寇的事却冷淡下来，反下令全师开拔回京。张苍虬等初闻此信，以为吴三桂或要回京去和摄政王折冲樽俎之间，请清兵让出皇城，让他来召集遗老大臣，共商如何续立明主的事，以安社稷了。所以对于吴三桂于失望之中尚带有一点儿不绝如缕的期待，很快活地和大军一起回转北京。恰逢清军的摄政王正在悬挂素彩，布告吏民，为明室帝后发丧。三桂是明臣，当然要到宫中去拜祭，摄政王见他回来，很是惊异，待他十分优渥。当夜设筵享三桂，有诸亲王相陪。酒酣，摄政王屏退左右，和吴三桂谈了好一刻秘密的话。吴三桂辞出后，明日即扫除故邸，为金屋藏娇之谋，安置了圆圆，又令马宝、白显忠、柴英等诸心腹将领入见，各和他们密谈了数语，又出金银犒赏三军。次日却称病不出，一连三天没有动

249

静，各将领也都置酒高会，状态闲暇，绝不提及国家大事。张苍虬等又觉不耐了。有一天，四个人聚在张苍虬营房中叙谈，张苍虬首先叹道：

"俺们弟兄四人，跟随吴将军荷戈杀贼，虽则要想立些戎马之功，图个出身，心里也想为朝廷复仇，安定国家。哪里知道徒为他人造机会？现在胡骑满城，久驻不去，岂非包藏祸心，别有企图吗？吴将军再不和他们早谈善后，恐怕鹊巢鸠占，大好帝京非复我有了。俺昨向马守备探询过，他也吞吞吐吐，不肯直说呢！"

陈飞道：

"吴将军得了圆圆，迷恋温柔乡中，无复大志。小弟看来，他再也不会使清军撤退的了。"

许靖接口说道：

"小弟也是这样想，他本来不是真心为国家而和流寇决战，不过为了他爱姬之故，起兵争夺。自己又没有勇气，遂借了清兵为后盾，他想利用人家，却不想人家反利用了他。伧夫无知，误了国事，他哪里有周遇吉将军的忠勇为国呢？"

许靖说到这里，义形于色。柳隐英冷冷地说道：

"小弟早劝你们弃之他去，我们业已走了，都是柴游击追回的。现在北京已克复了，看他做出什么大事来呢？左右不过得回了圆圆，是他一人的欢喜，无关于天下苍生。从此他高卧绣闼，别的事却不知道起来收拾了。哼！这种尸位素餐之辈，昧于大义，目光如豆，能够建立什么？我们倘然再随他一起时，将来也要连带受人唾骂了。诸位兄长如若徇柴游击之情，再不走时，小弟却不能作一日留，只得辜负美意了。"

许靖立起身来说道：

"到了此时，不要说柳贤弟要走，小弟也要绝裾他去。谅必张陈二兄万无恋恋之理的，我们走吧！只怪我们徒眩虚名，误投伧夫而已。"

张苍虬睁圆着双眼，对三人说道：

"俺们就是这样一走吗？别走别走，俺有几句话要告诉你们，大家爽爽快快地干一下子。"

许靖忙问：

"张大哥究竟要干何事？请你见告。"

张苍虬立起身子，走到房门口，探出头去张望了一下，见室外并无他人，遂回过来将自己数日来预拟的计划低声告诉三人，要求他们合力以赴。且说倘然成功，这是天佑明室，最大的幸事，若不能成功，而遭到失败时，当然再不能留在京中，大家预备一走，到别处去再谋立足之所，未为不可。许靖等三人听了张苍虬的建议，一致赞成，预备石破天惊地干一下。陈飞问道：

"我们四人同心协力，生死以之，但是还有柴英兄那边我们可要向他说明，邀他同做此事呢？"

张苍虬摇摇头道：

"不必了，俺也考虑过的，此人虽然也是俺的老朋友，可是他在吴将军麾下很得信任，和俺们和吴将军的关系比较亲近一些。最近俺瞧他颇怀利禄之心，和以前在草莽时的情形又不同了，恐怕他的心容易活动。俺们现在要干的事关系重大，万一事机不密，不但易于失败，而俺们也有性命之虞，所以只得瞒过他了。俺们四人生则同生，死则同死，便是做鬼也要做得爽爽快快，强似伈伈伣伣，为他人奴。"

陈飞、许靖听张苍虬如此说，也就不提柴英了。次日，大家秉着勇气和决心，暗暗预备一切，照着张苍虬的计划去行事。那沉酣在温柔乡中的吴三桂，怎知道自己部下有他们四位豪杰之士，冒着绝大的危险，将做惊人之举呢？

251

第二十一回

要留青史与人看

皇城之前，牌楼背后，正有一个黑影悄悄地掩立在那里，徘徊多时，没有离开。此时已有三更过后，附近沉寂若死，只闻到远处金橄的声音从风中传送来。天上云层渐渐展开，露出一钩新月，泻出微弱的银光照到大地，皇城前的情景比较看得清楚了。那黑影乃是个少年，按着腰下的宝剑左顾右盼，似乎在那里作巡逻的样子，忽然西边来了一小队清军巡逻到此。那少年紧贴在牌楼左面大石柱的背后月光不到的地方，所以清兵瞧不见他，而他却可以偷窥。只见那过来的清兵约有二十多人，都是弓上弦，刀出鞘，赳赳桓桓如罴如熊。最后一匹马上坐着一员清将，头戴花翎，身穿蓝袍，生得肥头胖耳，不知是满洲哪一个将军，一会儿已过去了，并没有发觉那牌楼下的少年。那少年走出来，在月光下吐一口气，额手称幸，否则自己一人难敌，不是很危险的吗？他又从腰际拔出他的宝剑来，在月光下摩挲，寒光闪闪，妖魔远避，好一口宝剑，非豪杰之士不能用它。

原来，此人就是许靖，他在这皇城外做什么呢？他也是当着巡逻之责，等候他的同伴去做了惊人事件而安然回来，这是他深切盼望的。又等了一炊许，忽见皇城上面扑扑扑跳下三个人来，宛如飞鸟堕地。许靖大喜，连忙迎上去，低声问道：

"张大哥，可曾得手吗？"

一位虬髯黑面的大汉倒提着灵宝宝刀，靠在陈飞身上，正是张苍虬，像受了伤的模样，喘着气说道：

"惭愧得很，没有成功。"

柳隐英手横宝剑，站在后面，身上溅着几处血迹，对许靖说道：

"靖哥，外面可有什么动静？"

许靖摇摇头道：

"没有。"

柳隐英又道：

"张大哥受伤了，我等好像博浪之椎，误中副车，没有达到目的，反惊动了他们，恐怕皇城里就有大队清兵追将出来了。倘然内外夹攻，我们便要脱身不得的。"

张苍虬道：

"俺们走吧！"

果然听得皇城里面起了一阵箫鼓之声。许靖惊道：

"哎呀！他们的追兵来了，张大哥受了伤，不能作战，三十六着，走为上着，我们快快逃出外城要紧。"

于是四人很快地便向正阳门奔去。此时皇城里边兵马发动，城门大开，早有数队清兵追出城来搜寻刺客。皇城外面驻扎的清军也已得到命令，几乎全体出动，灯火之光照耀如昼，一处处胡箫交鸣，形势十分紧张。北京城里闹得天翻地覆，而张苍虬等四位英雄已奔至正阳门的城墙上。柳隐英带有缒城的绳索和钩，所以一个个从城墙隐僻处缒下城来，且喜未被清兵所察觉，于是他们望冷僻处奔去。又跑了二十余里，看看东方发白，天色已明，一时无有藏身之处，见那边小丘之旁，有一古塔，柳隐英认为这是最好掩避的所在，便将手一指道：

"我们就到那边塔中去歇息一下吧！"

许靖、陈飞左右扶着张苍虬赶上前去，因为那时候张苍虬已大觉疲惫，举步渐渐迟缓了。到得塔前，塔门虚掩，蛛网尘封，是个没有人住的所在。柳隐英推开塔门，走将进去，空空洞洞地没有什么东西。中间有一个倾圮的神像，神像前面还有一个破旧的拜垫。许靖把剑向拜垫上拂拭数下，便请张苍虬坐下。张苍虬此时也顾不得脏了，一屁股坐了下去，宝刀放在一边，恨恨地叹一口气道：

"俺的计划失败了，倒便宜那厮。"

许靖蹲在他的身旁问道：

"张大哥伤在哪里？"

张苍虬把手指着自己的右腰，说道：

"俺中了一箭，虽然箭镞已当场拔去，可是血已流得不少，而且这是很要紧之处，所以俺疲乏异常，走不动路了。"

许靖道：

"原来腰际受伤，无怪张大哥支持不得。尚幸小弟身边带着金创良药，这是从白显忠参将那里取来的，十分灵验，奏效如神。上次柳贤弟在战阵上受了创伤，也是敷了此药，数日即愈的。"

张苍虬点点头道：

"很好，那么请四弟代俺敷上吧！"

陈飞遂代张苍虬解开衣服，发现了伤处，血迹殷红。许靖从他怀里掏出一小包药来，取出药粉，无处觅水，也不能代张苍虬洗拭了，立即将药敷上，重又代他包扎好，且让他休息一番。转瞬间不见了柳隐英，许靖道：

"柳隐英到哪里去了？好不奇怪！"

陈飞道：

"我也没瞧见。"

许靖连忙走出塔去，左右寻觅，仍不见柳隐英的影踪，暗想：他不告而行，走往哪里去？难道他见我们失败了，在困难之

254

际，竟抛下我们而去吗？但据他平日的言行而论，他绝不会弃人于人危难之间的。一边寻思，一边找寻，只见柳隐英从那边大道上很快地跑来，手里提着一个篮子，里面都是饽饽，走至许靖身边，带笑对许靖说道：

"你们肚子可饿吗？小弟乘你们代张大哥敷药之时，赶到前村去找寻食物。被我找到一家卖饽饽的，出了钱，连篮子买来，给你们充饥。"

许靖笑道：

"我不知贤弟到哪里去的，正来找你，多谢你了。但是你身有血迹，不被人家注意吗？"

柳隐英道：

"可不是吗？那卖饽饽的见我身上血迹，便问我是怎么一回事。我只说身为明将，曾和流寇在京城南大战，失散了队伍，正要归营去。他听说我是明将，倒十分敬重我，没有疑心。"

二人且说且行，回至塔中，将饽饽分而食之，聊充饥肠，席地而坐。许靖忍不住向柳隐英问道：

"现在请贤弟告诉我你们怎样去下手的，如何没有击中夫己氏呢？"

柳隐英微微叹道：

"这恐怕真有天命的吧！小弟随张陈二兄潜入皇城内，留靖哥在外巡风，侥幸尚得避免清兵巡逻队的耳目，神不知鬼不觉地到了摄政王多尔衮的行邸，立即飞身跃上崇墉，一路攀越而入。"

许靖点点头道：

"你们三位的飞行功夫都是高妙异常，非我所能颉颃，所以我在张大哥面前讨下那个差使，然而没有一些儿相助你们，惶愧惶愧。"

柳隐英对他紧瞧了一眼说道：

"你听我的报告吧！不必多说什么客气话。我们三人寻找了好一会儿，捉到一个更夫，问得摄政王的寝所，悄悄地掩至那边，果见高楼内有灯光射出。我们从窗隙中窃视，楼中正有一人坐在椅子里假寐，装饰华贵，穿着王者之服，面孔虽然偏转，而形态和摄政王无异，因我们曾在滦河那里远远地见过一面的，以为绝不致错认。在王的身侧还有两个姬妾代他摩足搔背，且喜身边并无护卫。我们立即撬开窗子，轻轻跃入，摄政王却低着头，毫不察觉，两姬妾见了我们，早吓得跌倒在一边。张大哥首先上前，一刀照准摄政王的头上劈去，只听咔嚓一声，那颗头已破裂两半，突然地从颈子里唰唰地射出雨一样弹丸来。张大哥是不防到这一下的，虽然急急跳避，左手背上已着了一下。我们一齐大惊，再看那砍去了头的摄政王，乃是木制的傀儡，穿的衣服和真的一般无二，外边来的人一时哪里辨得清楚呢？”

柳隐英报告至此，许靖惊奇道：

“咦？这真奇怪了！摄政王怎会知道我们要去行刺他而预先防备呢？我们大家很守机密，连柴英也没有告诉啊！”

柳隐英道：

“当时小弟就抓到一个姬妾，用宝剑在伊面颊上磨了一下，要伊招出真相来。伊战战兢兢地告诉我们说，摄政王一生行事甚为谨密，猜疑他人要对他有不利的举动，所以一向制成三四个傀儡，带着同行。有时请傀儡坐轿，在前开导，有时把傀儡留置室中，照样令他的姬妾在旁假作侍奉，使人家察觉不出破绽来。此次入京，他就惴惴然恐怕明将中或有能人要去行刺，故夜夜这样布置，以乱耳目，非亲近的人不能明白。我们听了伊的话，方才明白误中副车，自己反着了人家的道儿。而且在傀儡身上还有一种机关，连在后面，只要他人伤害了它的躯体，不但会发出弹丸击人，且有铃索牵动他处，使外边守卫的人知道有刺客到临。所以我们知道自己业已危急，不敢怠慢，连忙退出堂来。此时，四面喊声已起，灯笼火把，缇骑之士四面咸集，早已发觉了我们。

256

摄政王身边也有好几个能人，跳上屋来和我们交手，我们当然不肯示弱，周旋其间。张大哥真骁勇，一连砍倒二人，小弟也镖伤了一个大汉。"

陈飞在旁插嘴道：

"那大汉手中的双锤十分厉害，我被他困住竟腾不出空来，亏得柳贤弟发了一镖，击伤他的右肩，那大汉方才退去，都不知他是何许人，因为他的说话并非满人，而是齐鲁间的乡音，楚材晋用，可惜得很。"

许靖点点头道：

"那你们很不容易对付了。"

柳隐英又道：

"我们杀了一刻，来的人益发多。我们知道行刺摄政王是不能成功了，又惦念你在外边不知安危如何，万一外边清军得了消息，内外夹攻，那么凭我们四人怎样不顾死活，悉力决斗，也难以幸免了。所以我们立即退走，不料在一个转弯之处，正要越过一个大庭心，而那庭心里埋伏着一队武士，向我们发起连珠弩箭来。张大哥不幸黑暗里竟中了一箭，小弟和陈兄留心防御，侥幸没有受伤。背后追来的人兀是不肯放松，却被小弟和陈兄一个放袖箭，一个发响镖，击倒了他们好几个，方被我们逃出皇城，而和靖哥会合。现在尚幸未被包围，只可惜张大哥的计划未能成功。这岂非天意如此吗？"

柳隐英说到此际，张苍虬在拜垫上又长叹一声，许靖道：

"古时诸葛武侯曾言成败利钝，匪所逆睹。我们只要行其心之所安，对得住国家，所谓仰不愧于天，俯不怍于人。至于这件事的成功不成功，自然不能一定的。我们不必沮丧，只要再接再厉，大家为国家出力，不顾一己之私便好了。"

陈飞道：

"四弟之言不错，可是现在我们不能回至吴将军处，应该决定向哪处去投奔?"

张苍虬道:

"武昌的左良玉总兵,听说雄才大略,尚属不错,我们还是投奔那边去可以托足,可以有为。"

柳隐英道:

"以小弟的眼光看来,天下大乱,非旦夕可定。在此时候,人人都可以出而戡乱,收拾这破碎的山河。只要自己有志向,有勇气,所谓舜何人也,予何人也,有为者亦若是。我们此去当有决心,见机而作,不俟终日。倘然觉得左良玉将军和吴三桂那厮如一丘之貉,无甚分别,那么我们不必依人篱下,自己埋没自己,还是各据形势,乘时而起,如虬髯之王海外夫馀,也未尝不可。英雄本是时势造成的,我们要留青史与人看啊!"

许靖听了柳隐英之言,拊掌大悦道:

"柳贤弟说的话真合鄙意。希望我们大家勉励,自有光明灿烂的前途。"

陈飞道:

"很好,就是这样决定吧!"

许靖又道:

"现在张大哥受创很重,我们此去沿途须为照料,大约北京城里刚才出了这回乱子,摄政王一定赫然震怒,派出清兵四处搜索。在此间仍是清兵驻屯区域之内,我们行动一切须要小心。过了大名府,一入河南省,便不怕他们了。"

柳隐英道:

"靖哥说得是。且让陈兄在此守护张大哥,我们二人不如到外边去窥探一下动静,以便走路。"

张苍虬道:

"好!俺和陈二弟在此,有烦你们二位出去观看一下风势吧!"

于是许靖陪着柳隐英先至河边，掬了河水把血迹洗去，然后到镇上热闹之处探听消息。张苍虬便憩坐在古塔之内，有陈飞陪着他，静候许柳二人回转。约莫过了两个时辰，许靖和柳隐英回至古塔，向张苍虬、陈飞报告说：

"现在近处各村镇尚无消息传到，谅清军只在城里搜索，他们料不到刺客已逃出了北京城如此迅速的。且恐这事摄政王不愿意过事宣布，以致张扬于外，失去了他的尊严呢！"

张苍虬道：

"既然如此，俺们趁早走吧！"

许靖道：

"张大哥受了重伤，不能赶奔遥远的路途，待小弟到近处村落里去雇一辆大车，一同载送而行，扮作商人模样，免各露出破绽。"

张苍虬哈哈笑道：

"俺们这般装束，如何可算商人呢？"

柳隐英道：

"小弟和靖哥身边都带有金银，且待我们到了前面的城市，买几套衣服，改扮起来，也行了。"

于是许靖又和柳隐英出外去到附近村庄，出了重大的代价，雇得一辆大车，由柳隐英守着，许靖遂到古塔中去通知张陈二人，然后扶着张苍虬到那边村子里去上车。他们此番匆匆出走，只带着一些盘缠和随身使用的武器，其他行李却不能携带，只得丢下了。张苍虬上得大车，偃息在车厢里，由许靖等三人照料着，一路南下。且喜在途中并没有碰见一个清兵，处处人民都在迁徙流离，绝少安谧的乐土。有的怕清兵，有的惧流寇，纷纷扰扰，火热水深，瞧在他们眼里，心头更是难过，慨然有澄清天下，拯斯民于涂炭之志。他们朝行夜宿，跋涉山川，仆仆风尘，赶了不少路程，早已渡过了黄河，来至开封，耽搁二三天。其时，河南也有张献忠、李自成的数股流寇到处骚扰，开封虽然仍有明朝的大吏镇守着，可是兵少饷绌，一夕数惊，市廛间满呈着萧条的景象。又风闻清军已分两路南下，要求袭取河南山东两省，因为摄政王已和清廷大臣商议迁都之计，遣辅国公屯齐喀、博和托，管旗大臣和洛会等到沈阳去迎接福临至京，预备久占不去，要乘机夺取大明江山。而吴三桂已被洪承畴辈劝诱，投降了清廷，做异国之臣了。张苍虬等自然大骂吴三桂为负国贼，而深佩柳隐英的一双眸子能洞微烛隐，懊悔当初投在他麾下呢！

他们一行人离了开封，往南赶路。可是来到中牟地方的七里堡，张苍虬的箭创虽已痊愈，而染着了伤寒重症，睡倒在客寓里不能动身。许靖等三人很代他焦虑，延了大夫前来诊治，给他服药。然而张苍虬的病十分沉重，更兼他心头很不快活，所以缠绵病榻，匆匆月余光阴。大家在旅舍中非常烦闷，所带的盘缠也用完了，欠了店饭钱，几乎要像当年病困天堂县的秦琼，但是无铜可当，无马可卖，不得不想些法儿了。许靖便和柳隐英说道：

"张大哥的病尚未痊愈，我们阮囊羞涩，乏术点金，如何是好？还不如到外边哪一处去取些钱财来用用，渡过了这难关再说。"

柳隐英尚未回答，陈飞早说道：

"我也是这样想，妙手空空偶一为之，比较那些横征暴敛、虐害人民的贪官污吏总好得多呢！我们中间谁去跑一趟，寻寻机会？"

许靖道：

"二哥在此伺候张大哥，待小弟和柳贤弟去走一遭。"

陈飞本要想去，现听许靖这样说，他也只好让二人去了。二人各佩上宝剑，离了客店，走出七里堡，想到邻近村庄中去探听，可有什么为富不仁的富豪，以便到这种人家去借些金银，取之不伤乎廉。二人走到一处大柳坡，那边也有数十家居民，比较七里堡殷富一些。他们走进村庄，正要如何动问，忽见家家门上挂起两盏红灯，有几处还飘着红旗，村中人民往来甚忙，挑着猪，扛着羊，大批的食物分置道旁，各人面上都很紧张，交头接耳，似乎有什么重要的事情。二人看了，不明什么缘由，走了数十步，见前面有一家小小饭店，店门前挂着红灯，张着红旗，收拾得十分清洁整齐，有一个店伙伫立在门口张望。二人肚子也有些饿了，许靖一摸自己身边尚有一两碎银，遂和柳隐英走进店里，要想用一顿午餐，且向店伙探听些消息，不料那店伙见二人走进时，板起面孔问道：

"你们到店里来作甚？"

二人从来没有遇见过这种不客气的店伙，许靖便沉着脸说道：

"你们不是开的饭店吗？我们是来吃饭的，你们怎么不懂得招接，是何道理？"

店伙冷笑一声道：

"你们来得不巧，今天我们店里不接客人，请你们到别处去吧！"

柳隐英道：

"怎么今天不接客呢？你们的店不是开着吗？敢是村中有什么事情？门上挂着红灯红旗做什么？"

店伙道：

"你们不知道吗？快快闪开一边，那边人马来了。"

说话时，将手向东边一指。许靖、柳隐英回头看时，见道中行人早已躲避在两旁，很严肃地立着。又有几个村中父老，手里拈着香，列队前去迎接。店伙又道：

"你们快不要动，立在这里，一起迎接吧！"

许靖再要问时，店伙对他们只是摇手，不开口。店主也走出来了，将一张小几放在店门口，燃起一对小小红烛。二人一时摸不着头脑，只得姑且站着静观。此刻道上鸦雀无声，大家都如金人之缄口。二人延颈盼望，只见东边来了一队骑士，手中都擎着红旗鱼贯向前，状貌雄健。二人以为哪里来的官军，所以村人如此欢迎，但瞧那队骑士过后，便是步兵，虽也行列整齐，可是并无明军旗号，竟有些像绿林中的部伍了。二人心中十分奇怪，再看末后一队都是女兵，各人手里拿着藤牌短刀，矫健活泼，迥异寻常妇女。女兵后面又有两面大红旗，旗上绣有黑字，恰巧被风吹得卷没了，看不清楚，隐约有一"子"字，红旗下一匹胭脂马上坐着一位婀娜将军，头上红布扎头，云鬓高耸，身披戎装，腰悬双刀，刀鞘上都系有大红彩球，纤纤玉手按着缰辔，很安详地在他们面前行过。柳隐英不认识这位马上的巾帼英雄是谁，许靖却瞧见了娇容，脑海中顿时想起杞县城外的一幕武剧来。他还认得这就是青石山上的红娘子，生擒李信去的，心中不由一震。其时，红娘子的部队已过，街道上乡人扰扰攘攘，各自散开。店主也把香案收拾去。柳隐英忍不住一拉许靖衣襟说道：

"这过去的女将是谁？不像是官军。莫非是哪里山上的队伍？难道属于李闯王部下的吗？"

许靖微微一笑道：

"柳贤弟，你道这过去的女子是什么样人？我却认识伊的庐山真面目。"

柳隐英道：

"呀！靖哥认得的吗？"

许靖道：

"我怎样不认识？原来伊就是在河南省大名鼎鼎的红娘子。"

柳隐英道：

"这就是红娘子吗？小弟也闻得伊的芳名，果然名不虚传。"

二人正在说话，店伙却走过来对他们说道：

"我们迎接的人已过去了，现在可以告诉你，方才过去的女将军便是青石山上的红娘子，他们到别地方去借粮回山，路过这里大柳坡，曾知照我们堡中人民毋庸惊慌，他们绝不来骚扰的。因此我们村中人家都挂着红灯、红旗，表示欢迎，这也因为红娘子喜欢红色，邻近村庄都是这样做，博得他们欢喜，以求安宁。青石山上的好汉本来常要放火杀人，近年来却好得多了。所以我们村中今天停业一天，全体迎接红娘子队伍过境，具备牛酒礼物欢送，你们要到小店来吃饭自然我们不能招待了。你们瞧瞧红娘子好不厉害，这些时四处不安，你们从北方来的吗？快些当心赶路吧！"

店伙说了这话，二人知道不能在此吃饭了，留也徒然。许靖便说道：

"你们堡里富家甚多，送些钱财与红娘子，博得全村平安，也是值得的事。"

店伙道：

"可不是吗？村东红花桥边石大官人家拥有良田千顷，是这里的富家。此次他一个儿拿出一百担谷、三千两银子送给青石山，方才在村口大约已交代过了，包管红娘子欢喜，保得一村太平，不来侵害。"

店伙正在讲话，店主对他一白眼道：

"多讲些什么？今天不做生意，你太空了，厨下的面粉要做面的，你去动手吧！"

店伙遂走到后边去了。许靖记好红花桥，便和柳隐英出了店门，一路问讯至红花桥边，果见有一家高大的庄子，就是石大官人的府第了。二人在墙下趑了一会儿，默记好出入方向，方才离了大柳坡回归七里堡。二人走在田野间，讲起红娘子，许靖惦念李信，懊悔错过机会，自己没有去和红娘子一见，问问李信的下落。柳隐英忽将手向前一扬道：

"靖哥，你瞧对面又有什么队伍来了？"

许靖凝目一望，见对面天尽处一股尘土冲起，一会儿已有旌旗的影子显现，他便对柳隐英说道：

"这大概又是青石山上的人马，我倒要向他们探问一下呢！"

柳隐英道：

"红娘子的队伍不是已过去了吗？这是殿军了。"

许靖道：

"红娘子有一位胞兄名唤佟天豹，武艺也很了得，是草莽英雄。"

二人问答间，前面的骑兵队伍又到，马上都带着粮草，飞也似的从二人身边驰骋而过，背后一匹银鬃马上，有一位少年将军，手提银枪，态度英俊，和许靖一比较，宛如一时瑜亮，花萼双辉。许靖不由惊呼道：

"来的不是李信三哥吗？小弟许靖在此，可还相识？"

马上的李信闻得呼声，忙将丝缰勒住，瞧见二人立即跳下马来，传令前边队伍停住。一刹那间，许多马蹄都停了下来。许靖走上前，拱拱手又叫一声三哥，李信上前握住许靖的手，故人重逢，彼此十分欢喜。乱离之中，阔别多时，一旦见面，满怀的话正不知从何说起。李信先把自己从青石山逸走以后的事约略告诉一遍，许靖听得李信已和红娘子结为夫妇，便向他道贺数语，然后将自己投军经过提纲挈领地说了数句，匆促之间也未便细讲。李信听得张苍虬、陈飞和许靖在一起，不胜之喜，便问道：

"原来大哥、二哥和贤弟相聚一处，勠力王室，那唯有愚兄一人在此了，天可怜我弟兄们散而复合，莫非偶然的事。现在张大哥等在何处？快请贤弟领见。"

许靖道：

"张大哥卧病逆旅，陈飞哥在那里侍奉，行囊空乏，所以小弟和这位柳贤弟就来想法的。难得逢见吾哥，当然要引见。"

遂先介绍柳隐英和李信相见。李信见柳隐英相貌俊丽，这般

264

美男子诚不多见，心里也很惊讶。他就要跟许靖去见张苍虬，但因部队不便同行，立即传来一个头目，叮嘱数语，叫他代自己督队先行回山，自己带了十数骑亲随，跟着二人走向七里堡来，青石山的队伍仍望前疾趋而去。

到得堡中客寓前，把马拴在外边，店主见许靖、柳隐英领了什么山上的骑士到来，在这乱世，老百姓是瞧见了最害怕的，所以十分恭敬地迎候，许靖引导李信入室。张陈二人初见许柳回来，深以为异，但是他们的眼线接触到随在背后的李信，不觉失声而呼。李信抢步至张苍虬病榻边，欢然相见。张苍虬叹道：

"今日俺们兄弟重逢，真是天赐其会。俺的病也可霍然而愈，早占勿药了。"

李信坐在一边，又把自己如何在青石山上企图霸业之事讲给张陈二人听，许靖也把他们在吴三桂那边的事详细奉告。李信知道他们四人正无栖身之处，便说：

"风闻左良玉总兵跋扈恣肆，也不是一个大将之才，难可托足。"又劝他们暂且到青石山上相聚一二个月，待到张苍虬疾病痊愈后再定行止。

四人经李信一再劝驾，也就答应，且到青石山上去看看形势。本来张苍虬病倒了，也不能去投奔何人，当他们坐谈一室之际，店主人忽然进来卑躬含笑地请他们到外边客堂里去用饭。许靖等正苦饥饿，遂陪着李信出外，只留张苍虬在室。许靖等见放着丰盛的筵席，店主曲意奉顺，心中有些奇怪。其实店主已探知李信是青石山上的正头领，十分小心翼翼，要博他们的欢心，所以设宴款请，且另备酒肉请众骑士在外边饮食一顿，以尽地主之谊。许靖、李信、陈飞、柳隐英饱啖毕，洗过脸回至房中，店主又叫人送上香茗和水果，李信和他们谈了一会儿，他的心里急于回山，要请张苍虬等即刻同行，张苍虬在此病卧多时，自觉毫无意味，业已允许李信同至青石山小聚，迟早要走，立即动身，也无不可。所以，李信又叫儿郎们去找了一辆大车前来，腾出三匹坐骑给许靖等坐，立刻就要离开客店。许靖便向李信要了二十多两银子，去付所欠的房饭钱，可是店主此刻一文钱也不要了，只说送与他们的，且反备了几样礼物赠送李信。李信遂给了二十两银子作为犒赏店中人役的，一行人把张苍虬扶上大车，前后簇拥着，阗咽并发，向青石山去。李信、许靖等各人心里尽是喜悦。

这一天，已到青石山下，儿郎入报，早有佟天豹引寨中儿郎开了头关前来迎接。李信又介绍许靖等四人和佟天豹相见，四人见佟天豹雄伟豪迈，果然是一位草莽英雄，各道仰慕之意。李信并备筍舆一肩，请张苍虬安坐，迤逦上山。又见山势雄壮，关寨坚固，大家都佩服李信等三人的才能。到得山巅，陈飞、许靖扶着张苍虬出轿，步行进得寨门。红娘子已得信息，亲率数女婢来欢迎。张苍虬早闻红娘子的芳名，今见红娘子穿了一身绛色的衣裙，颊上涂得红红的，真是灼灼其华，英英其貌，婀娜之中寓有刚健，又和圆圆的纤柔秀丽不同了。红娘子也细想他们四人都是风尘中豪杰之士，且知是伊丈夫的盟兄弟，风云会合，当然诚意款接。彼此相见后，齐至堂上坐定，献上香茗，纵谈别后情事，以及天下形势，谈至流寇和满清，李信也以清兵为可虑。红娘子慨然说道：

"我们虽然绿林，却都是中国人民、大明子孙，谁肯投降他们，做他们的鹰犬呢？清兵若来夺取河南，明廷将吏能抵御是最好，否则我们也绝不让他们损及青石山一草一木。"

李信也道：

"清兵若要来侵犯，我也要和他们见个高低，难得众位兄长在此，一定能够相助的。"

佟天豹说道：

"前天山东满家洞的刘定威差人来此修好，要联络我们去御清兵，豫鲁本是毗邻之省，山东有失，河南也不能独保。闻满家

266

洞那里英豪甚众，必不肯让鞑子得到一尺一寸的土地，所以我们已允彼此联络，同拒清兵。只可惜两边太隔得辽远一些，否则不是很好的掎角之势吗？"

李信道：

"我很想到那边去观察一下，会会那刘定威，不无裨益。只因这里缺乏粮饷，急于借粮，未能成行，深为可惜。"

佟天豹道：

"妹倩镇守山寨，一切大计全赖你主持，不如稍缓待我前去走一趟也好。"

大家谈谈说说，转瞬已是在晚。红娘子早吩咐厨下预备美酒佳肴，张灯设筵，为张苍虬等四人洗尘。座间众人都是开怀畅饮，唯有张苍虬因为病体未愈，风尘劳顿，只勉强一同坐着，喝些薄粥，不能像以前那样大嚼大喝。柳隐英今夕比较兴致高一些，略喝一二杯酒，颊上竟泛起两朵桃花来，益形娇美，和女子无二，红娘子不由对着他凝睇而笑。等到酒阑席散，李信等四人至客房安睡。山上房间甚多，本来李信代他们安排二人合居一室，张苍虬和陈飞，许靖和柳隐英，使他们各有伴侣，不致寂寞。但是柳隐英却要独居一室，李信未便异议，只得又引导他到西边一间客室中去下榻。许靖一向和他同起居的，却不明白柳隐英此次何以要独宿一室，他知道柳隐英的性情有些孤僻，说什么做什么，不容他人置喙，例如柳隐英对于洗沐更衣上厕等琐事，绝不肯和人在一起的。自己因此很有些怀疑于他，然自己和柳隐英如足如手，相处已久，现在忽然分开了，自己也觉得精神上有些异样，不知柳隐英感觉如何，所以他也只得和李信同送柳隐英至西边客室中，然后道了晚安，自归客室安寝。次日起身后，便去探望张苍虬的病，柳隐英也来了，李信也接踵而至。大家见张苍虬长途劳顿之余，病体没有什么恶劣的变化，精神尚佳，各人心里宽慰不少。李信和佟氏兄妹又设宴相请，因为山寨中也有一个谙医道的大夫，便叫他代张苍虬开方调理，使病体可以早日复原。

次日，李信又陪着陈飞、许靖、柳隐英三位到山上各处去游猎，许靖等借此又得饱看形势。

又次日，佟天豹和红娘子召集山上部伍，举行检阅，给许靖等一观军容，许靖等看后甚为满意。这样，他们留在山上相助一臂之力，共和清兵周旋，因此，他们把投奔左良玉之意渐渐淡忘，只帮着李信训练部伍，务使行阵和穆，士气可用，一边也积储粮食，以为久计。无奈河南连年旱荒，人家析骸易炊，流亡他乡的很多，哪里再有多余的谷来供给山上呢？

其时，清兵用了降臣之谋，决心征服中原，分遣肃亲王豪格进兵山东，豫王多铎窥取河南，从大名而下。山东的一路尤为急迫，所以满家洞的刘定威又遣急足赍送专书到来，请青石山上发动人马，牵制攻鲁之师。经众人商议之后，豫王多铎之兵前锋已近卫辉，青石山只有阻遏清兵之势，不能派兵援鲁了，然而佟天豹为了义气起见，他自愿率领百十健儿，到满家洞去一见刘定威，申述苦衷。

佟天豹临行之时，众人饯行，送至山下。佟天豹对他妹妹说，此去少则四旬，多至二月，一定要回山寨。红娘子也叮咛他路上小心，看他骑了骏马，和儿郎们纵辔驰去。

这里山上又商定将来儿郎分作三队，由李信和红娘子率领第一队，张苍虬、陈飞率领第二队，许靖和柳隐英率领第三队，每队人数约三百左右，唯红娘子随身尚有数十名女兵，每天必有一队人马下山巡逻，且派出许多探子前去刺探清兵的消息，习以为常。

约莫又过了一月，清兵愈逼愈紧，可是清军大部分多往潼关，要去剿除李自成的寇众，所以青石山一带地方尚未遭刀兵之厄。

有一天，张苍虬等二队下山巡逻去了，天色将晚，还未归山。李信在红娘子房中歇息，许靖没有瞧见他，自己坐在客堂里，看了一会儿兵书，暮色笼罩，渐觉疲倦，他打了一个呵欠，立起身来，想起柳隐英方才曾说要去后山打鸟，却不见他走来，不知他一人在那里做什么，还是找他去谈话，可以解忧。于是他就出了客室，一径走至西边柳隐英的客室去，只见客室门正闭着。咦！他在里面做什么呢？不觉又引起了许靖的猜测，还听得室中有窸窸窣窣的声音。恰巧朝南四扇短窗，靠外一扇窗上有一个小小破洞，许靖就走近窗前，将一目凑向窗孔上向里面偷窥，不看犹可，一看时就使他滋生了一个大大的疑团。

第二十二回

银烛金杯映翠眉

许靖一眼瞧进去时，只见柳隐英坐在炕边，抬起了右足，正在用着一条细狭的白布把自己的足一层一层地绕着束缚，在他面前又有一盆水，像是刚洗好足的样子。但是最奇怪的，他的足上为什么要用这东西缠上去呢？许靖一边瞧，一边想，又见柳隐英缠好了，刚要伸入靴中去时，他在外边忍不住咳嗽了一声，把里面的柳隐英吓了一跳，忙问：

"外边何人？"

许靖答道：

"是我，贤弟在里面做什么？我是来找你闲谈的。"

说罢，遂伸手在门上敲了两下。隔了一会儿，门开了，见柳隐英立在炕边，颊上有些红晕，活像女儿家娇羞之态。许靖瞧着，更不能无疑，于是他在平日所蕴藏着的怀疑此时集结在一起，而使他不能无言了。他就向柳隐英带笑说道：

"方才我一人无事，走至此间来找你，不知道贤弟关了门在室中做什么？"

柳隐英只得说道：

"小弟正在洗足，因为小弟有个孤癖，就是不论洗足或是上厕，都不肯给人旁观的，所以如此。"

许靖笑道：

"那么贤弟竟像女子了？"

柳隐英对许靖瞧了一眼，也不回答什么，自己去燃上一支烛台。许靖得不到端倪，心中终是不肯罢休，和柳隐英面对面坐下。柳隐英本来喜欢多说话的，但今夕却默默无语。许靖胸有疑云，急欲一知真相，他就大着胆子向柳隐英试探道：

"想我和贤弟在代州威凤山上萍水相逢，结成知交，无言不谈，真非偶然。我对于贤弟亢爽的性情、忠义的气节、优越的武艺，都是非常钦佩。只是心里头常觉贤弟有些地方竟不类我们男子行径，而很像巾帼之流。窃以古时花木兰代父从军，也是易钗而弁，扑朔迷离，令人莫辨雄雌。同行十二年的伙伴，谁知道木兰是个女儿身呢？古代有之，今世岂无？贤弟的身世以前尚隐而不告，令人不能无疑。一向只是不敢说，今日我在窗隙窥见贤弟将布缠足，是何道理？贤弟并非金莲窄窄之辈，却要缠这些布做什么？莫非贤弟真的是木兰第二？那么也请直言相告。我们义结金兰，有何妨碍？况且像红娘子那样著名中州，不愧女中英豪，贤弟何必反要讳莫如深呢？"

柳隐英听了许靖这一番话，脸上又是一红，连忙正色答道：

"靖哥今天为何这样胡说八道侮辱小弟？你说我是女子，有何证据？况且小弟是女子不是女子，这个也不用你多管。方才足缠白布，也是我的一种怪癖，就是小弟双足天生得比较常人小一些，须缠紧布帛，方可行走迅速，因此不容人看。并非是女子而要缠足，你也没有瞧得清楚，何苦信口乱道，妄指小弟是女子，岂非太侮辱小弟吗？古人云，非礼勿视，非礼勿言，你平素对人很有礼貌，今日为何变成佻傝模样？此事若被他人听得，岂非徒闹笑话，而使小弟难以见人吗？还望靖哥语言谨慎，尊重他人，方能自重。"

柳隐英说时，面上罩着一重严霜，说话也充满着一团道理。许靖不防碰了一个钉子，自己反说不下台，十分惭愧，便立起身柳隐英深深一揖道：

"贤弟请息怒，我也不过因好奇心生，故向你戏言相问。明知是不会的，请贤弟不要认真，我也绝不敢向他人传说，自取罪戾，尚望贤弟恕我孟浪之罪，我哪里敢侮辱贤弟呢？"

柳隐英听了，方才回嗔作喜，说道：

"我们自己弟兄，小弟也绝不怪你，此事说过就算了，请勿以此芥蒂。须知世间花木兰是难得有的，小弟好好一个大丈夫，岂肯承认做女子呢？岂不笑话？"

说罢，也笑了一笑。恰巧儿郎来请吃晚餐，二人忙一同走到外边去。张苍虬、陈飞也回来了，李信也走来，大家同用晚餐，讲讲外边的形势。李信虽然不怕清军要来侵犯，然忧虑山上兵力单薄，附近没有援助，明室的各地驻军及官吏也都如一盘散沙，欠缺团结的力量，自己若要去和他们联络，他们又蝎蝎螫螫地不敢接受，不敢亲近，总以为是山林响马，避之若浼，这是一个很大的缺憾呢！

这天晚上，各人照常归寝，可是许靖睡在床上，思潮起落，心头不得安宁，想想柳隐英的缠足，总是一个很大的疑团，虽然自己没有瞧见他的纤足，但男子总不该有此，凭柳隐英如何说得振振有词，不承认他自己是女儿身，然而这重疑云终于不得解释，横亘在自己胸中，且俟将来有机会时，再要去捉出他的破绽，使他狡辩不得，否则自己反落一个侮辱的罪名呢！辗转反侧，直至下半夜方才入梦。从此，许靖对于柳隐英更是疑心，急切要明白柳隐英究竟是不是女子，若果是个女子，那么允文允武，只在红娘子之上，不在红娘子之下。这事在张苍虬、陈飞面前却还不敢泄露片言只语，万一柳隐英果非女子，那么自己真的变成侮辱他了，岂非大笑话吗？

有一天，张苍虬从山下回来，带了几大瓮酒，笑嘻嘻地对许靖说道：

"这是一个酒商送俺的，因为俺们没有去行劫，他感谢万分，把这几瓮酒赠送于俺，说这是三十年的陈酒，名唤竹叶青，看上去色清而味淡，容易下口，然而其性很烈，喝了最易沉醉，不会喝酒的人只要喝一杯，便要玉山颓倒了。凑巧俺是最喜喝酒的酒徒，不怕酩酊的，所以很高兴地带回山来了。"

许靖一听这话，心中灵机一动，便对张苍虬说道：

"张大哥，你把那竹叶青送一小坛给我可好？"

张苍虬道：

"贤弟也要喝这酒吗？不怕醉的就拿一坛子去。"

遂将最小的一坛送给许靖。恰好柳隐英不在一边，许靖捧着一坛酒，放到他自己室中去了。便在这晚上，他叫一个儿郎到厨下去备了数样爱吃的菜，烫了一壶竹叶青，安放在自己室中，便要去请柳隐英喝酒。恰好柳隐英正苦无事，自己走到许靖房中来，许靖一见，正中心意，忙带笑说道：

"今夕我们不必到外边去吃饭了，我方从张大哥那里取得一些美酒，独酌寡欢，不如和贤弟喝三杯吧！"

柳隐英道：

"小弟不会喝酒的，靖哥何不同张大哥痛饮？"

许靖道：

"张大哥的酒量岂我所及？我还是同贤弟喝，可以不醉。况闻此酒名竹叶青，性淡而香，味甘而永，不会喝酒的人喝了也不会大醉的。"

他一边说，一边取过两个酒杯，两对面放了，把壶中的竹叶青斟在杯子里，又说道：

"你看这酒好不好？请一尝试何如？"

柳隐英被许靖如此劝诱，且见这酒在杯中果然清冽异常，信以为真，便和许靖相对坐下。桌子上点起银烛，金杯中倾着彩醑，映着柳隐英绝细的眉鬓，真合唐人"银烛金杯映翠眉"的诗句了。许靖自己端着杯喝，柳隐英喝了两口，果然味甘而淡，好像喝糖汤，且香得异常，不觉把一杯喝干。许靖又代他斟满了一杯，且谈些武事，增加柳隐英的意兴，不知不觉又把那一杯酒喝完。许靖自己留心着，只喝了浅浅的两杯，只见柳隐英两颊有了红霞，眸子水汪汪地渐渐醉了。柳隐英身子摇摇晃晃地说道：

"你说这酒不会使人喝醉的，何以小弟喝了这一些便不能支持呢？"

许靖道：

"我毫不觉得，贤弟竟会醉吗？吃些菜吧！"

许靖正和他敷衍，而柳隐英已是玉山颓倒，伏在桌上大醉了。许靖大喜，走到他身边去，把他的肩头推推，只是不动，已失了知觉。许靖自言自语道：

"这酒果然厉害，幸亏我喝得少，且赖平时有量，不然也要和他一样醉倒了。待我乘此机会试看究竟吧！"

遂用双手抱起柳隐英，把他睡在自己的炕上，关了房门，酒也不喝了，第一步工作先把柳隐英足上的靴脱了，再拉下双袜，果见足上缠着一重重的白布。许靖见柳隐英业已烂醉如泥，大着胆子，索性将白布一齐拉下，便有瘦小的三寸弓鞋，赫然显映在许靖的眼帘里。许靖又惊又喜，摩挲着这一双金莲，知道柳隐英果是女儿身，易钗而弁，木兰第二，自己没猜错了。他再要得到一个确实的证据，又去解开柳隐英的衣襟，等到内衣弛松时，果见胸前双峰高峙，鸡头新剥，光滑圆润，处女之处，使他看了不免心头怦怦。暗想：柳隐英这一遭已被我探得真相，她再也不能在我面前隐瞒了。但不知她为何要易钗而弁，究竟是何许人？这件事须经她自己告诉，方能明白。现在我须尊重她，也是尊重自己，遂将一条薄被代柳隐英轻轻盖好，手把银烛，瞧视伊人的酡颜，明眸皓齿，越见秀丽。自己一向以为他是美男子，原来却是个美裙钗，这个奇迹的发现真不平常，庆幸自己试探的成功。相

274

视良久，回转身去，放下烛台，吃了一碗饭，开了房门，唤儿郎进来收去残肴。自己却不出去，又关上房门，剪去烛穗，坐在炕前，他预备今夜坐以待旦，好在柳隐英面前表明心迹，得其恕宥。三更过后，柳隐英依然醉卧未醒。许靖在椅子背上假寐片时。

将近五鼓时分，柳隐英酒力已醒，微微睁开双目，只见残灯犹明，自己竟睡在许靖的炕上，而许靖却靠在椅背上假寐，不由一怔，一翻身坐将起来。方觉自己的脸前罗襦襟解，又觉被底双足也已解去束帛，露出深藏的弓鞋，这一惊真是非同小可，知道自己的秘密业已被许靖识破。想起方才许靖请他喝酒，这明明是赚我醉酒，以便窥破我的行藏。如今事已泄露，自己有何面目见人？他心里非常悔恨，不由口里喊了一声哎哟。许靖听得柳隐英的呼声，见柳隐英已醒转，连忙立起身来，走过去向柳隐英深深一揖，说道：

"贤弟，幸恕孟浪之罪，只因我前番多次怀疑，急欲明真相，所以从张大哥处取得竹叶青，有意将你灌醉，好使我一窥庐山真面。现在我已知贤弟果是巾帼英雄，更使我钦佩万分，尚乞贤弟恕我之罪。"

说到这里，又向柳隐英深深一揖。柳隐英羞惭怒恨，兼而有之，别转脸去，说道：

"我是不是女子，干你甚事？你要和我做朋友，应该尊重我，不可狎戏，何必干涉我的私事？我真不明白你是何用心？"

许靖见柳隐英愠怒，心中发慌，忙又作揖说道：

"贤弟，我真罪该万死，请你原谅我童心未除，喜管闲事，实在我不敢有何用心，所以窥破秘密之后，我不敢有一毫狎亵之心，秉烛待旦，以俟贤弟酒醒，请贤弟看在这一点上，鉴谅我的愚诚，不要深责，那就是我的大幸了。"

柳隐英听了这话，回过头来说道：

"我就为看在这一点，否则早就和你拼了。你虽不是狡童狂且之流，然也逼人太甚，使人难堪了。"

许靖只是向柳隐英千不是万不是地赔罪认错，柳隐英的怒气方才渐止。到了这个地步，也不能再隐瞒了，便叮嘱许靖在张陈李等众人面前，千万不要泄露。许靖当然遵命，遂又向柳隐英问起身世。柳隐英便告诉他说自己本名小玉，也不姓柳，是姓袁，实是明将袁崇焕的孙女。只因祖父坚守宁远，被谗废死。自己隐姓埋名，随了父亲出亡江湖欲报大仇，后来虽幸大仇得报，而父亲客死旅寓，剩下自己孑然一身，方至代州威凤山依姑母以居。为了自己跟随父亲奔走天涯之故，一则避免他人耳目，二则我父亲没有儿子的，遂把自己从幼时便乔装男子，聊以自慰。所以我就一直没有改变，除了我姑父姑母知道，那小婢也瞒过的。却不料现在给你捉住破绽，而泄露了多时没破的秘密，但请在他人面前切勿讲起。自己虽是个女儿，却不甘屈居须眉之下，将来也要为国家立些功劳，做些惊人的伟业，才好不负祖先。许靖听了，便道：

"贤弟原来是将门之后，使我益发尊敬。请贤弟放心，我绝不在他人面前多说的。"

二人谈了一刻，天色已明。柳隐英遂将双足依旧缠好，整整衣服，穿了靴子，走下炕来，对许靖笑笑道：

"我去了。"

许靖又说一声"贤弟莫怪！"柳隐英走了。许靖在室中对着炕上，呆了半晌，且喜奇迹已被发现，柳隐英果是女儿身，得此女杰为友，更是不易呢！他心里很觉欢喜，盥沐毕，走到外面去用早晚，柳隐英照常来会。许靖当然在张苍虬等面前不敢泄露一言半语，和平常无异。李信、红娘子出见时，忽然探子来报，大名府的清军大部分向鲁境移动，听说正在加紧攻打满家洞的义师。红娘子听了，很代伊的哥哥杞忧，因为佟天豹赶去相会的时

276

候，正是满家洞吃紧之时，此刻不归，莫非被围在他们寨里了？李信安慰红娘子说，满家洞那边地势险峻，远非这里可比，不明地理的人轻易不能攻入。佟天豹一定可以安然归山，不必忧闷。张苍虬和许靖、柳隐英等猜度清军倘然知道这里有一处义兵，必然要来扑灭，以解他们侧面的威胁，不可不严行防备。

这天，轮着许靖、柳隐英率领出巡。下午，二人各骑骏马率队下山，在四面巡逻，捕获清兵那边的一个间谍，带上山来，询问口供，方知清兵正在豫东偷渡黄河，要围攻开封，又在考城那边增驻重兵，不明趋向。大家知道形势日急，开封倘然不保，杞县一带都将不攻而下，而青石山也不能安枕无忧。许靖对于考城一路的清兵尤深疑虑，因从考城那边拊青石山之背，情形更是急迫了，可是红娘子却不怕清军厉害，自誓清兵若来，必要和他们喋血一战，显显自己的身手。且因张苍虬等四人都在山上，更是有恃无恐呢。

晚上，张苍虬预备酒肴，请大家吃喝，一尝竹叶青佳酿。柳隐英却说牙痛不适，未能陪饮，没有入座。只是张陈李许四位盟兄弟团聚一室，举杯痛饮。许靖知道这酒很是厉害，不敢多饮。张苍虬酒酣耳热，一会儿痛惜明廷失策，一会儿大骂吴三桂为虎作伥，引狼入室，一会儿悲哀生灵涂炭，一会儿为一班伏处草莽的志士扼腕，不得绾虎符以却敌，饮至三更始散。许靖归房后，即入睡乡，也没有去看柳隐英。

次日早晨，大家聚在一块儿，却不见柳隐英出来，许靖很为忧心，不知柳隐英牙病如何，他就一径走到柳隐英客室里来探望，见室门紧闭，以为柳隐英在内又有什么避人耳目之举，要想从那窗上孔隙里张时，不知在哪时候已给柳隐英补没了，竟没有隙缝。许靖便在门上轻扣两下，说道：

"柳贤弟，你在内做什么？牙疾好了吗？"

却听里面没有声音回答。许靖又敲了两下，仍不见动静，心里更是奇怪。柳隐英昨晚没有喝什么竹叶青，绝不会醉卧未起的。他更是不耐，又高声呼喊了两声，室中只是无人回答。难道柳隐英恼怒他而不见他吗？天下绝无是理，遂把那边一扇窗用力拽脱了，一跃而入。只见室中杳无人影，咦！柳隐英到了哪里去呢？心中不由大惊，看看室中物件并无缺少，只有壁上的白龙宝剑却已不在。又见桌上留下一柬，上面写着一行小字道：

靖兄：

　　隐英去矣！一切恕之。

　　只此寥寥数字，并无意见发表。许靖对着这纸柬，呆若木鸡，无异晴天下了一个霹雳，这又是使他不及料的。柳隐英为什么背着人一走呢？不写给别人而留字与我一个人，明明是为了我识破了他的秘密，羞愤一走。唉！早知他要走的，那我又何必定要道破他的乔装呢？现在他不知走到哪里去，天涯海角，叫自己哪里去找回他来呢？唉！隐英隐英，虽然你的行藏被我识破，但我对于你并没有什么狎亵不敬之心，你难道这一点还不能原谅我吗？相聚多时，可谓知心，一旦飘然远去，叫我何以为情？瞧不出他华若桃李，竟凛若冰霜呢。许靖正在无可奈何之际，门外足声杂沓，有张苍虬的声音高唤"柳贤弟，柳贤弟！"许靖连忙开了门，见是张苍虬、陈飞、李信三人。三人一见许靖在这里，不由一怔，张苍虬忙问道：

　　"我们因为今天想将三队人马在山上山下作一攻守的演习，方才找贤弟不见，却不知你倒在这里。柳兄弟到哪里去了？怎么你把房门闭着呢？"

　　许靖此时知道这件事不能再隐瞒了，只得说道：

　　"隐英已走了。"

　　张苍虬更是惊奇道：

278

"他走了吗？为什么缘故？"

许靖便指着桌上的纸束，把自己先来找他，发现失踪的经过告诉了三人。然而三人仍不明白柳隐英何以要走，好好儿地聚在一处，又没有和人闹别扭，为何不别而行，费人索解。张苍虬因许靖和柳隐英交谊较秘，又向他询问。许靖不得已方将柳隐英易钗而弁的事吐露，大家莫不惊讶。张苍虬和陈飞都说往日见隐英风姿美丽，举止间又有一些女儿态，本也有些疑心，还以为他性近女子呢，却不料果是裙钗。李信叹道：

"风尘间果不乏奇女子，岂独红娘子一人？但柳隐英既被四弟识破，也何妨坦白地更换装饰，这山上也有内人为伴，一样可以为国勤力，何必悄然远别呢？"

许靖跌足说道：

"是啊！我也不明白他何以必要一走，真好忍心！"

陈飞见许靖如此发急，便开口说道：

"四弟不必焦急，谅他去得不远，我们何不骑了快马追他回来？想前次我们在山海关畔离开吴三桂时，也被柴英追回的。"

许靖搔着头道：

"我们知道他往哪方去呢？"

张苍虬道：

"当然东北两处是不会去的，我们往西南追去，也许可以追及。可惜俺那匹乌骓马丢在京里却没有带来。"

李信道：

"山上也有快马。"

许靖想不出别的方法，遂说道：

"张大哥的话也不妨一试，我们立刻去追。"

张苍虬道：

"我们三人一同追去，见了面好歹必要劝他回来。李贤弟可以留在山上，此刻还在吃紧时候，寨中也不可空虚的。"

李信只得答应一声是，于是张苍虬、陈飞、许靖三人各带随身兵器，立刻到外面厩中，挑了三匹名马，别了李信，跨马下山，向西边大道上纵辔疾驶，追寻柳隐英。

这时，正是在深秋，道旁枫林红得如美人颊上的胭脂一般，望过去一片云锦，点缀出暮秋景色。天际清寥，间有秋雁回翔。原野上行人稀少，极目远处河山萦带，村舍隐约。三人约莫跑了二十多里，看看日已过午，肚中也饥了。前面有一个小镇，镇上有一小酒店，三人下了马，在店中打尖。许靖便问店小二可有这般模样一个美少年行过这里？店小二点头道：

"有的，午前曾有一美少年也在此打尖，问讯往青龙镇的路，去了没有长久。"

许靖拍案道：

"对了，必然是他。"

三人立即匆匆吃过午饭，付去了饭钱，又跨马望青龙镇追去。途中遇见一个樵夫，许靖又勒住丝缰，向樵夫探问，可有如柳隐英这样一个美少年经过此地，且详述柳隐英面貌、年龄、服装。樵夫说道：

"我出来时曾遇一个美少年，过了青龙镇已有多时，也许就是此人。"

三人又向前追去。许靖心里有如饥渴，恨不得插翅而飞，万一追不到又奈何呢？然而追了不少路，天色已晚，仍没见到柳隐英。三人只得投宿逆旅，明日再行追寻。

次日一早便起，控辔疾驶，赶了一天，依旧不见柳隐英影踪。许靖焦急了，对张苍虬说道：

"莫非我们走错了路，以致相失？否则柳隐英既然去得不远，何以追赶不着呢？"

张苍虬也以为走错路途，多方探问，却反问不出了。他们又向前追了一天，约莫已追过一百三四十里，看看已到郾城，杳无朕兆。三人都有些失望，住在客寓里，老天忽然下起雨来，当然愈不能赶路了。

傍晚时，三人正坐在室内饮酒解闷，忽听外面有客人进来要住上房，店伙回答业已客满，无法可想，客人一定要令他想法，因此争论起来。许靖听得声音很熟，心里不由一动，连忙跑到外边去一看，不是柳隐英还是谁呢？这一喜真是非同小可，好如黑暗中找到明灯，沙漠里发现了水，走上前喊道：

"柳贤弟，你在这里吗？愚兄何处不寻遍？"

柳隐英回头见了许靖，不由脸上一红，眉峰微蹙，只得说道：

"靖哥来找小弟的吗？这又何必？小弟满拟单身往蜀中一行，所以下山的。"

许靖道：

"我等患难相共，形影不离，贤弟如欲赴蜀，我也可以同行。你这样悄然一走，怎不使我急煞念煞？前日我的行动太好奇一点儿，自知冒犯多多，总要望你原谅的。现在我同张陈二兄特地来追你回去，找了好多天，不见大驾，我心如痗。且喜今夕邂逅，这也是彼苍者天不欲我们分离呢！好，请柳贤弟随我进去吧！我们住的上房十分宽大，尽足下榻。"

柳隐英听张陈二人也在一起，心里更是不宁，大有进退维谷之势，立在那边踌躇不语。恰巧张苍虬、陈飞也已闻声走出，张苍虬哈哈笑道：

"柳贤弟，俺们正要一起为国努力，你为什么偏偏独自中道捐弃俺们呢？俺们中间如有什么小事，彼此不必芥蒂，快快进来坐谈。"

柳隐英被张苍虬这样一说，倒不好意思拒绝，只得随着一人进去，一同坐着叙谈喝酒。他只好托辞说要到蜀中去了。张陈二人也不深加追究，只问柳隐英何以落后，柳隐英遂说因为自己干了一件拔刀不平的事，以致耽搁了行程。前天他到一个村庄名唤紫华村，凑巧有李自成部下窜散的一班小匪前去劫掠那村庄。紫华村人练有民团，群起抵御，两边正在厮杀，匪众声势较大，自己瞧见了便去相助民团，击退匪众，保全了紫华村。村民甚为感激，挽留他在村中，大家设宴欢谢，强把他留住了两天，方才启行，所以落后了。许靖笑道：

"原来柳贤弟又在外边见义勇为，做了一些事情，这是天意使我们离而复合。从今以后，我们众弟兄须同心协力，去复兴明室，驱除清兵，生死以之，毋相携贰，谓予不信，有如皦日。"

柳隐英听得许靖说得如此诚恳，不觉大为感动，深悔多此一行了。张苍虬因为追到了柳隐英，十分欢喜，举杯畅饮，许靖心中当然也是快慰异常。这晚，许靖特地让出睡炕的一角，给柳隐英独自睡眠，柳隐英也不腼腆，仍旧如平日一样。

次日，天上阴云密布，大雨不止，四人也不能回山，仍耽搁在客店里，饮酒消遣。许靖得闲又向柳隐英说了好几句剖陈心迹的话，二人的情感依旧翕合无间。柳隐英当然仍允回青石山去，可是正逢淫雨接连下了三天，道途泥泞，不便行路，四人没奈何，守在客店中。张苍虬很觉闷损，唯有喝酒解愁。直到第四天，方才雨霁天晴，张苍虬便付清了房饭钱，催着众人一齐回山。四人跨马上道，行了两天，忽然在途中遇见青石山上的几个儿郎，露出狼狈的形状上前叫应张苍虬等。许靖见他们形色有异，忙问：

"山上可有什么事故？"

儿郎遂说：

"青石山已被清军攻破了。"

张苍虬大骂道：

"你们可是说梦话吗？我们离开得不过七八天光阴，青石山怎会便被清军攻破呢？这不是奇怪之事吗？李头领和红娘子何在?"

许靖等也都惊异万分。儿郎哭丧着脸说道:

"这是实在的事,小的不敢胡说。因为诸位英雄下山后,隔得一天,便有大队清军从考城那里开到山下,突然将我们山寨包围。李头领主张坚守,而红娘子定要出战,于是我们便随二人下山迎战。红娘子连斩数将,冲突一会儿,清军不利,败退十里,我们得胜回山。谁知清军又增援来攻,李头领从二关间道出去袭击,竟一去不回。翌日,清军将竹竿挑着李头领的首级,前来关前劝降,方知李头领袭击无功,反被清军所害。红娘子见了,晕倒于地,经左右救醒后,伊誓欲为李头领复仇,立即带领三百儿郎和女兵杀下山去。我们在关上起初望见红旗在清兵阵中左右驰突,所至披靡,后来清国愈战愈多,我们山上又无头领下山去援助。战至天晚时,不见了红旗,大队清兵开着大炮,前来猛攻关寨,我们守不住,只得四散奔溃。当我们数人从小径逃下山后,行了不多里,已是黑夜。伏在林莽中,回望山上红光四起,知道清军已攻破山寨,纵火焚烧了。我们一路逃来,闻得人言红娘子已死于乱军之中,有的人又说红娘子没有遭害,单骑只身望东南方冲出重围而去的,这却无从探问明白了。"

张苍虬听到这里,暴跳如雷,在马上连连拍着马背,拍得坐下马乱跳乱转,他回头对许靖等三人说道:

"天下事真是变化不测,怎么俺们刚才离开山寨,清军便来袭击?李信兄弟又捐躯沙场,真使俺伤感万分,还是红娘子不知究竟生死如何,俺们不如杀回去,为李贤弟复仇。"

许靖、柳隐英、陈飞也都悲愤到极点,为李信、红娘子二人惋惜。柳隐英对张苍虬说道:

"我们此次没有参加作战,以致让清军猖狂,是固十分扼腕的。张大哥要杀回去,为了义气上理应如此,然而此刻青石山已破,李信兄已死,红娘子生死莫卜,佟天豹又不在这里,我等又

283

无一兵一卒，区区四人虽有勇力，亦恐终于无济，徒死非勇，蹈危不智。还不如留着有用之身，到川中去觅一个良好的立足之处，聚集精锐，共图大事，为李兄复仇，为国家驱除异类，岂不较愈？"

许靖也赞成柳隐英的说话，以为青石山本来人马寡薄，也难敌大队清军，若欲和清军对垒，非有堂堂正正之师不可，所以，红娘子虽属骁勇，也不能敌清军的众多了。张苍虬听二人如此说，也只得罢休，从他身边摸出十数两银子给了儿郎，叫他们到别处去投明军。

打发儿郎去后，四人遂商议到川中去一游，倘能觅一个根据地，便可大举义旗，为明室光复之谋了。于是他们掉转马首，齐向西边大道上驰去，预备从鄂境转至四川。各人心里抱着莫大的感伤，沉默无言，瞧着那道旁的红枫殷红如血，好如李信夫妇的血所染成的，也足象征着各处明朝的义兵，正在喋血死战，保守住祖国的河山呢。

著者写到这里，因为篇幅关系作一结束。至于张陈许柳四位豪杰在四川雪山操练蛮兵，称霸山林，以及满家洞麂兵，吴三桂建藩滇南，宠爱新姬，圆圆入庵为尼，奇女子杨娥行刺，三藩之乱，许柳婚姻等许多情节，且俟异日别作一书吧。正是：

美人碧血，铁马金戈，要留青史，却忆秦娥。

图书在版编目（CIP）数据

血雨琼葩／顾明道著. — 北京：中国文史出版社，
2018.3

（民国武侠小说典藏文库·顾明道卷）

ISBN 978 - 7 - 5034 - 9921 - 0

Ⅰ. ①血… Ⅱ. ①顾… Ⅲ. ①侠义小说 - 中国 - 现代

Ⅳ. ①I246.5

中国版本图书馆 CIP 数据核字（2017）第 330945 号

点　　校：清寒树　　旷　野
责任编辑：薛媛媛

出版发行：中国文史出版社
网　　址：http://www.chinawenshi.net
社　　址：北京市西城区太平桥大街 23 号　邮编：100811
电　　话：010 - 66173572　66168268　66192736（发行部）
传　　真：010 - 66192703
印　　装：廊坊市海涛印刷有限公司
经　　销：全国新华书店
开　　本：720 × 1020　1/16
印　　张：18.75　　字数：230 千字
版　　次：2018 年 3 月第 1 版
印　　次：2018 年 3 月第 1 次印刷
定　　价：56.00 元